ОЛЬГА ЧЕХОВА

Мои ЧАСЫ

ИДУТ ИНАЧЕ

МОСКВА·ВАГРИУС·
1998

УДК 830-94
ББК 84.4(Гем)
Ч 56

Olga Tschechowa
Meine Uhren gehen anders

В книге использованы архивные
плохо сохранившиеся
фотографии, а также кадры из
старых фильмов.

*Охраняется законом РФ
об авторском праве.
Воспроизведение всей книги или
любой ее части запрещается без
письменного разрешения издателя.
Любые попытки нарушения закона
будут преследоваться в судебном
порядке.*

ISBN 5-7027-0579-3 (рус.)
ISBN 3-7766-1079-4 (нем.)

СУДЬБА ОЛЬГИ ЧЕХОВОЙ

Свои воспоминания знаменитая кинозвезда гитлеровской Германии, любимица Гитлера, Ольга Чехова назвала «Мои часы идут иначе». Актриса опубликовала их в 1973 году. Книга полна вымысла и фантазии, в ней много фактических неточностей, но читается она как увлекательный роман, и оторваться от нее почти невозможно. Известно, что легенда и биография часто не совпадают. Реальная история жизни Ольги Чеховой полна тайн, в мемуарах они едва намечены, и постичь секреты ее биографии по ним очень трудно. Немцы боготворили свою «звезду». Ольга Чехова — это слава, обольстительная красота, баснословные гонорары. Женщина-вамп, умевшая разбередить мужскую тоску. Гитлер обожал ленты с ее участием. Она снималась в роскошных немецких боевиках, пустых и сентиментальных. Ее фантастическая красота, воля и ум позволяли ей соединять на экране культуру манекенщиц и культуру аристократок, которых она изображала. Снималась много, и до войны, и после. «Маскарад», «Мир без маски», «Ханнерль и ее любовник», «Красивые орхидеи», «Опасная весна» — типичные названия фильмов с ее участием. Она была как бы частью немецкой мечты. В годы второй мировой войны на фронтах немцы ждали ленты с Ольгой Чеховой.

И никто не догадывался о том, что Ольга Чехова была сверхсекретным агентом НКВД. Ее природный патриотизм взял верх, когда развязывалась вторая мировая война. В не очень достоверной книге генерала Павла Судоплатова «Разведка и Кремль», изданной в 1996 году, утверждается, что она была связана с Берией и поддерживала регулярные контакты с НКВД, что существовал план убийства Гитлера и именно Ольга Чехова должна была с помощью своих друзей обеспечить нашим людям доступ к Гитлеру. Группа агентов уже была заброшена в Германию и находилась в Берлине в подполье, когда Сталин отказался от этого проекта.

В мемуарах Ольга Чехова отрицает все связи с русской разведкой и только туманно намекает о «шпионской истории», раздутой вокруг ее имени, когда лондонский журнал «Пипл» написал о том, что она была лично знакома со Сталиным и получила орден за свои заслуги перед Советской Россией. «Все это я не воспринимаю всерьез, потому что за годы жизни в свете рампы научилась не обращать внимания на сплетни и пересуды. Немецкие газеты подхватывают "сенсационное" сообщение. Я мешками получаю письма с угрозами, к тому же теперь еще и пущен слух, будто я награждена орденом Ленина. На улице ко мне подбегает молодая девушка, плюет в лицо и кричит: "Вот тебе, изменница!" Вытираю лицо и молчу», — пишет она. Но слухи об ее разведывательной деятельности в годы войны в пользу русских не утихали. Эти слухи устойчивы. «Еще в 1955 году одна пожилая женщина, дрожа от жадного любопытства, спрашивает меня: "Ах, дорогая фрау Чехова, теперь-то скажите мне, пожалуйста, только мне одной — так вы были шпионкой или нет?"» — заканчивает этим вопросительным знаком одну из глав Ольга Чехова. И не дает ответа на этот вопрос.

Скрытая энергия ее жизни, загадка ее женского магнетизма объясняются силой и неординарностью ее человеческой натуры. Даже в юности, когда ее актерские способности никто не ставил ни в грош, родные догадывались о таящихся в ней стихиях.

Она родилась в России в 1897 году в семье Константина Леонардовича Книппера, родного брата прославленной актрисы Художественного театра Ольги Леонардовны Книппер-Чеховой. В семье было трое детей: две девочки — Ада и Ольга и сын Лев, впоследствии известный композитор Лев Книппер, автор знаменитой песни «Полюшко-поле», в советские времена ее любили петь. С детства Ольга мечтала быть актрисой, но ее театральная карьера в России не состоялась. В конце мемуаров она перечисляет пьесы, в которых якобы играла главные роли, живя в Москве, и называет спектакли Первой студии Художественного театра: «Потоп» Бергера, «Сверчок на печи» по Диккенсу, знаменитые мхатовские спектакли «Вишневый сад» и «Три сестры», но этого ничего не было в ее биографии.

Природа наградила Ольгу Чехову красотой и изрядным запасом скепсиса относительно самой себя. Она была умна, самолюбива, и всем казалось, что она умеет жить легко и ненапряженно. Стройная, длинноногая девочка с поразительно красивым лицом, нежным и властным. Жила с родителями в Петрограде, когда они решили ее отправить в Москву к любимой «тете Оле». То было лето 1914 года.

В нее сразу влюбились двоюродные братья Чеховы: Владимир, сын Ивана Павловича, и Михаил, сын Александра Павловича. Михаил был артист Первой студии Художественного театра. Еще до Художественного театра он сыграл царя Федора Иоанновича в Суворинском театре. По словам Ольги Чеховой, она была с ним знакома давно и уже маленькой девочкой к нему неравнодушна. «...Меня всегда глубоко ранило, когда я замечала, что я для него просто маленькая девочка... Михаил Чехов для меня красивее и пленительнее всех актеров и даже всех мужчин. Я схожу по нему с ума и рисую себе в своих ежедневных и еженощных грезах, какое это было бы счастье — всегда-всегда быть с ним вместе...» — вспоминает она свое душевное состояние в ранней юности. В то давнее лето Михаил Чехов увидел красивую семнадцатилетнюю девушку и влюбился в нее. В письме к Марии Павловне Чеховой он писал в сентябре 1914 года: «Машечка, хочу поделиться с тобой происшедшими за последние дни в моей жизни событиями. Дело в том, что я, Маша, женился на Оле, никому предварительно не сказав. Когда мы с Олей шли на это, то были готовы к разного рода неприятным последствиям, но того, что произошло, мы все-таки не ждали... В вечер свадьбы, узнав о происшедшем, приехала Ольга Леонардовна и с истерикой и обмороками на лестнице, перед дверью моей квартиры, требовала, чтобы Оля сейчас же вернулась к ней...» Сохранившееся письмо Михаила Чехова почти совпадает с той картиной, какую подробно живописует Ольга Чехова в книге о своем первом замужестве, хотя в других случаях расхождений с фактами много, может быть, излишне много в мемуарах знаменитой немецкой «звезды», на склоне лет решившей написать воспоминания.

Венчались молодые в деревне в десяти километрах от Москвы. Женитьба Михаила Чехова наделала много шума у всех родных. Положение знаменитой тети, Ольги Леонардовны, действительно выглядело очень неловким: родители доверили ей дочь, а она не усмотрела. Кроме того, отец Оли занимал довольно важный пост в Петрограде, а Миша тогда был, с их точки зрения, всего лишь маленьким актером.

Он был принят в Художественный театр Станиславским. На вопрос, что осталось у него в памяти от первой встречи с Михаилом Чеховым, Станиславский задумался и потом сказал: «Мне стало его жалко». «Что-то в его глазах было доброе и беспомощное», — вспоминала Мария Иосифовна Кнебель, актриса и режиссер МХАТа, боготворившая Михаила Чехова. Только из уважения к Ольге Леонардовне Книппер и к памяти великого русского писателя Станиславский согласился послушать юношу. О том, чем завершился визит к Константину Сергеевичу, Михаил Чехов говорит кратко: «Станиславский сказал мне несколько слов и объявил, что я принят в Художественный театр». После встречи с племянником Чехова Станиславский заметил Немировичу-Данченко: «Миша Чехов — гений». Это было в 1912 году.

О нем сразу стали слагать легенды. Пройдет немного времени — и Михаила Чехова назовут гениальным русским актером. Но когда племянница Книппер выходила замуж за племянника Чехова, родные молоденькой Ольги считали его актером «на выходах». Спустя четыре года после женитьбы Чехов был уже первой знаменитостью России. Сыграл своих великолепных и абсолютно разных «стариков»: Кобуса в «Гибели "Надежды"» Гейерманса, Калеба в «Сверчке на печи» Диккенса, Фрибэ в «Празднике мира» Гауптмана, замечательно играл Епиходова в «Вишневом саде» на сцене МХТ. Когда он сыграл Калеба в «Сверчке на печи», ему было всего двадцать два года, это было за год до женитьбы, потому довольно странно выглядит мнение родных его жены, что он был «на выходах». На гастролях в Петрограде в 1915 году о силе его таланта говорили с восторгом, и он сам иронически писал Марии Павловне Чеховой: «Твой гениальный племянник приветствует тебя и желает сказать, что принят он здесь у Олиных родных чудесно...»

Олины родные уже примирились с замужеством дочери. Она к тому времени поступила в Училище живописи, ваяния и зодчества и, как писал Михаил Чехов, «капсульке моей не особо приятно сидеть в городе, ибо она мечтала о набросках где-нибудь этак в полях и лесах, но что делать, было бы ей не выходить за меня». В своей книге Ольга Чехова пишет о том, что «она посещала школу-студию при Московском Художественном театре» и что ее учитель — Константин Сергеевич Станиславский. Когда в Германии впервые появились мемуары Ольги Чеховой и она прислала экземпляр своей книги Евгении Михайловне Чеховой (двоюродной сестре ее первого мужа), в Москве первые читатели удивлялись многим неточностям об ее жизни в России. Но сын Качалова, Вадим Васильевич Шверубович, автор замечательных мемуаров «В старом Художественном театре», хорошо знавший Ольгу Чехову в молодости, заметил, что она действительно на правах вольнослушательницы посещала занятия в Первой студии Художественного театра, но никогда не играла на его сцене, и вспоминал, что летом у кого-то в имении разыгрывали любительского «Гамлета», в котором Михаил Чехов дурачился, играя Гамлета, а Ольга Чехова изображала Офелию. Она была пленительна, но совсем не талантлива, да и всерьез к этому представлению никто не относился. Как известно, Чехов впервые сыграл Гамлета в 1924 году на сцене МХАТа 2-го и, как в любом спектакле, где он играл, затмевал всех других исполнителей. Ольга Чехова в это время уже жила в Германии.

Спустя десятилетия Ольге Чеховой первый брак будет казаться фарсом, она назовет его «сумасбродством, за которое впоследствии пришлось дорого расплачиваться». Мать Михаила Александровича неприязненно относилась к ней. «Я тосковала по свежему воздуху моей девичьей комнаты в Царском Селе», — пишет она в своей книге, сохранив в памяти «полумрак, тесноту, спертый воздух, брюзжащую больную свекровь с иссохшей, порабощенной няней», обе ненавидели ее. После спектаклей муж приводил в дом своих поклонниц, его мать потворствовала этому. Ситуация осложнялась еще тем, что в молоденькую Ольгу Книппер-Чехову (по иронии судьбы она стала «второй» Книппер-Чеховой) был безнадежно влюблен двоюродный брат Михаила Александровича, Владимир, делавший ей предложение и мучивший ее даже после замужества своими признаниями. По просьбе Михаила Чехова Владимир Чехов (сын Ивана Павловича) был в сентябре 1917 года принят в сотрудники Художественного театра, а в декабре застрелился, похитив браунинг из письменного стола Михаила Александровича. Это произвело на Ольгу Константиновну сильнейшее впечатление. Судя по всему, Владимир был психически очень болен, хотя Ольга Чехова до конца дней была убеждена в неуравновешенности и своего первого мужа. Скажем, увидев солдат на площади в годы революции, он так испугался, что после первого акта спектакля «Потоп» убежал в гриме домой и пришлось возвращать деньги публике, так как кончить спектакль не могли.

Свой брак с Михаилом Чеховым Ольга Константиновна в книге вспоминает мало, но звонкую фамилию первого мужа оставила до конца своих дней. «Она предпочла разделить со мной мою славу», — посмеивался Михаил Александрович, еще будучи ее мужем и гордясь, что она выбрала именно его среди сонма молодых людей, сходивших по ней с ума. Уж очень была красива и обольстительна.

В 1916 году у молодых родилась дочь, при крещении ей дали имя Ольга, но вскоре все стали ее называть Ада (отец называл ее Ольгой всегда). Михаил Чехов очень любил красавицу жену и привязался к ней, что не мешало ему пить и приводить в дом нравящихся молодых девиц. Со свойственным ей чутьем Ольга Константиновна угадывала, в какой душевной муке постоянно жил ее гениально одаренный муж. Она старалась помочь наладить дом, но из этого ничего не вышло. Брак длился недолго. После четырехлетнего замужества она ушла от Михаила Чехова с неким Фридрихом Яроши, бывшим австро-венгерским военным, красивым, обаятельным авантюристом, обладавшим большой внутренней силой. Под его влиянием Ольга Чехова переменила свою жизнь, вышла за него замуж и в январе 1921 года уехала с ним в Германию. В воспоминаниях Михаила Чехова записано, как уходила от него жена: «Помню, как, уходя, уже одетая, она, видя, как тяжело я переживаю разлуку, приласкала меня и сказала: "Какой ты некрасивый, ну, прощай. Скоро забудешь" — и, поцеловав меня дружески, ушла».

Уход жены был воспринят Чеховым столь остро, что опасались за его душевное здоровье. Он был склонен все преувеличивать и драматизировать. Развод был для него ударом.

Годы жизни с Михаилом Чеховым дали Ольге Константиновне очень много: она дружила с сыном Станиславского, с сыном Качалова, вращалась в среде Художественного театра, к ней с интересом относились прославленные мхатовские актеры, Станиславский, Немирович-Данченко, Суллержицкий. Она знала Горького и Вахтангова, Добужинского и Балиева, создателя театра «Летучая мышь», часто бывала на спектаклях Художественного театра и Первой студии и очень хорошо понимала, как окружающие ценят великий талант ее мужа и ее любимой тети, которую она почитала всю свою жизнь. С юных лет она впитывала в себя воздух дома Ольги Леонардовны, атмосферу внутри Художественного театра, тот творческий заряд, с которым ей уже никогда больше не придется встретиться.

В Берлине Ольга Константиновна, расставшись со своим вторым мужем, старается наладить актерскую карьеру. Путь на сцену был далеко не прост. Сначала она играла в маленьких театриках (в начале двадцатых годов в Берлине было множество небольших театров, входивших в империю прославленного немецкого режиссера Макса Рейнхардта), и это давало возможность сводить концы с концами. Потом начала сниматься в кино. Ее красивое, бесстрастное, непроницаемое лицо таило в себе загадку. Роли были похожие друг на друга: аристократки и авантюристки. Обычно роскошный интерьер и элегантные туалеты. Ее первый фильм, в котором она обратила на себя внимание, назывался «Замок Фогельод», в 1923 году она снялась в «Норе» по пьесе Ибсена и после этого ежегодно снималась с шести-семи картинах. Шумный успех имела лента «Мулен Руж», но это уже было позже, в 1929 году. Какое-то актерское дарование в ней было. Ольга Леонардовна, очень любя племянниц, особенно Аду, большого таланта в Ольге, правда, не находила, хотя всегда удивлялась ее жизненной силе.

Но Ольга Чехова была настойчива и целеустремленна. Уже в марте 1924 года она писала Ольге Леонардовне в Москву: «Вчера совершилось мое крещение! Вперед появились плакаты с моим именем, потом заметки в газетах. Я впервые играла в драме... Я только, помню, никак не могла понять, что я этим прыжком на сцену стану артисткой. Ведь я, кроме занятий с Мишей, никакой школы не имею. Разве только влияние его и студии, где мы дни и ночи проводили». Через несколько дней она докладывала тете: «Эти дни вышли все критики обо мне. У меня самый большой настоящий успех. Театр вечно полон.

Мне самой так смешно. Я здесь стала известна. Люди из-за меня идут в театр, в меня верят... Я в руках очень хорошего режиссера, так что ты не бойся. Ни немецкой школы, ни пафоса мне не перенять. Я каждый вечер играю с такой радостью, с таким волнением, плачу, вся моя жизнь сконцентрирована на сцене». (Письма Ольги Чеховой и ее сестры Ады Книппер к Ольге Леонардовне Книппер-Чеховой хранятся в Музее МХАТа.)

В пьесе Осипа Дымова «Бабье лето» Чехова играла уже главную роль. К ней пришел успех, но она была слишком умна, чтобы не понимать, что это только начало. В тот ее первый успешный сезон 1924 года у нее был ангажемент до середины июля. Она играла по-немецки русские пьесы: «Мизерере» Юшкевича и «Бабье лето». Приглашение в Мюнхен и Вену не приняла, потому что твердо решила серьезно работать. («Я работаю с энергией ста лошадей. Другая жизнь».) С фильмами успела съездить в Рим и Флоренцию и в 1925 году уже снялась в семи лентах. Предложений в кино было гораздо больше, чем в театре. «Пылающая граница», «Крест на болоте», «Мельница под Сан-Суси», «Город соблазнов» — имя Ольги Чеховой становилось очень известным.

Она постоянно писала в Москву Ольге Леонардовне. «Дорогая тетя Оля! Я в Париже, поехала среди двух фильмов на десять дней сюда отдыхать, а главное, другой темп жизни вдохнуть для новой картины. В ресторане встретила Балиева. Господи, до чего он обрюзг, постарел и потолстел! Поехал отдыхать в Ниццу... Масса знакомых. Каждый вечер в театре. Буду играть у Рейнхардта будущую зиму» (23 апреля 1926 года). Жизнь проходила в работе, росла дочь, «стала такая хорошенькая и умная», добилась приезда в Германию матери и сестры Ады с дочерью. «Живем тихо, хорошо и уютно. Теперь сама себе хозяйка».

Но мысли были постоянно связаны с Россией. Ждала приезда в Германию Вл. И. Немировича-Данченко, радовалась, когда ее посетил Москвин, великий артист Художественного театра. К Западу привыкала нелегко. «Запад я где-то принимаю, а где-то отталкиваю всеми силами. Людей сторонюсь, чужие все, ископаемые какие-то» (из письма к О. Л. Книппер-Чеховой 10 декабря 1931 года). Она довольно долго чувствовала себя чужой, говорила с сильным русским акцентом и трезво смотрела на мир. «Здесь каждое слово — деньги, каждый день — деньги... Зовут в Америку, но я не поеду, не могу я среди людей без сердца и души работать» (из письма к О. Л. Книппер-Чеховой 27 сентября 1927 года).

Теперь у нее была в центре Берлина роскошная квартира, уютная, большая, дочь воспитывала англичанка. С каждым годом снималась все больше и больше. В одном из фильмов ее увидел находящийся в Голливуде Владимир Иванович Немирович-Данченко. Ада Книппер в июле 1927 года писала в Москву: «Он прислал Оле письмо, что убедился в том, что она стала большая артистка. Бертенсон такие влюбленные письма пишет, что ой!! Вообще насчет разбитых сердец мужских — это не пересчитать». (Сергей Бертенсон был членом администрации Художественного театра и близким человеком к Вл. И. Немировичу-Данченко, с ним дружила О. Л. Книппер-Чехова, вскоре он остался за границей.)

Сезон 1927 года в Берлине был шумный. Макс Рейнхардт поставил «Генриха Четвертого», Пискатор — «Гопля, мы живем» Эрнста Толлера. Толлер имел самый большой успех. Его пьесы были проникнуты ужасом перед городской обыденностью и городскими соблазнами. Социальная дневная, прагматически организованная жизнь в его пьесах казалась безумием. Ночная — с ее общедоступными балаганными аттракционами и кутежами в дорогих ресторанах — выглядела отвратительной. Толлер угадал, как будут развиваться события в Германии, какие силы выйдут на социальную арену. Он раньше всех рассказал о пути наверх немецкого нацизма. Его прозрения были поразительные. Когда Гитлер пришел к власти в 1933 году, и Макс Рейнхардт, и Эрнст Толлер покинули Германию. Незадолго до начала второй мировой войны Толлер покончил жизнь самоубийством. В театре у Ольги Чеховой как раз в этот период произошел затор, и она переключилась на работу в кино. Звук в кинематографе ее не испугал, наоборот, она продолжала сниматься еще более интенсивно. Съездила в Америку, быстро сообразила, что карьеру ей там не сделать, и за два года в Германии снялась в восемнадцати фильмах (всего за жизнь их было 145). «Имя» было заработано. Более всего была горда тем, что «Миша был доволен, что я — Чехова — хорошая актриса», — писала она О. Л. Книппер-Чеховой в конце 1931 года.

С приходом Гитлера к власти Ольга Чехова становится «звездой» первой величины. Геббельс ее не любил, но для нее это не имело никакого значения. Ее любил Гитлер.

С Михаилом Чеховым она встретилась в июле 1928 года, когда он с женой приехал в Берлин. Они встретились дружелюбно, хотя находились отнюдь не в равном положении: он имел намерение остаться в Германии, не желал возвращаться в Советский Союз, но немецкого языка не знал и работы у него не было, а Ольга Чехова была актриса немецкого кино, играла на сцене и в Германии была достаточно известна. Она захотела помочь своему бывшему мужу, сняла для него и его жены неподалеку от себя уютную трехкомнатную квартиру и устроила очередную «авантюру»: решила снимать фильм как режиссер, пригласив на одну из ролей Михаила Чехова. Фильм назывался «Паяц собственной любви» по французской комедии Батайля. Она познакомила его с Максом Рейнхардтом, и вскоре Чехов начал репетировать у немецкого режиссера роль в пьесе «Артисты» Уоттерса и Хопкинса. Премьера ее состоялась в Вене в ноябре 1928 года. В 1930 году в огромном берлинском кинотеатре «Капитол» состоялась премьера фильма «Тройка». Чехов играл в этой картине роль Пашки, деревенского дурачка. Алиса Коонен, первая актриса знаменитого Камерного театра, писала в своих «Страницах жизни»: «Как-то по приезде в Берлин, выйдя вечером на Курфюрстендамм, мы увидели идущего нам навстречу Михаила Чехова — в цилиндре и фрачной накидке... Он очень обрадовался нашей встрече, расспрашивал о Москве, о театральных делах и тут же пригласил нас на премьеру фильма, в котором ведущую роль играла Ольга Чехова, а он сам участвовал в эпизоде. И была в этом маленьком человеке удивительная детская трогательность. Какой-то сложный и прекрасный внутренний мир скрывался за его невнятным бормотанием. И сразу повеяло настоящим, большим искусством».

Круг замкнулся вновь. «Кто мог предположить это в те дни, когда я в московской клинике находилась между жизнью и смертью, рожая его дочь, а он тем временем флиртовал с "девушкой с теннисного корта"? Наше расставание казалось окончательным. И вот теперь его дочь Ада ходит к нему в гости, в чужой стране они впервые знакомятся друг с другом», — пишет Ольга Чехова в своих воспоминаниях. Дочери — двенадцать лет, «это моя большая радость и утешение. Есть в ней что-то, чего я никак не могу угадать и даже не догадываюсь, хорошее оно или плохое. Должно быть, хорошее», — писал Михаил Чехов в Советскую Россию Андрею Белому, рассказывая о дочери. Дочь Ольга (Ада) до конца дней жизни отца поддерживала с ним связь и сына своего назвала Миша. Его воспитала Ольга Чехова. Он был еще мальчиком, когда его мать погибла в авиационной катастрофе в 1966 году. Ольге Чеховой пришлось пережить и это. «Моя внутренняя связь с Адой не оборвана смертью. Я, как и прежде, слышу ее чистый звонкий голос, слышу ее радостное "зайчик" (так она звала меня с детских лет), слышу его днем, но еще чаще по ночам в сновидениях», — пишет она в своей книге. С Михаилом Чеховым отношения сохранялись всю жизнь, она всегда ценила его и помнила, что он отец ее единственной дочери. Когда Михаил Чехов умер, Ольга Константиновна отправила телеграмму в Москву на имя Ольги Леонардовны: «Москва. Камергерский переулок. МХАТ. Ольге Книппер-Чеховой. Миша умер вчера ночью в Калифорнии. Оля». Ему было 64 года. Она не писала в Москву до этого много лет.

Ее сестра, Ада Константиновна, сообщала Книппер-Чеховой: «Пишу тебе опять, чтобы сообщить, что в ночь с 30 сентября на 1-е октября внезапно скончался Миша Чехов... Трагично, что он страшно хотел увидеть Оличку с мужем и сыном (они были в очень большой и оживленной переписке) — 5 октября хотела Оличка с семьей лететь к Мише — все было готово... Миша все оставил Оличке и детям. Она мне прислала отчаянное письмо — отец для нее был все». С матерью дочь Ольги Чеховой была к тому времени в сложных отношениях. Уже после окончания войны летом 1946 года Ада Константиновна с грустью писала Ольге Леонардовне: «Я очень, очень редко бываю у сестры, три раза за год. Да мне как-то там холодно и неуютно, хотя каждый раз у всех радость большая, когда я появляюсь. Тянет меня из-за Верочки, чудная девочка, мягкая, добрая, занятная и чудная мордашка. Живут очень живописно, у самого озера вилла... Но все как-то не ладят друг с другом, вечно ссоры, обиды, оскорбления».

Вера Чехова, внучка Ольги Константиновны, немецкая киноактриса, в последние годы часто приезжала в Россию. Присутствовала в Мелихове на праздновании 80-летия со дня кончины великого русского писателя. Рассказывала, как бабушка, прожившая в Германии почти шестьдесят лет с 1921 года по 1980-й, не хотела, чтобы Верочка ехала в Москву, и отговаривала ее от поездки. Вера Чехова приехала в Россию уже после смерти Ольги Чеховой. Умирала она очень тяжело — от рака мозга. Перед смертью почему-то боялась России и никогда не вспоминала о том, что делала в годы войны. Хотя Россия постоянно жила в ее душе: и акцент у нее остался, и дома говорила по-русски.

Жизнь была прожита со вкусом, разнообразно. В 1936 году Ольга Чехова решила выйти замуж за миллионера, бельгийца, ему было сорок один год. В Брюсселе жила в роскоши. Она приехала в Бельгию «звездой» немецкого кино. В 1936 году на экраны вышел фильм «Бургтеатр». «Успех у Оли потрясающий, изумительно снята и играет по-настоящему, как большая актриса», — писала тете в Москву Ада Книппер. Но мужа своего она не очень любила, хоть он был богат и обаятелен. Безвольные люди не занимали ее. Из письма Ады Константиновны О. Л. Книппер-Чеховой: «Я в Брюсселе и в восторге от города. Здесь жить приятнее, чем в Париже. Ольга живет в самой лучшей части города, чудесная квартира, очень элегантная... Едим на черном стекле, и под тарелками салфетки из настоящих кружев. Шофер, кухарка, прислуга, судомойка, все для двоих. Всегда народ — все деловые люди, и разговоры ведутся по-французски, немецки, английски, голландски, фламандски и по-русски. Муж Ольги очень хороший и порядочный человек, изумительно выглядит, очень избалован, но черствый, сухой делец. С ним весьма нелегко.

И как-то при всем внешнем здесь неуютно. Ольга, говорят, повеселела, так как я здесь, и хочет ехать со мной в Берлин недели на две, ей там уютнее» (29 января 1937 года). Жизнь с мужем явно не залаживалась. «Зачем Ольга вышла замуж — не знаю. Деньги на все тратит она сама», — писала Ада Книппер. Она вообще всю жизнь все делала сама и была решительным и независимым человеком.

О. Л. Книппер-Чехова побаивалась поступков своей знаменитой племянницы и полушутя, полусерьезно называла ее «авантюристкой». Она никак не могла забыть, как в 1937 году, возвращаясь из Парижа после триумфальных гастролей МХАТа, ей разрешили остановиться в Берлине повидать родных. Она поселилась в доме Ольги Чеховой. В честь Ольги Леонардовны «звезда экрана» устроила прием, после него О. Л. Книппер-Чехова вернулась в Москву раньше намеченного срока. Приехав домой, она доверила тайну только Софье Ивановне Баклановой, своему самому близкому другу, с которой жила вместе: в квартире Ольги Константиновны Книппер-Чехова встретилась с верхушкой Третьего рейха. Она была очень напугана. На дворе стоял 1937 год. Спустя тридцать лет уже после смерти Ольги Леонардовны Софья Ивановна рассказала об этом самым близким доверенным людям, с которыми дружила.

Для Ольги Чеховой это был мир, в котором она жила. В книге Валентина Бережкова, известного журналиста, переводчика, работавшего в свое время со Сталиным и Молотовым, «С дипломатической миссией в Берлине. 1940 — 1941» рассказывается, что на всех правительственных раутах в честь Молотова в Берлине рядом с вождями нацизма постоянно бывали киноактрисы — Ольга Чехова, Цара Леандер и Пола Негри. Ольга Чехова встречалась с Гитлером и Муссолини («он был образованный и начитанный собеседник», — пишет она), Герингом и Геббельсом, дружила с женой Геринга, актрисой Эмми Зоннеман, и пользовалась покровительством ее мужа. Положение примадонны нацистского экрана устраивало ее.

Можно себе представить, как ее артистическая карьера пугала О. Л. Книппер-Чехову. Сразу после окончания войны, спустя две-три недели, в квартире Ольги Леонардовны по улице Немировича-Данченко, дом 5/7, раздался телефонный звонок. Мужской голос просил прийти за посылкой, которую Ольга Чехова послала ей. Старая актриса попросила пойти за ней своего близкого друга, актрису МХАТа С. С. Пилявскую. Когда дома посылку открыли, то обратили внимание на то, что на конверте письма было написано: О. К. Книппер-Чеховой. Письмо было от дочери Ольги Константиновны, адресованное матери. Дочь беспокоилась, что мать срочно вылетела на гастроли в Москву и не успела захватить с собой концертное платье, перчатки и необходимые детали туалета, и вот теперь у нее была возможность с каким-то капитаном советской армии все это переслать в Москву. Ее очень интересовало, как проходят гастроли во МХАТе и виделась ли она с тетей Олей. Ольга Леонардовна была озадачена. Никаких гастролей Ольги Чеховой в Москве не было, никто понятия не имел о ее приезде, а между тем из письма было очевидно, что Ольга Константиновна в Москве и перед отъездом даже своей дочери не сказала правды. Переполох в доме был большой. Еще был жив великий русский артист Василий Иванович Качалов, ближайший друг Ольги Леонардовны, и она кинулась к нему. Качалов был знаком с комендантом Берлина генералом Берзариным, и он решил позвонить ему. Всегда очень любезный, генерал на этот раз был холоден и посоветовал Качалову никогда никому никаких вопросов об

Ольге Чеховой не задавать. Все было непонятно и таинственно.

Но в Москве она действительно была, только ни с братом, ни с любимой тетей Олей ей повидаться не разрешили. О своей поездке в Москву в мемуарах Ольга Чехова пишет глухо: «Сначала офицеры доставляют меня в ставку Красной армии в предместье Берлина — Карлсхорст... этой же ночью меня везут в Позен. Из Позена советский военный самолет увозит в Москву». Она пишет, что 26 июля 1945 года вернулась в Берлин. Дата неточна, поскольку из секретных донесений на имя Абакумова очевидно, что 30 июня Ольга Чехова уже была в Берлине. В Москве ее допрашивали. Папка допросов Ольги Чеховой ныне бережно хранится в чеховском музее в Мелихове. Читаешь их — и остаются одни вопросы. Вряд ли только для рассказов о светской жизни нацистской Германии привезли прославленную немецкую звезду, не разрешив ей не только посетить, но даже позвонить своим родным.

По слухам, именно Ольга Константиновна спасла музей Чехова в Ялте и по ее просьбе немецкие оккупационные войска не тронули чеховский дом (а ведь сожгли Ясную Поляну, разрушили Спасское-Лутовиново, где жил Тургенев). Летом 1945 года, приехав в Ялту к Марии Павловне Чеховой, Ольга Леонардовна, Софья Ивановна Бакланова — три старые благородные женщины — стали судорожно уничтожать письма и фотографии Ольги Чеховой, полученные Марией Павловной из Берлина в годы оккупации, а в соседней кухне еще хранились посылки с мясными консервами, присланные из Германии.

Загадка преследовала актрису, все, что было связано с ее жизнью, нуждается в проверке.

В архиве сохранилось письмо Ольги Чеховой, адресованное О. Л. Книппер-Чеховой уже после возвращения из

Москвы. «Моя дорогая и милая тетя Оля! Наконец-то собралась тебе написать. Я застряла в Вене. Олечка с мужем и Верочкой живут со мной. Доктор Руст начинает работать здесь, в больнице (муж дочери. — *В.В.*). Сегодня я навещала Аду с Мариной — и насмеялась до слез, как Ада доит корову. Ведь у них целое хозяйство. При твоей подвижности тебе ведь не трудно нас навестить, и все мы тебя ждем с нетерпением. От Ады, Олечки и Марины ты знаешь все события последних лет. Бедная мама не пережила того, что так ждала, — победы русских. О себе еще мало могу написать, так как переезд меня совершенно замучил. У нас в гостях был Симонов и рассказывал много о Леве. Где ты будешь в следующие месяцы? Пиши и, самое лучшее, прокатись к нам. Так хочется тебя обнять. Олечка и Верочка, Ада и Марина присоединяются к моим сердечным поцелуям. Твоя Оля» (2 августа 1945 года). Это письмо застряло в недрах КГБ и О. Л. Книппер-Чеховой доставлено не было.

Сегодня можно с уверенностью сказать, что еще шли бои за Берлин, когда 30 апреля 1945 года Ольга Чехова была отправлена в Москву. Ею непосредственно занимался начальник Главного управления контрразведки СМЕРШ комиссар государственной безопасности Виктор Абакумов, впоследствии заместитель министра и одно время министр КГБ в послевоенную эпоху при Сталине. Допросы сохранились. Написаны они от руки. Подробные рассказы о приемах, устраиваемых Герингом, Риббентропом, о встречах с Гитлером, Геббельсом. Вот отрывок: «Точно не помню, в котором это было году, когда приезжал из Югославии король с женой. Кажется, в 1938-м, были большие чествования четыре дня подряд. Весь Берлин был украшен и освещен как никогда. Первый день их принимал Гитлер у себя, потом спектакль (опера Вагнера), второй день на даче у Геббельса в Ланке (по дороге в Шорфхейде — 60 км от Берлина по шоссе на Пренцлау), на третьем приеме я была — это было вечером в 11 часов, и хоть я отказывалась (для меня это было всегда утомительно), пришлось поехать — королевская чета видела меня в фильмах, а королева, как русская, хотела со мной познакомиться. Прием в Шарлоттенбургском дворце был дан Герингом — значит, все было очень богато. В прусском старинном дворце комнаты были освещены свечами в старых люстрах, все присутствующие были в костюмах времен Фридриха Великого. Геринг с женой встречали гостей. После ужина я сидела с королевской парой в саду, говорили о моих фильмах, о моих гастролях, о Художественном театре...»

В интересной по документам книге Владимира Книппера «Пора галлюцинаций» приводится документ, подписанный начальником четвертого отдела Главного управления СМЕРШ: «О. К. Чехова в настоящее время проживает в гор. Берлине, Фридрихсхаген, Шпреештрассе, 2. Вместе с ней проживают: Чехова-Руст Ольга Михайловна, 1916 года рождения, дочь О. К. Чеховой, актриса. Руст Вильгельм, немец, врач-гинеколог, с апреля 1945 года в германской армии, был в плену у англичан, муж О. М. Чеховой, и некто Зумзер Альберт Германович, 1913 года, немец, преподаватель физкультурной академии в Берлине, чемпион по легкой атлетике. Живет у Чеховой О. К. и находится с ней в близких отношениях». Он был моложе Ольги Чеховой на шестнадцать лет. По хозяйству им помогала домработница. Этот документ был написан в ноябре 1945 года, а 22 ноября 1945-го Берия начертал: «Тов. Абакумову, что предлагается делать в отношении Чеховой?» Ответа на этот вопрос нет.

Виктор Абакумов заботился о быте Ольги Чеховой. По его распоряжению ей помогали с продовольствием, бензином для автомобиля, строительными материалами для ремонта дома. В послевоенном Берлине было очень трудно жить. Сохранилась докладная записка на имя Абакумова о том, что «Чехова Ольга Константиновна вместе с семьей и принадлежащим ей имуществом переселена из местечка Гросс-Глинике в восточную часть Берлина — Фридрихсхаген. Переселение произведено силами и средствами управления контрразведки СМЕРШ Группы Советских Оккупационных войск в Германии... Чехова выражает большое удовлетворение нашей заботой и вниманием к ней», — сообщал начальник управления контрразведки СМЕРШ Группы Советских Оккупационных войск генерал-лейтенант А. Вадис. Сохранились письма Ольги Чеховой на имя Абакумова, она называет его «дорогой Виктор Семенович» и спрашивает: «Когда встретимся?» Дело в том, что местечко Гросс-Глинике отходило в зону оккупации американцев, а Чехова хотела переехать под русское крыло, хотя, как докладывали в донесениях с шифром «Совершенно секретно», она с шестого июля стала выезжать на прежнее место жительства в местечко Гросс-Глинике. «Поездки совершает одна или вместе с дочерью и каждый раз просит выделить для сопровождения красноармейца, опасаясь возможного хищения автомашины. Под благовидным предлогом сопровождающие Чеховой нами не выделяются. О своих намерениях и перспективах на будущее разговоров не ведет», — сообщалось в докладных Абакумову. «В доме, где она проживала, была выставлена охрана в составе трех человек из личного состава 17 отделения строительного батальона», — писал генерал-лейтенант А. Вадис.

Какие действия в пользу России в годы войны совершала Ольга Чехова — конкретно сказать трудно. Руководство пресс-бюро Службы внешней разведки упорно утверждает, что «каких-либо сведений о том, что она являлась агентом НКВД, в материалах не обнаружено». Между тем внимание к ней руководства КГБ, личная заинтересованность Берии не оставляют никаких сомнений в том, что и ее приезд в Москву в 1945 году, и забота о ней Абакумова были неслучайны.

Поселившись в восточной зоне Германии, Ольга Чехова с дочерью часто выезжала на гастроли. Как всегда, работала очень много и никому не раскрывала, что было у нее на душе. Даже с любимой сестрой Адой виделась один-два раза в год. «Чудно, но всем некогда», — писала Ада Константиновна. В 1949 году после почти пятилетнего перерыва снялась в фильме «Ночь в Сепарее», лента была малоудачной, но уже в 1950-м снималась в семи фильмах, выполняя свою прежнюю «норму».

«Ее здесь называют женщиной, которая изобрела вечную молодость. Красива, молода, лет на 35, не больше, только очень тяжелый у нее характер стал, говорят, мучает окружающих изрядно, а в Олечке (племяннице моей) кровь Мишенькина, и мне жаль, что она не работает как следует», — писала Ада Книппер О. Л. Книппер-Чеховой (29 октября 1949 года). В конце жизни сестры были особенно привязаны друг к другу, но даже Ада Константиновна могла только догадываться, какую трудную двойную жизнь вела Ольга Чехова в последние годы гитлеровской Германии. «Кровь у нас у всех книпперовская, так что годы как-то мало касаются нас», — заметила она в одном из писем в Москву.

Сниматься Чехова перестала в 1954 году, но еще какое-то время играла на сцене. В 1950-х годах — «Веер леди Уиндермир» Уайльда и «Викторию» Моэма, а в 1962 году в последний раз вышла на сцену. Очень тяжело приняла известие о смерти «тети Оли». Ольга Леонардовна Книппер-Чехова умерла в 1959 году, так до конца и не узнав о той огромной роли в Отечественной войне, которую сыграла ее «авантюристка», как любовно называла свою племянницу одна из самых благородных и замечательных женщин двадцатого века. Много тайн осталось и поныне.

После смерти О. Л. Книппер-Чеховой сразу потеряли смысл все мечты Ольги Константиновны о поездке в Москву. И она и Ада писали Софье Ивановне Баклановой. Старая, умная «Софа» была «уплотнена», в одну из комнат небольшой квартиры О. Л. Книппер-Чеховой вселили семью артиста МХАТа Л. Губанова. Единственной радостью были письма из Германии. Ада, ее близкая подруга в молодости, через нее она и познакомилась с Ольгой Леонардовной, писала часто, Ольга — редко. В 1964 году она решила с дочерью приехать в Москву, совсем по-домашнему, заказать апартаменты в «Национале» и привезти с собой только секретаря, доктора и массажиста. Хотела посетить могилы «дяди Антона и тети Оли» и повидать друзей юности Аллу Тарасову и Павла Маркова, ставшего ведущим театральным критиком страны. Но Алла Константиновна Тарасова испугалась при одном упоминании имени Ольги Чеховой, а Маркову Софья Ивановна уже не звонила. Впрочем, она и сама не очень хотела, чтобы Ольга Константиновна увидела порушенную квартиру, ставшую коммунальной, ее старость и неустроенность, и написала в Мюнхен письмо о том, что «еще не время приезжать». В 1966 году Софья Ивановна умерла. Теперь Ольга Чехова изредка переписывалась только с Ю. К. Авдеевым — директором Чеховского музея в Мелихове и Евгенией Михайловной Чеховой, племянницей великого писателя.

В 1965 году Ольга Чехова основала фирму «Косметика Ольги Чеховой», дела ее пошли очень успешно. Каким-то чудом в ней сохранялись красота, русская широта натуры и неизъяснимая жесткость. Она как бы вела безмолвный диалог с собственной судьбой, которой всегда распоряжалась сама. Никто не умел, как это умела она, прямо смотреть в глаза и скрывать истину. В сознании старого немецкого поколения она осталась звездой экрана, вокруг которой было много выдумок и слухов.

Перед смертью просила выключать телевизор, когда показывали кадры военных лет, до болезненности боялась России, хотя в доме соблюдались все православные праздники. Умирая, завещала похоронить ее с отпеванием. На похороны собралось очень много народу. У гроба семья: внуки Вера и Миша (он стал художником-графиком), племянница Марина и любимая сестра Ада Константиновна, не отходившая от нее во время ее мучительной долгой болезни. Газеты наперебой сообщали о смерти знаменитой «кинозвезды». Ей было 83 года.

Соперниц у нее было немало и на сцене, и на экране, но никому не удалось одержать столь много жизненных побед: одну из них — войну с возрастом, который никогда не скрывала, — она выиграла победоносно и легко. Другие победы дались ей значительно труднее. Неутомимая, стройная, с улыбкой на лице, она подавала пример, как можно самой «обустроить» свою жизнь, полную опасностей и приключений.

За десять лет до своего конца, в 1980 году, она решила написать воспоминания. Спустя четверть века после их публикации и мы прочтем о том, что было и чего не было в ее жизни. Тайны биографии Ольги Чеховой питают легенду ее имени.

Виталий ВУЛЬФ

Посвящается всем, кто верит в жизнь

ПРЕДИСЛОВИЕ

Всегда в своей жизни я искала новое и волнующее. Мир богат, и он предложил мне многое. Теперь я оглядываюсь назад.

Бесчислснное количество людей знает меня, принимало участие в моей судьбе, даже разделило ее, меня любили, восхищались, критиковали. Пересуды расцветали пышным цветом, как соответствующие действительности, так и злобные. И вот теперь все смогут узнать, какой она была на самом деле — моя жизнь.

В этой книге я пытаюсь воскресить ее — со всеми перипетиями, со всей радостью и трагизмом, которыми нас наградила наша эпоха, веселая и жестокая одновременно: мировая война, революции, изобретения и открытия, сенсации, чудеса созидания — но прежде всего и в первую очередь искусство, к которому я тянулась с самого детства.

Все, что вместила моя жизнь, я разделила со своими современниками. Как и они, я пережила восхитительные, прекрасные, трагичные и ужасные моменты, как и они, я пыталась после развязки начать все заново. И все же мои часы идут иначе. Ибо каждый человек следует абсолютно личному предопределению, избежать которого он не в состоянии.

Сейчас мне семьдесят шесть лет. Вместе со своим двадцатиоднолетним внуком Мишей и моим «домовым» Марианной я живу в старом доме в мюнхенском квартале Оберменциг, принадлежавшем моей трагически погибшей дочери Аде. В боковой новостройке живет дочь Ады Вера с мужем Вадимом Гловной и их одиннадцатилетним сыном Ники. Мое домашнее хозяйство было бы неполным, если бы я еще не упомянула Бамби, жесткошерстную таксу, кошку Шнурри и Аби, ризеншнауцера.

Сегодня уже не кино я посвящаю свой ежедневный труд, а моей фирме «Косметика Ольги Чеховой. Мюнхен — Вена — Милан — Хельсинки», управление и производство которой размещено на Тенгштрассе в Швабинге. Я веду дела вместе с компаньоном, на предприятии работают коммерческий директор, химик, секретарша по производству, бухгалтер, лаборантки и многие другие сотрудники — свыше ста человек.

Когда я на вершине кинославы получила свой первый диплом косметолога — в 1937 году в Париже, — мои бывшие коллеги посчитали это блажью. «Чехова — косметичка!..» Конечно, тогда я не знала, какое значение впоследствии приобретет для меня этот диплом из Парижа (потом прибавились еще, и среди них Золотая медаль 1958 года на Международном конгрессе косметологов в Венеции). Но я понимала, что кинематографическая слава преходяща, а у меня уже давно было особое отношение к косметике, к тому роду косметики, которая является не просто набором кремов, лосьонов и гелей, а требует упорядоченного, здорового образа жизни и в подлинном смысле этого слова «проникает под кожу».

Про меня часто говорят, будто я преодолела свою судьбу. Но что это означает? Смотреть в будущее, решительно брать в свои руки новое, использовать представившиеся возможности — на это мы способны. Но действительно ли судьба позволяет «преодолеть» себя?

Я пишу свои воспоминания, веруя, что земная жизнь является лишь маленькой частицей нашего «Я». Понимание этого очень важно. Тот из моих читателей, кто, как и я, оглянется на долгую жизнь, пусть сделает это с радостью и надеждой, которые никогда не должны покидать человека.

Мюнхен, весна 1973 года
Ольга ЧЕХОВА

ВОЛШЕБНАЯ СТРАНА ДЕТСТВА

Двадцатый век только начался.

Я маленькая девочка.

Дом моих родителей — в России, в Тифлисе на Кавказе, на склоне гор, окруженный большой лужайкой, позади растет густой лес.

Знойный летний полдень, в доме непривычно тихо. Моя старшая сестра Ада и я ходим по дому на цыпочках, папа и мама шепчутся только друг с другом.

В одной из комнат в полумраке лежит мой младший брат Лев* на растяжке; ступни его крепко привязаны к задней спинке кровати, голова подпирается кожаным корсетом под подбородком.

Маленький Лев должен вынести длительную, мучительную, но необходимую растяжку позвоночника.

На краю постели сидит врач. Он ласково беседует со Львом и заводит маленький граммофон, который принес для него. Лев, несмотря на боль, слушает радостно и зачарованно; он необыкновенно музыкален. Врач знает это. Граммофон — средство терапии.

Врач плотно сложен, овальное лицо обрамляют

---

* К н и п п е р Лев Константинович (1898—1973) — известный советский композитор. — *Здесь и далее, кроме особо оговоренных случаев, примечания редактора.*

темные волосы и густая окладистая борода; глаза полны светлой грусти, они необычайно привлекательно лучатся.

Это человечески сильное обаяние как раз то, что часто воздействует на пациентов целебнее, чем любая медицина. Он не прописывает огромного количества таблеток, таких горьких и вечно застревающих в горле, уже одним этим завоевывая сердца ребятишек — они с большей охотой пьют его легкие микстуры.

Врач ценит гомеопатическое учение своего немецкого коллеги Ханеманна, спорщика и неутомимого путешественника, который превратил во врагов настроенный традиционно врачебный корпус, чем и приобрел европейскую известность.

Доктор — известный писатель Антон Павлович Чехов, мой дядя.

Дядя Антон еще раз ободряюще улыбается маленькому Леве, а потом поворачивается к папе, маме, моей сестре и мне. При этом он старается не приближаться к нам, поскольку болен неизлечимой легочной болезнью. Он успокаивает нас: если мы станем точно выполнять то, что он прописывает, Лев скоро освободится от мучительной растяжки...

Антон Чехов еще и сегодня известен как автор театральных пьес «Чайка», «Дядя Ваня», «Три сестры» и «Вишневый сад», драм с утонченной живописью настроений и верным изображением характеров. Его первая небольшая пьеса «Иванов» вызвала шум.

Пьесам предшествовали бесчисленные рассказы, фельетоны и новеллы, в которых Чехов беспристрастно рисует людей и ситуации, прежде всего из среды зарождающейся русской буржуазии, интеллигенции и уходящего дворянства. Доктор, владелец имения и общественный деятель одновременно, он большую часть своей жизни занимается писательством, отражая основные настроения эпохи, разочарование в борьбе против нищеты, бесправия и нужды.

С другой стороны, он с добродушным юмором набрасывает зарисовки о мелочах жизни, трагикомичности и абсурдности будней, которых никто не в состоянии избежать.

И как бы в пику своей болезненной конституции, активно участвует в борьбе с эпидемией холеры, пересекает пользующийся дурной славой остров ссыльных Сахалин, беспощадно описывает этот «край жесточайших страданий» и с помощью правительственного указа добивается, чтобы наиболее вопиющие злоупотребления были наказаны.

«Остров Сахалин» вошел в историю как документ эпохи. Отчет о поездке удручающе современен, когда подумаешь о еще и сегодня существующем острове заключенных.

Почти на всех произведениях Чехова лежит щемящий душу отблеск, который явно и осязаемо предвещает закат эпохи. И все же Чехов, чьи родители еще недавно были крепостными, не перестает надеяться на лучшее будущее:

«Через двести, триста лет жизнь на земле будет невообразимо прекрасной, изумительной. Человеку нужна такая жизнь, и если ее нет пока, то он должен предчувствовать ее, ждать, мечтать, готовиться к ней...»

Дядя Антон еще раз переводит взгляд на моего маленького братика: ручки Льва на полпути к граммофону безвольно падают на одеяло. Он с улыбкой засыпает — и похоже, почти без болей.

Дядя Антон вновь напоминает маме, как обращаться с растяжкой, просит ее не забывать о каплях и прощается с нами. Он уезжает в свой дом в Крыму. Там его сестра ухаживает за тяжелобольной матерью.

Я люблю обеих дам, но в особенности мать дяди Антона Евгению Яковлевну. Она не чужда маленьким удовольствиям жизни. И когда я гощу в Крыму, делает меня своим доверенным лицом.

Несмотря на строжайший запрет тети Маши — сестры дяди Антона, — Евгения Яковлевна с удовольствием выпивает рюмочку водки. Я уже заранее радуюсь тому, что мне предстоит быстро сбегать в лавочку за чекушкой и спрятать маленькую бутылочку у нее в ногах в кресле-каталке. Когда потом ничего не подозревающая тетя Маша вывозит ее на прогулку, Евгения Яковлевна и я обмениваемся заговорщицкими улыбками.

Тем временем дядя Антон бесплатно лечит бесчисленных бедняков, одну из многих приблудных бездомных собак от нарывов, ухаживает за кустами мимозы и «беседует» с одним из молоденьких деревцов, посаженных им собственноручно. Возможно, на короткое время в Крыму его посетит жена, Ольга Книппер-Чехова. У нее, одной из известнейших актрис России, ангажемент в Московском Художественном театре Станиславского, и поэтому она может лишь изредка наезжать в Крым, где дядя Антон вынужден жить из-за болезни легких.

Когда она снова в Москве, он пишет ей многочисленные весело-ироничные письма. Например, такие:

«Милая моя, не читай газет, не читай их вовсе, а то ты у меня совсем зачахнешь. Впредь тебе наука: слушайся старца иеромонаха».

35

Для жены дядя Антон пишет свои пьесы, сидя, как всегда, в старом, потертом кожаном кресле в своем доме. «Нигде лучше мне не думается», — утверждает он лукаво. А Станиславский ставит эти пьесы в Московском Художественном театре в созданном им новаторском стиле: верный жизни, бытовой обстановке, по-революционному реалистично в отличие от общепринятой театральной высокопарности рубежа веков.

Когда дядя Антон в этот раз прощается с нами, я еще не знаю, что больше никогда не увижу его: он уезжает в Германию, для лечения на водах.

Там его настроение меняется изо дня в день. «Я почти здоров», — пишет он однажды моей матери, а в другой раз: «Ты не можешь себе представить, как здесь сияет солнце — оно не опаляет с небес, оно буквально ласкает нас». А затем он вновь жалуется на мучительную жару и внутреннее беспокойство, которое ведет его к надлому. Для всех, кто его знает, несомненно: Антон Чехов, поэт уходящей эпохи, как они его называют, безошибочно предвидит свой собственный конец. 15 июля 1904 года он умирает.

Дом Чехова сохраняется таким, каким был при его жизни. Его сестра, требовательно-добрая тетя Маша, следит за помещениями, которые на многие годы становятся местом паломничества тысяч людей.

Во время второй мировой войны немецкие войска занимают Крым. Они уважают имя Антона Чехова и уважают его дом. У тети Маши никто не квартирует.

Мой младший брат Лев снова здоров. Он бегает и прыгает, как моя сестра Ада и я. До поры до времени ничто не омрачает годы нашего детства.

Папа* — большой, стройный, заядлый спортсмен и охотник — живет с нашей красивой и грациозной мамой** в полной гармонии. Так представляется нам, детям. Лишь позднее я примечаю, что папа дома «маленький диктатор», а мама — тонкий дипломат, всегда заботящийся о том, чтобы возникающие иногда размолвки никогда не происходили в нашем присутствии.

Папа — инженер. Он строит туннели и виадуки, то, что в России на рубеже веков все еще выглядит чем-то необычным. Кроме того, он организует строительство огромных туннелей на Кавказе и руководит прокладкой и расширением сибирской железнодорожной линии. Позднее, в годы политического лихолетья, профессия спасла ему жизнь.

Старшая сестра, младший брат и я растем в счастливой обстановке. Наши родители необычайно терпеливы. Самое ужасное наказание за шалости, которое нас может ожидать, — это когда летом сажают на какое-то время в своей комнате на стул, зимой на какой-то срок запрещают кататься на санках или независимо от времени года лишают десерта. Однако и это для нас суровое испытание, ибо папа любит изысканную еду и десерт всегда вкусный. Но в целом подобные обиды редки, наказывают нас лишь тогда, когда мы пренебрегаем собственными обязанностями. Уже с ранних лет нас приучали к порядку, воспитывали чувство долга. Так, например, прислуга не убирает за нами постели или разбросанные игрушки. Это мы обязаны делать сами. Лишь брат освобожден от этого: он «маленький мужчина».

---

* К н и п п е р Константин Леонардович — родной брат О.Л. Книппер-Чеховой.
** К н и п п е р Луиза (Елена) Юльевна, до замужества Рид.

А уборка постели является, по общему мнению, «женским делом».

Волнующие и прекрасные воспоминания сменяют друг друга.

Накануне моего шестилетия наша грузинская няня Мария рассказывает мне о приключении, произошедшем со мной, когда я была еще младенцем. Сегодня, считает она, «по прошествии стольких лет», уже можно об этом мне рассказать.

Я лежала в низкой колыбельке перед нашим домом. Она, Мария, должна была присматривать за мной. Но конечно же, задремала.

Наш повар копался в огороде. Вдруг его испугали собаки; они лаяли и бушевали, словно взбесились. Самая маленькая, такса Фрамм, подняла большой шум и молнией промчалась мимо повара в кустарник, из которого донесся ее отчаянный визг.

Повар бежит в дом и хватает ружье — мы живем среди кавказского дремучего леса, где оружие необходимо, — выскакивает и несколько раз стреляет в воздух.

Тут очнулась и задремавшая было Мария; она таращит глаза и начинает кричать: «Олю украли, ребенок пропал!»

Мама, прислуга и гости, встревоженные шумом, выбегают на лужайку перед домом и галдят, перебивая друг друга. Фрамм единственный, кто не теряет головы: он выскакивает из кустарника и за фартук тянет повара в кусты.

Повар цепенеет.

Шакал роняет свою добычу — плачущего младенца, который по грузинскому обычаю завернут в кокон, словно гусеница. Это была я.

Шакал держал меня только за плотно спеленутые

ноги. Он убегает. Повар стреляет ему вслед, но он слишком возбужден, чтобы попасть.

Шакал скрывается.

Я жадно смотрю на Марию и не могу поверить в то, что она мне рассказывает. Ведь мы с сестрой и братом, можно сказать, подружились с шакалами, хотя от их ужасного воя по-прежнему затыкаем уши. Они большими стаями бродят неподалеку от нашего дома и пожирают отбросы в помойной яме. Мы бросаем им из окон кости и забавляемся их прожорливостью.

Конечно, нам рассказали, что они, когда голодны и в стае, весьма опасны. Но мы не боимся их, возможно, потому, что, живя среди кавказского девственного леса, мы ближе к природе, чем многие. К тому же наши родители не упускают случая объяснить нам, что любая тварь живет по собственным законам.

В день моего шестилетия я просыпаюсь в расстроенных чувствах. Мне снились весело прыгающие кролики, и теперь я немного печальна оттого, что сон кончился. Мама с улыбкой нагибается ко мне, целует, поздравляет и показывает столик с подарками. Среди множества других подарков я вижу двух светло-серых кроликов в просторной клетке. Они прыгают наяву, а не в моем сне. Итак, наш домашний зверинец снова пополнился. Кроме собак, у нас теперь японские мышки, морские свинки, кошки, голуби, маленькая обезьянка, рысенок, прирученный волк и медвежонок.

Центр веселья всегда обезьянка. Взбредет ей в голову — она повиснет на люстре, а оттуда перепрыгнет на гардину; потом вдруг вскочит проходящему мимо на плечи и примется дергать его за волосы.

Будучи в настроении, она часами развлекается так и по всему дому. Наконец, утомившись, забирается в свою клетку с подогретыми кирпичами, накидывает на себя одеяло и дружелюбно ухмыляется нам. Иногда с нашими веселыми зверюшками происходят и печальные события. Например, Мишка, медвежонок, погибает от собственной прожорливости: во время сбора винограда, когда мы со всеми остальными собираем виноград в корзины и бочки, Мишка вместе с нами. Он возится с собаками и заодно постоянно таскает виноград. Вечером мы уводим его на большую стеклянную террасу, где живут морские свинки, японские мышки и кролики. Но любовь к сладкому винограду не дает Мишке покоя. Он вышибает стекла, пробирается в виноградник и набивает свое брюхо вволю. С бурчащим животом возвращается и продолжает колобродить: терраса ему уже не по нутру, он забирается в одну из собачьих будок. Там его находит Тук, сторожевой пес. Тот, хотя и дружен с ним, разрывает Мишку на части: для него медвежонок в этот момент просто наглый нарушитель его владений.

И прирученный волчонок однажды погибает, именно потому, что он — приручен; папа нашел его в лесу больным и принес домой, и волчонок вырос среди наших собак. Совершенно неожиданно в нем просыпается разбойничья натура. У кормушки волчонок кусает фокстерьера, тяжело ранит его, пытается напасть на гордон-сеттера и в конце концов даже на повара. Папе в последнюю секунду удается отогнать его и запереть в клетку. Но волк не успокаивается. Напротив: не привыкший к заключению, бушует еще больше. Мы собираемся на семейный совет и с тяжелым сердцем решаем отнести волка туда, где его нашел папа и где ему место: в лес. Наш лесник нам не советует. Выросшие среди людей звери, объясняет он, уже не будут приняты своими сородичами. Волк не сможет жить в лесу, «лучше застрелить его, так будет гуманнее».

Брат, сестра и я протестуем — в первую очередь я. По детской наивности я обзываю лесника «злым человеком»; я его «больше нисколечко, никогда не буду любить».

Лесник пожимает плечами и умолкает. Волк возвращается в лес. Сестра с братом и я не можем с ним попрощаться — вдруг волк нападет и на нас. Мы плачем.

На следующий день опасения лесника подтверждаются: наш волк разорван сородичами.

Прекрасные и грустные переживания сменяют друг друга.

Идет дождь. Мы играем в любимую игру. Она не стоит ни копейки: мы вытаскиваем две большие плетеные корзины для белья, берем палку от метлы и простыню. Простыня у нас парус, палка — мачта; корзинки превратились в корабли, на которых мы совершаем кругосветное путешествие. Мы волочимся друг за другом из комнаты в комнату, из одной страны в другую: родительская спальня — Франция, столовая — Швеция, наша детская — Восток, кухня — Дания, гостиная — Бельгия, ванная и сауна — Финляндия, бильярдная и библиотека — Германия, длинный коридор — это наш Суэцкий канал, а прихожая — Красное море. Мы скатываем ковры и носимся вдоль и поперек всей географии.

Появляется папа.

Он знаком с нашей игрой. Мы приглашаем его в путешествие. Он колеблется, так как некоторое время назад упал с лошади и еще не совсем хорошо передвигается, ходит с палкой. Несмотря на это, мы ласково и сердечно упрашиваем его принять участие в игре, обещая «везти» с особой осторожностью.

Папа дает себя уговорить. Мы радуемся и одновременно вздыхаем с облегчением: пока папа «путешествует», он точно не поднимет одну беспокоящую нас тему, а может быть, и забудет об этом вовсе. Мы говорим наперебой без передыху и пауз; даже если бы он хотел, то не смог бы вставить ни слова.

Мы с ним уже дважды побывали «на Востоке», и щекотливая тема пока что счастливо «объехана».

Но тут наше путешествие внезапно прерывается: гувернантка приглашает к столу. При этом делает такое выражение лица, будто с превеликим трудом сдерживает себя, чтобы не сообщить о чем-то еще, весьма важном...

Мы с угрозой смотрим на нее. Она с негодованием проглатывает это и — молчит. Пока.

За столом папа и мама болтают о том о сем. Мы украдкой переглядываемся. Папа, похоже, действительно забыл «тему». Лев, которого это касается больше, нежели меня, уже счастливо улыбается...

В этот момент — между супом и главным блюдом — вновь появляется гувернантка; она размахивает тремя большущими листками — нашими оценками, той самой «щекотливой темой».

Мы вздрагиваем.

Гувернантка протягивает «документы» папе, приторно улыбаясь. Папа благодарит ее и начинает читать. Он сияет.

Мы с Левой переглядываемся: раз он улыбается, значит, речь идет об оценках моей старшей сестры. Так оно и есть. Папа хвалит нашу примерную ученицу и тут же обещает ей золотые часики. Потом читает дальше.

Лицо его хмурится, но не сильно. Значит, это мой табель, предполагаем мы. Потому что по правописанию и биологии у меня все-таки довольно сносные оценки...

А дальше должна разразиться гроза. И она разражается: папа изучает табель Левы. Лева, наш младшенький, единственный мальчик в семье, папина гордость, и он тайно надеется, что сын продолжит его дело — будет инженером. Лев уже теперь музыкально феноменально одарен, а вот математиком, инженером не станет никогда. Его оценки доказывают это — и сегодняшние в особенности.

Папино разочарование находит выход во взрыве гнева, в одной из редких вспышек бешенства, направленных на нас, детей. Действие и последствия ужасны: папа в ярости поднимается во весь рост и берется за палку.

Маленький Лева озирается в поисках защиты, встает с испуганно раскрытыми глазами и шаг за шагом начинает отступать. Он в ожидании останавливается подле мамы и умоляюще смотрит на папу. Но отец в этот раз не принимает извинений. Первый и единственный раз, сколько я себя помню, ему изменяет выдержка. Палка свистит в воздухе и — ударяет маму по плечу, потому что маленький Лева проворно скрывается под столом. От силы удара мама с коротким вскриком падает без сознания.

Tableau!* Такого у нас еще никогда не было!

Папа стоит, оцепенев. Бабушка подставляет к маминому носу флакон с ароматической солью. Сестра

_____
* Ну и сцена! *(франц.)*

безудержно рыдает. А я — я подбегаю к папе и набрасываюсь на него:

— Ты должен извиниться перед мамой! Сейчас же! И перед всеми нами!

То, что моя мама до сих пор без сознания и не может принять извинений, я упускаю из виду. Я кажусь себе смелой и очень справедливой.

Не долго.

Папа замахивается, и я чувствую на лице удар. Собственно говоря, удар не настоящий, скорее намек на пощечину, но и этого довольно, чтобы вывести меня из равновесия — мир, прекрасный цельный мир, рассыпается на кусочки.

— Я выпрыгну из окна! — вскрикиваю я в отчаянии.

Папа качает головой, не воспринимая мои слова всерьез.

— Вот увидишь! — кричу я, выскакиваю из столовой, бегу по лестнице на второй этаж, распахиваю дверь в детскую, карабкаюсь на окно и — прыгаю... Две-три секунды я как оглушенная. Потом отмечаю, что удивительно мягко приземлилась. Затем теряю сознание.

Отец находит меня в куче сена, которая спасла от худшего: неопасный ушиб почек, легкое сотрясение мозга, две недели постельного режима — вот и вся история, не считая «отступного» — золотых часов, полученных моей сестрой.

Папа запоздало приносит маме извинения. Немного позднее снова наступает гармония: папа и мама в четыре руки играют на рояле. Мы с братом с сестрой благоговейно слушаем. Наш мир снова целен и прекрасен. Пока...

Папа и мама любят играть Бетховена и Чайковского. Чайковского чаще всего. Мама знакома с ним.

Петр Ильич Чайковский был первой маминой девической любовью. И он любил ее. Письма курсировали взад-вперед и позволяли предполагать это. Но он любил ее несколько иначе, нежели мама вначале надеялась, скорее духовно, как одинаково чувствующую собеседницу.

Он женился не на ней, а на девушке из семьи друзей, да и то лишь по желанию и настоянию своих родных.

Свадьба была помпезной, совместная жизнь — недолгой.

В конце концов Петр Ильич Чайковский покинул свою жену навсегда, не разводясь с ней. С тех пор он, не зная покоя, ездит по России, дирижирует за границей, сочетает в своих сочинениях национально-русские и ориентированные на Запад мотивы и основывает великую русскую балетную традицию.

А его отношения с женщинами — в более поздних романах и фильмах лживо домысленные как сентиментальные и романтические — до самого конца его жизни более или менее ограничивались письмами. Его антипатия к женщинам остается непреодолимой. Тем не менее это не мешает им все время искать его дружбы: с госпожой фон Мекк Чайковский переписывается почти ежедневно, с предельной обнаженностью раскрывая перед ней свою творческую личность, все внутренние противоречия души. И госпожа фон Мекк поддерживает Чайковского в течение четырех лет во всех его начинаниях, в том числе и финансами, необычайно щедро. Но — они ни разу не увиделись. Только письма...

И мама получает от Чайковского письма, много писем, в них он постоянно говорит о своем преклонении перед Бетховеном.

Папа и мама заканчивают Лунной сонатой.

Уже поздно. Пора в постель. Мама читает с нами молитву перед сном. И этот час тоже принадлежит нашей чудесной стране детства. Каждый вечер я хочу, чтобы мама побыла с нами еще немножко. И каждый вечер, как всякий изобретательный ребенок, я что-нибудь да придумываю: моя молитва всегда включает дядюшек, тетушек, знакомых и подружек, для которых я прошу покровительства у милостивого Бога. Когда уже больше никого не остается, очередь доходит до животных, сначала наших собственных, а затем всех остальных, которых я видела или о которых когда-либо слышала. Мама снисходительно улыбается. Разумеется, она насквозь видит мою уловку. Но не подает и виду.

Любовь к животным и к природе заложена в нас с колыбели. Часами брожу я в близлежащих садах. Мама любит фиалки; я приношу их ей, когда могу, и при этом расширяю свои познания, насколько это возможно. Деревья, цветы, редкие травы, грациозные бабочки, пчелы и муравьи для меня прекрасные объекты изучения, а гармония красок формирует вкус к прекрасному, равно как мое нерасположение ко всему яркому и кричащему.

Наряду с садами горы — предпочитаемый мной ландшафт. Я внимательно слушаю местных жителей, когда они рассказывают старинные предания и легенды; мое воображение разгорается.

И я учусь у них тому, для чего и в первую очередь от чего полезны и пригодны ягоды, растения и травы. «От каждой болезни — своя травка», — говорят старые крестьяне. Их аптека — природа, потому они такие крепкие.

Как и следовало ожидать, я хотела стать врачом.

Мечте не суждено было сбыться. Но мое понимание натуральной косметики, несомненно, зародилось в кавказских горах.

Два воспоминания болью пронизывают мою чудесную страну детства.

В одном из садиков, который я, как «поставщица фиалок» для мамы, особенно облюбовала, наблюдаю за толстым шмелем; он, жужжа, перелетает с цветка на цветок гораздо более неуклюже, чем проворные пчелы, но действуя на меня успокаивающе. Его благодушное хлопотанье, его бархатная шубка зачаровывают меня.

Я не замечаю, как кто-то приближается.

Только когда тень накрывает цветы и шмеля, я поднимаю глаза. Передо мной старый садовник — маленький, сгорбленный, с всклокоченной густой бородой и острым личиком, ни дать ни взять гном. Я знаю его. Знакома мне и его несколько глуповатая ухмылка. Я киваю ему. Он не реагирует, а только пристально смотрит на меня...

На мгновение пугаюсь его взгляда. Заставляю себя быть спокойной.

— Посмотрите, какой милый шмель, — говорю я ему принужденно дружелюбно.

— Милый, да, да, очень милый, — хихикает он, уставившись на меня мутным взглядом.

Я пытаюсь убежать. Но садовник оказывается неожиданно проворным и — сильным. Он хватает, обнимает и целует меня.

— Ты хорошенькая, Оля, — стонет он и прижимает к себе так, что у меня перехватывает дыхание.

Я кусаю его за руку и плюю в него.

Он вскрикивает от боли и ослабляет свои объятия. Я убегаю.

Первый поцелуй чужого мужчины внушает мне отвращение. Мужские ласки мне противны. Пока...

Даже папиным ласкам я поддаюсь, пересиливая себя: его поцелуи пахнут табаком, а борода колется. И то и другое мне решительно не нравится. Правда, пока...

И другое воспоминание словно вспышка молнии на безоблачном небе.

Дядя Женя, как мы, дети, зовем его, служит в армии. Он и выглядит так, как должно офицеру: крупный, стройный, спортивный, при этом хорошо воспитан и всегда весел. Мы знаем дядю Женю только веселым и улыбающимся. Он принимает участие в наших кругосветных путешествиях в корзинах еще лучше и дольше, чем папа.

Дядя Женя возвращается с папой после верховой прогулки. Он давно дружен с родителями.

Мама на этот раз после обеда не катается с ними, так как ожидает гостей и занята приготовлением к чаепитию и музыкальному вечеру. Она будет сама музицировать с папой и дядей Женей. Для литературной части вечера припасен сюрприз: Ольга Книппер-Чехова, жена дяди Антона, пообещала прочитать еще не опубликованный рассказ Чехова. Папа и дядя Женя немного опоздали; они приносят извинения маме и обещают поторопиться с переодеванием.

Первые гости уже беседуют в зале; среди них, как всегда, мамины поклонники.

С усмешкой кося́сь на галантных господ, папа говорит:

— Я люблю тебя за то, что ты — комета, а вот твой «хвост» не очень одобряю.

На секунду мама задета. Постоянно меняющиеся поклонники — часть ее жизни, с тех пор как она себя помнит. Ей никогда и в голову не приходит всерьез воспринимать этот «хвост». Да и папе тоже. Напротив: он гордится тем, что у мамы есть поклонники.

Отчего же тогда вдруг это замечание, отчего проскользнула эта горечь?

В скором времени папу переводят в Петербург. Мама и мы, дети, не сразу последуем за ним. Мама должна распродать имущество и затем сначала поехать с нами в Москву. Там мы должны будем акклиматизироваться, прежде чем окончательно поселимся в Петербурге.

Итак, мама и папа будут в разлуке почти год.

Не опасается ли он московских поклонников?

Дядя Женя рассеивает эти мысли: он смеется своим звонким юношеским смехом над папиным замечанием о комете и ее хвосте.

Когда позднее папа, мама и дядя Женя вместе музицируют, от напряженности не остается и следа. Они, как и всегда, играют очень слаженно.

Позднее (тетя Оля уже прочитала рассказ Чехова) папа такой, каким его знают друзья: вежливый и уравновешенный. И когда мама на мгновение остается одна, он шепчет ей то, что всегда говорит, когда после минуты дурного настроения хочет выглядеть веселым: «Je t'aime, ma fleur d'amour...»*

Мама счастливо улыбается. Папа занимается гостями.

Он и не замечает, что несколько минут спустя мамы с дядей Женей уже нет в гостиной.

Мама направляется в кухню, собираясь дать еще несколько указаний прислуге. Дядя Женя следует за ней и просит выслушать.

---

* «Люблю тебя, цветок любви...» *(франц.)*.

— Непременно сейчас, дело не терпит отлагательства, — говорит он с особым значением.

Они выходят на террасу. Там можно поговорить без помех.

Дядя Женя предлагает ей «сделать окончательный выбор».

Мама не понимает.

— Вы не должны ехать, — говорит дядя Женя; он так серьезен и настойчив, каким мама его никогда не видела. — Останьтесь, мадам! Оставайтесь здесь с детьми, здесь, на вашей родине. Только здесь вы счастливы. Я знаю это!

Мама обескураженно молчит.

Дядя Женя принимает это молчание за знак согласия.

— С разводом вы можете не спешить, — продолжает он, — я готов ждать. Я готов ждать, как жду до сих пор, пока знаю, что вы остаетесь. Я люблю вас, мадам. И вы знаете это. И я люблю ваших детей. И это вы должны знать...

Лишь мгновение мама смотрит на дядю Женю смущенно. Потом смеется.

— Ну, Женя, — говорит она, продолжая смеяться, как будто не воспринимая всерьез того, что только что услышала. — Ну, Женя, — повторяет она, все еще смеясь и с жестом, словно собираясь добавить: «И что это вам взбрело в голову, вы, большой неразумный мальчик?..»

Потом поворачивается и уходит в дом.

Дядя Женя опустошенным взглядом смотрит ей вслед. В нем сейчас действительно что-то есть от «большого неразумного мальчика», мальчика, который еще никогда не был так унижен, как в эту секунду.

Два дня спустя денщик дяди Жени приносит маме букет цветов и маленький запечатанный пакетик. В пакетике письмо, кольцо и — скрепленная цепочкой с кольцом — револьверная пуля.

Дядя Женя застрелился.

К нашим воспоминаниям о дяде Жене теперь примешивается ненависть. Это он виновен в том, полагаем мы, что мама слегла, несколько недель страдала от душевного расстройства и смогла улыбаться лишь много времени спустя...

Папа же думает о дяде Жене иначе, чем мы, дети. «Теперь я понимаю, — задумчиво говорит он однажды маме, — как из-за тебя кто-нибудь может лишить себя жизни...»

ЭЛЕОНОРА ДУЗЕ «ОТКРЫВАЕТ» МЕНЯ

В пять лет я в Москве.

Дядя Женя забыт. И мамой тоже. Как и на Кавказе, вокруг нее очень быстро снова возникает круг знакомых, друзей, поклонников и почитателей, однако это ни на минуту не ставит под сомнение ее любовь к папе. Мы, дети, незыблемый фундамент этого брака.

Я стою на Красной площади, название которой восходит к XVI столетию, к временам жестокого правления Ивана Грозного*. Я разглядываю Лобное место, на котором неугодные Ивану бояре расставались с жизнью; их кровь обагряла площадь красным...

Я восхищаюсь Кремлем и Собором Василия Блаженного с его пятью куполами, к которому Иван велел прорыть подземный ход, чтобы молиться, отрешившись от всего и полностью уйдя в себя. Как этот самый свирепый из всех царей еще мог молиться, после того как в приступе безудержного гнева убил собственного сына, а тысячи людей были им умерщвлены, не укладывается в моем детском воображении.

Впрочем, у меня не слишком много времени, чтобы предаваться размышлениям об этом, ведь в известном смысле в Москве для меня начинается се-

---

* Красная площадь стала называться так во второй половине XVII века.

52

рьезная жизнь: я иду в школу, вернее, в некое подобие приготовительной школы, нечто среднее между детским садом и гимназией. Первое, чему мы учимся, — это игре в шахматы и тем самым логическому мышлению.

В этот раз Москва для меня всего лишь ограниченная во времени «промежуточная станция». Когда мы переезжаем в Петербург, точнее, в Царское Село, царскую резиденцию, я еще даже не предполагаю, что через несколько лет вернусь в Москву и что тогда меня ждет действительно серьезная жизнь.

Папа делает быструю карьеру в министерстве путей сообщения. В сорок лет он уже «ваше превосходительство» — в моем девическом паспорте стоит запись «дочь действительного тайного советника», — чуть позже он становится начальником железных дорог юга России, и ему для инспекторских поездок положен личный вагон-салон.

Неотъемлемая принадлежность карьеры — ордена. Кто получает орден, должен в конце года не только позволить удержать из своего жалованья «материальное пожертвование» (около сорока рублей, приличные для того времени деньги), но и, разумеется, обязан засвидетельствовать благодарность Его Императорскому величеству. И вот как-то наступил этот день. Папа допущен к аудиенции у Его величества, в «парадном мундире»: белые брюки навыпуск с золотыми галунами, темно-синий китель с золотым шитьем по вороту, треуголка с золотом и белым султаном и сабля. Папа проверяет перед зеркалом, как сидит мундир, мама сметает щеткой пылинки, разглаживает складки — брат с сестрой наблюдают с гордостью и восторгом. Папа в последний раз критически поворачивается перед зеркалом.

— Все в порядке, — успокаивает мама.

Воцаряется торжественное молчание.

Вдруг в благоговейной тишине я не удерживаюсь и всхлипываю:

— Ах, папа...

— Да? — Папин лоб собирается в морщины.

— Ты похож на клоуна...

Хлоп! — снова я ощущаю дуновение пощечины.

На этот раз я не выпрыгиваю в окошко. И даже попытки не делаю. Хотя я не менее обескуражена, чем тогда на Кавказе, ибо еще никогда не видела отца таким пестрым. Я знаю, что это ему не идет; обычно он не придает значения внешним условностям, званиям, титулам и родовому дворянству. Это унаследовала от отца и я.

Скорее бессознательно, но уже довольно точно я подметила, что сегодняшнее облачение находится в противоречии с его сущностью и — нашим воспитанием.

Так за что же пощечина?

Наверное, не стоило говорить «клоун», думаю я.

И прошу прощения.

Папа прекрасно понимает, что со мной происходит, и, улыбаясь, качает головой.

В остальном же наши годы в Царском Селе были такими же захватывающими, прекрасными и богатыми событиями, как и на Кавказе.

И здесь много достопримечательностей, хотя уже и совсем в ином роде: замки эпохи Екатерины Великой, в которых жила она сама или ее без конца меняющиеся фавориты; помпезная «купальня» царицы, с которой ни в какое сравнение не идут современные бассейны, — круглая, высеченная в огромной гранитной скале ванна, пять метров в диаметре, два метра глубиной и с подогревом снизу; маленький дворец для интимных празднеств, по изысканности своей внутренней отделки удивительно современный — например, там имелся обеденный стол, который поднимался через отверстия из погреба в гостиную, повара при обслуживании пользовались маленьким лифтом из «подземелья», и все происходило на редкость индивидуально: гости записывали свои пожелания, заказы опускались в подвал и возвращались наверх в виде готовых кушаний. По окончании трапезы обеденные столики с посудой исчезали в полу, а вместо них появлялись ломберные столы.

Кроме замков, мы осматриваем музеи и картинные галереи; картины Шишкина и Пастернака с их любовью к тенистым рощам, медведям, морю; Рубенс, на мой вкус, слишком пышный и рисует слишком много плоти; и картина «Девятый вал», у которой я могу стоять часами.

Под грозным серо-голубым небом тонущий в море корабль, рядом в маленькой шлюпке пассажиры, потерпевшие кораблекрушение, ожидающие ужасного наката волны. Каждая девятая волна, как говорят, самая высокая. Мое воображение рисует следующий акт картины-драмы: потерпевшие кораблекрушение будут накрыты водной стихией...

Моя фантазия в Царском Селе вообще много «рисует», буйно, не зная границ: перед сном я люблю собирать в одном помещении все срезанные цветы, чтобы ночью они были друг подле друга. Я не только общаюсь с «душами цветов», чей язык хорошо понимаю, но и создаю свой первый литературный опыт, который — как же еще иначе — называется «Вечная любовь». Действующие лица — тюльпан и лилия, которые познакомились и полюбили друг друга, когда их поставили на столике у постели больной. Когда больная, молодая девушка, умирает, лилию кладут к ней в гроб — тюльпан увядает от тоски и любви к потерянной подруге...

Со всей серьезностью я утверждаю, что эльфы существуют. Во всяком случае, для меня они создания, которые на ночь укладываются спать в чашечки цветов, а подтверждением этого мне кажется то, что цветы на лугах и в лесу закрываются после захода солнца.

На старом кладбище я чувствую особую привязанность к одной могиле, обсаженной кипарисами и почти полностью заросшей дикой малиной. Ягоды спелые и висят на ветвях, словно капли крови. Я сижу на полуразрушенной надгробной плите, погружаюсь в их созерцание, и перед моим взором проходят отрывочные картины ужасной битвы.

Позднее я узнаю, что это и впрямь были видения прошедших событий: когда-то, как свидетельствуют старинные рукописи, на месте кладбища разразилась одна из кровавых битв...

Лишь десятилетия спустя я открыла в себе дар и способности к парапсихологии и телепатии: я с вниманием выслушиваю свою дочь, когда она рассказывает мне о бирюзовых морях, красных горах, желтых деревьях и конях, которых она поит разноцветными водами. Я уверена, что между мной и дочерью не только кровное родство, но что мы и душевно, духовно давно знаем друг друга по одной из прошлых жизней в нематериальном мире...

В самом начале второй мировой войны однажды ночью я «вижу», как Черчилль и Сталин в лодке спорят о том, кому сесть за руль...

Я уверена, что эта моя «гастроль» здесь, на Земле, не первая и не последняя...

В Царском Селе я еще ребенок, еще ничто во мне не вызрело, ибо все это мечты, которые ищут воплощения в образе и форме, — я пишу красками, рисую, леплю. Хотя меня и не учили ремеслам, кое-что получается. Мне дают частные уроки.

— Почему бы тебе не стать художницей? — спрашивает мама.

Но как это часто бывает с одаренными дилетантами, я могу все и ничего. У меня просто не хватает усидчивости терпеливо доводить замысел до конца. Идеи захлестывают меня...

В это время внутреннего перелома происходит событие, которое, вероятно, становится первым толчком для моего профессионального развития, — Элеонора Дузе приезжает с гастролями в Санкт-Петербург.

Сенсация — и не только для прессы. Всемирно известная итальянская драматическая актриса в зените своей славы. Она не нуждается в утрированных жестах и громовом голосе, не признает театральной пафосности, распространенной в то время, каждой своей роли придает индивидуальный рисунок и создает образ изнутри. Она вся светится, даже когда просто стоит и не произносит ни слова. Она играет — изящно, грациозно, утонченно, со своими чудными глазами и узкими кистями рук — женские образы Гауптмана, Ибсена, Метерлинка, Сарду, Чехова, Дюма и д'Аннунцио, которого знала лично.

И вот Дузе, знакомая с моей тетей Книппер-Чеховой, актрисой театра Станиславского, приходит в наш петербургский дом. Она разглядывает меня, гладит по голове и говорит:

— Ты обязательно станешь актрисой, дитя мое...

Я начинаю плакать, сама не зная отчего. Я просто не могу остановить поток слез.

— Почему ты плачешь? — спрашивает Дузе. — Боишься стать актрисой? Пройдет время, и ты узнаешь, что это такое — обнаженной шествовать по сцене...

Я воспринимаю это буквально и начинаю плакать еще сильнее. Обнаженной на сцене! Даже воздушные акробатки в цирке не выступают совсем голыми.

Много позднее я поняла, что имела в виду Дузе. Отринуть все условности и каждый раз по-новому, «духовно обнаженной» представать перед зрителем.

Тетя Ольга Книппер-Чехова вновь встречается с Дузе во время гастролей театра Станиславского в Америке. Это происходит в начале 20-х годов, после перерыва в выступлениях, на который великая трагическая актриса пошла сама. Она постарела не только внешне. В Новом Свете она обрела все что угодно, кроме счастья. Шумиха, поднятая вокруг ее турне жадными до наживы антрепренерами, подтачивает ее силы. Элеонора Дузе умерла в 1924 году в Питсбурге (штат Пенсильвания).

Временами в нашем доме живет и композитор Александр Глазунов. Здесь, по его собственному выражению, он обретает «душевное равновесие» и может сочинять — в отличие от собственного дома. Я часто встречаю его изрядно навеселе. Алкоголь ему необходим, постоянно уверяет он, — и действительно, похоже, что в состоянии опьянения он интенсивнее погружается в музыку. Его пальцы бегают тогда как сумасшедшие по клавишам рояля, успевая в промежутках протянуться к нотной тетради и карандашу, фиксируя первые варианты нового сочинения.

Вообще моя любящая музыку мама и наш дом с безупречно настроенным роялем в огромном зале обладают притягательной силой для музыкантов. Постоянно кто-то приходит, кто-то уходит. Так, частенько среди прочих в гостях бывает Сергей Рахманинов, чьи прекрасные руки со сверхдлинными, невероятно подвижными пальцами зачаровывают меня.

Но самым неизгладимым впечатлением в моих воспоминаниях остается писатель Лев Николаевич Толстой. Однажды я гощу в его имении Ясная Поляна. Чудесно гулять с ним по лугам и лесу и слушать его. И что самое замечательное: он разговаривает со мной как со взрослым человеком. Кажется, меня впервые воспринимают всерьез. Правда, я еще слишком юна, чтобы хорошо осознавать все, что говорит великий писатель. Но, насколько я понимаю, он ненавидит нетерпимость и войну, чем бы ее ни оправдывали. Однажды во время нашей прогулки он совершенно неожиданно останавливается, смотрит на меня серьезно и проницательно, словно его переполняет глубокая забота, и наконец произносит непривычно требовательно: «Ты должна ненавидеть войну и тех, кто развязывает ее».

Позднее я буду часто вспоминать эти слова...

Через несколько недель после визита в наш дом Дузе я вижу Анну Павлову; она танцует «Умирающего лебедя», еще и сегодня знаменитый балет, который она прославила во всех частях света.

Павлова танцует...

Это волшебные слова, воздействие которых непередаваемо и которые в наше нынешнее, подчеркнуто деловое время едва ли способны вызвать подобные же чувства. По всей России продаются ее статуэтки; ноги ее застрахованы на большую сумму; она замужем за известным скульптором князем Трубецким*, который часто ваяет Павлову, приумножая ее славу, — все это знакомо нам с детства. И вот теперь мы видим ее!

Она уводит нас в иной мир; она и есть «умирающий лебедь».

Только позднее я слышу, какое выдающееся участие принял в развитии этой одаренной танцовщицы Сергей Дягилев, руководитель балета, в котором Павлова танцевала с 1909 года.

Он стремился сплавить в балете танец, музыку и изобразительное искусство, а Павлова обладала даром в совершенстве воплотить этот синтез.

---

* Мужем Анны Павловой был Виктор Дандре; в 1932 году он выпустил книгу, посвященную ее жизни и творчеству.

В ГОСТЯХ У ЦАРЯ

Дузе... Анна Павлова... Центральное событие нашей жизни в Царском Селе, жизни яркой и богатой на детские впечатления: папа, как правило, приезжает из своего министерства в Петербурге под вечер. Ровно в 18 часов мы встречаемся за обедом. В понедельник, среду и пятницу говорим по-русски, по вторникам — по-английски, в четверг, субботу и часто также и воскресенье — по-французски. После обеда, примерно в 19 часов, родители уделяют один час исключительно нам. Мы сидим в библиотеке, и папа и мама что-нибудь рассказывают или читают вслух — о путешествиях, Вселенной, природе... Темы неисчерпаемы.

В остальное время нам дозволяется шуметь, плавать, заниматься греблей, кататься на лошадях, играть в теннис и даже (это девочкам-то!) в футбол. Запрещено лишь забывать о своих обязанностях.

С тех пор как мы с сестрой пошли в школу, в доме заведен порядок, приучающий нас к пунктуальности и дисциплине, несмотря на то (или потому) что в доме целый взвод прислуги. И во время каникул мы не освобождаемся от этих обязанностей. Так, например, у нашей экономки каждое второе воскресенье — выходной; тогда обеденные меню должны составлять мы с сестрой. По счастью, у нас есть поваренная книга, иначе нам пришлось бы капитулировать перед изощренным кулинарным искусством, принятым в царской России в среде дворянства и крупной буржуазии. Семья наша большая, гости привередливы — и обед без многочисленных закусок, перемен основных блюд и изысканного десерта просто немыслим. Таким образом, нам приходится при помощи воображения совершенствовать наше кулинарное искусство.

Нет худа без добра, некоторое облегчение нам приносит ледник (в старой России его устраивали почти все крестьяне и помещики): в парке или саду выкапывалась яма, метра два в глубину и метр в ширину. С ноября, когда озера, реки и пруды замерзали, в яму на санях свозился наколотый кусками лед и, проложенный соломой, тщательно укладывался слой за слоем. Над ямой из плетеной соломы сооружали своего рода иглу*. В такой кладовой хранились все наши мясные припасы. Весной и летом лед подтаивал, но его все же хватало до новых морозов. Приятной стороной дежурства по кухне в жаркие летние дни и было наше иглу. Нам поневоле приходилось доставать припасы, когда мы планировали обед, и тогда мы спускались в ледяную пещеру и остывали от жары и груза ответственности за меню.

Каждый год в Царском Селе предпринимались путешествия: поездки по России, а также и за границу. Я побывала с тетей в Швейцарии. Мы видели один из первых полетов дирижабля, цеппелина, над Боденским озером. Удивительно, но на меня он произвел слабое впечатление. Тетя не могла этого понять и посчитала немного задавакой. Наверное, она была не права: в начавшемся двадцатом веке мы, дети, уже столкнулись со многими революционными новшества-

---

* Иглу — зимнее жилище у канадских эскимосов из снега и льда в виде купола. — *Прим. О. Чеховой.*

ми, например электрическим светом, телефоном, самолетом и автомобилем.

Гораздо большее впечатление, нежели цеппелин, на меня произвел наш первый автомобиль. Крестьяне в страхе разбегались перед «дьявольской» повозкой, крестясь и с ужасом глядя вслед. Я находила восхитительным нестись со страшной скоростью 50 (пятьдесят!) километров в час.

Вчера и завтра встречаются в Царском Селе — эпоха умирает, подобно унылому затянувшемуся ужину, и новый период времени выбирает это маленькое местечко на краю огромной метрополии для всемирно-исторически значимых событий...

Как одаренный фантазией ребенок представляет царя и его семью, благосклонно являющих себя народу? Царя — в короне и, конечно же, одетым в ниспадающую волнами пурпурную мантию на соболях, а государыню и принцесс, само собой разумеется, в коронах и дорогих бальных платьях.

Папа, мама, брат с сестрой и я отправляемся гулять. Папа первым замечает открытый экипаж. Мы останавливаемся. Папа говорит, что это едет царь со своей семьей.

Сердце мое отчаянно бьется. Сестра и я делаем глубокий книксен, папа и мама склоняются в поклоне — как и все взрослые вокруг, мимо которых проезжает царь.

Я заканчиваю делать книксен, отваживаюсь взглянуть и обнаруживаю экипаж с позолоченными фонарями, с кучером и лакеями в красных плащах... Я жду, что короны, золото и пурпур ослепят меня, и — крайнее разочарование: ничего подобного!

Царь одет в ничем не примечательную офицерскую форму, а его семья — в еще более простые платья.

Это разочарование возрастает еще больше, когда бабушка, бывавшая при дворе, однажды привозит нам приглашение в гости к детям во дворец. Мы с нетерпением ждем этого дня и на месте расстанемся с еще одной иллюзией: и во дворце государь, государыня и их дети ходят без корон; более того, одеты они очень просто, стиль их жизни скромен, почти буржуазен. И даже кровати у них не из чистого золота, а совсем как наши собственные: никелированные, светло-голубой краски и украшенные блестящими шарами.

Оба примыкающих к резиденции замка, построенных Екатериной Великой, больше соответствуют моим представлениям о дворе: Екатерининский дворец — «маленький Версаль», роскошный, облицованный лазуритом и малахитом и с прелестной Янтарной комнатой, в которой стены, детали потолка и вся мебель сотворены из янтаря, отделанного чем-то голубым и позолотой. В этом дворце проходило большинство официальных приемов, тогда как дворец поменьше, так называемый Александровский, раньше был собственно местом жительства Романовых.

Мы играем в дворцовом парке с царскими детьми Ольгой, Татьяной, Марией, Анастасией и Алексеем.

Правда, Алексей только смотрит на нас. Его сопровождающий — дядька — большей частью носит цесаревича на руках. Любая маленькая ранка, любая царапина опасна для его жизни: наследник страдает неизлечимой болезнью крови, гемофилией; врачи из России, Германии и Англии бессильны. Никому не удавалось остановить у Алексея кровотечения, любое из которых могло оказаться смертельным.

И доктор из Тибета был вынужден капитулировать. Но тибетский врач знает одного человека в Сибири, которому приписывают сверхъестественную целительскую силу, Григория Ефимовича Распутина, крестьянского сына, монаха, члена секты хлыстов, которые с помощью оргиастических танцев, песнопений и бичеваний доводят себя до экстаза и «приобщения» к Богу.

Отчаявшиеся родители престолонаследника об этом ничего не знали; они ухватились за последнюю надежду и призвали Распутина из сибирского села ко двору.

Распутин появился во дворце — неотесанный, грубый, грязный мужик в похожем на кафтан одеянии и поначалу робкий и неловкий.

Он постоянно находился поблизости от наследника трона, и ему не пришлось долго ждать своего первого испытания: однажды Алексей сделал неловкое движение и упал — колено стало кровоточить. Распутин положил свою руку на пораненное место и стал утешать Алексея: «Сейчас сразу перестанет...» Царь и царица поспешили к сыну и не поверили своим глазам: кровь остановилась.

Распутин сделал то, что до него не смог ни один врач...

С этого времени Распутин стал незаменимым человеком при дворе и беззастенчиво пользовался этим для упрочения своей политической власти, которая ускорила падение дома Романовых.

Все это я узнала от моей бабушки; она придворная дама. Бабушка была очевидцем того, как фрейлины императрицы припадали к стопам Распутина и как он с ними обращался — чванливо, высокомерно и похотливо, ведь его секта исповедовала сексуальную распущенность. Он воцаряется, с успехом повторяет свое магнетическое врачевание наследника престола и в результате становится — несмотря на то, что его сильнее и сильнее боятся и ненавидят — все более неуязвимым и укрепляет свою славу «чудесного старца». И вдруг на него совершают покушение.

Став знаменитым по всей России, Распутин отправляется на родину в Сибирь. Народ толпами стекается к нему. Одна старая крестьянка просит его благословения и склоняется перед ним в низком поклоне. Когда же Распутин, благословляя, поднимает руки, крестьянка вонзает в него нож. Как и многие, она видит в нем «сатану».

Происходит то, во что невозможно поверить: Распутин выживает после смертельных ранений. Весть об этом распространяется со скоростью молнии. Многие теперь верят в его бессмертие.

Распутин возвращается ко двору в ореоле святого. Один раз мне довелось увидеть его: Царское Село расположено от Петербурга в двадцати минутах езды по железной дороге. За отцом как одним из высших чиновников постоянно зарезервировано купе первого класса для поездок в министерство. Как-то мама, сестра с братом и я воспользовались этим купе для возвращения из Петербурга домой, в Царское Село. Нас всюду принимают за иностранок, и к этому мы уже привыкли — возможно, из-за нарядов, наши платья выписаны из Парижа.

На перроне на нас обращает внимание крепко сбитый мужчина; по-деревенски грубовато он говорит:

— Ах, какие милые детки...

Мама поспешно входит в вагон. Мужчина следует за нами.

Из купе мы видим, как он беспокойно ходит взад-вперед по коридору. Старшая сестра шепчет маме: «Это же Распутин...»

Мама не отвечает; конечно, она знает, кто этот

мужчина. Почти каждый из ближнего круга при дворе знает и боится его, мама больше других, помня рассказы бабушки, которая верит, как и большинство, в «злой» распутинский взгляд.

Должно быть, сейчас мама об этом и подумала; она встает и задергивает шторы нашего купе...

Незадолго до того, как нам выходить, Распутин распахивает дверь, конечно же не постучавшись, вваливается и бесцеремонно садится.

Мама вежливо просит его выйти, ведь он находится в зарезервированном частном купе.

Распутин устраивается поудобнее и грубо заявляет:

— Мне никто не смеет запрещать — даже сам царь!

А позднее во время одной ссоры при дворе он угрожающе скажет: «Если только я уйду, дом Романовых кончится!»

И оказался прав.

Кое-что о нарастающих в стране беспорядках, о приближающемся конце эпохи я узнаю неожиданно и от ближайшего окружения.

Елизавета Федоровна, сестра царицы, — близкая подруга бабушки. Муж Елизаветы — губернатор Москвы. В 1905 году он становится жертвой террористического акта: студенты бросают в него бомбу, которая убивает его.

Перепуганная взрывом, Елизавета Федоровна выбегает на улицу и видит лишь части тела мужа: оторванную руку, изуродованную ногу...

Она подбирает руки и ноги.

— Почему студенты его убили? — спрашиваю я бабушку. — Зачем они бросают бомбы? И почему все больше людей арестовывают и ссылают?..

— Поймешь, когда вырастешь, — уклоняется от ответа бабушка.

Пока я пойму, пройдет еще несколько лет. А у нас в Царском Селе по-прежнему царят спокойствие, романтизм и уют родного дома, по-прежнему зажигаются вечерами керосиновые лампы и топятся печи нашим чудаковатым истопником Гаврилой.

Гаврила — муж нашей кухарки. Он чистит керосиновые лампы и заправляет их — мама не признает электрический свет, считает его холодным и безжизненным — и день за днем топит наши печи и камины березовыми дровами.

Гаврила — мастер своего дела. Он умеет так подрезать фитили в лампах, что они горят равномерно и не коптят; благодаря ему наши занавеси не становятся серыми, а наши носы — черными от сажи. Гаврила самозабвенно чистит ламповые стекла и подсвечники и целыми днями рубит и складывает в поленницу дрова, чтобы огонь в наших печах и каминах никогда не гас. Короче говоря, Гаврила — весьма занятой человек, у которого дел невпроворот с утра до вечера.

Удивительно, что для отдыха ему достаточно пропустить несколько глотков; правда, частенько глотки эти бывают слишком большими.

Тогда Гаврила становится совсем другим человеком. Водка развязывает ему язык; он поет и рассказывает такие неправдоподобно жуткие истории, что хоть святых выноси.

Тут-то и наступает час его решительной супруги: она дает ему пару крепких зуботычин и целенаправленными пинками препровождает в постель.

После такого неласкового и не единожды испытанного обхождения как-то утром Гаврила остается в постели.

— Дьявол, опять меня прострелило, — стонет он.

И правда. Он не может и пошевелиться. Но супружница знает выход. Она решает излечить Гаврилу по «домашнему рецепту»: без церемоний кладет мужа на свою гладильную доску, раскаляет утюг и принимается гладить его выпуклые «тылы».

Душераздирающие вопли Гаврилы наполняют весь дом. Прибегает мама и спасает Гаврилу от пыток, последствия которых весьма впечатляющи: под его штанами набухают объемистые волдыри от ожогов...

Мама отодвигает кухарку в сторону и устраивает ей нагоняй за бесчеловечное обращение.

С этого момента кухарку как подменили; она становится ласковой, уже не ругает и не награждает Гаврилу увесистыми оплеухами и даже разрешает пить, сколько тому заблагорассудится.

Гаврила тем временем почему-то отнюдь не радостен и не доволен. Напротив. Он приходит в мрачное расположение духа, теперь вместо радикулита его терзает черная меланхолия, и в конце концов он трогательно открывает матери причину своих страданий:

— Вот уж подмогли вы мне, милостивая госпожа, она ведь меня больше не любит, у нее, должно, теперь завелся другой...

Когда же мама пытается узнать, что внушило ему такую нелепую идею, Гаврила вполголоса сообщает о своих подозрениях:

— Она меня больше не ругает, не колотит, разрешает напиваться, когда захочу, видно, хочет побыстрее спровадить в могилу!

Мама старается оставаться серьезной и предписывает жене Гаврилы «...время от времени давать мужу несильную, ласковую затрещину...».

Кухарка сияет.

БЕГСТВО НА «СВОБОДУ»

Веселое Царское Село...

Что в действительности побудило меня покинуть эти сады моей счастливой юности, почти без всякого перехода выпорхнуть из заботливого родительского дома, сказать трудно.

Возможно, именно эта безмятежность бытия, противоречившая моему состоянию «бури и натиска», возможно, внутреннее сопротивление абсолютной неискушенности, которую все еще лелеяли во мне мои добропорядочные родители, оберегая детей от политических и жизненных проблем; может быть, это многие из тех вещей, о которых «не говорят», — повсеместно назревавшее и уже откровенно обсуждавшееся падение царского абсолютизма или «взаимоотношения между мужчиной и женщиной» (толкование в энциклопедии дано исключительно в связи с революционно-духовными исканиями в XVIII веке); а может быть, все вместе, но, как бы там ни было, я рвусь «на свободу», толком не осознавая, чем эта свобода должна отличаться от того, что было до сих пор. Для меня это даже и не важно. Я просто хочу окунуться «в жизнь».

Родители согласны.

Они отправляют меня в Москву к тете Ольге Книппер-Чеховой. Под ее покровительством я посещаю школу-студию при Московском Художественном театре. Мой учитель Константин Сергеевич Станиславский — один из основателей этого всемирно знаменитого театра.

Правда, пока не ему и не его школе-студии отдано мое восторженное девическое сердце, а моему кузену Михаилу Чехову, молодому, талантливому актеру театра Станиславского.

Я знакома с ним давно. Уже маленькой девочкой была к нему неравнодушна, когда он, как правило со своим дядей Антоном Чеховым, бывал у нас в гостях. Мое сердце билось чаще, когда Миша оказывался где-нибудь поблизости, и я постоянно искала и находила предлог, чтобы быть с ним рядом. Разумеется, меня всегда глубоко ранило, когда я замечала, что в конце концов я для него просто маленькая девочка. Живо помню Мишу в то пасхальное воскресенье, когда после церкви по православному русскому обычаю с восклицанием «Христос воскресе!» принято поцеловаться и он целовал одну взрослую девушку гораздо дольше, чем меня...

Михаил Чехов для меня красивее и пленительнее всех актеров и даже всех мужчин. Я схожу по нему с ума и рисую себе в своих ежедневных и еженощных грезах, какое это было бы счастье — всегда-всегда быть с ним вместе...

И тут на помощь приходит великий случай. Для благотворительного представления мы оба репетируем в «Гамлете». Миша — Гамлет, я — Офелия. Репетиции полны тайного флирта, но дальше этого дело не идет. Я робка, а Миша — я все еще опасаюсь — недостаточно влюблен...

И вот наступает великий день. Спектакль исполняется перед исключительно избранной публикой.

Бурные аплодисменты, я преисполнена гордости. Вновь и вновь мы с Мишей появляемся перед занавесом. Станиславский хвалит меня, тетя Ольга поздравляет, это мой первый успех.

Все решается в этот вечер. Я ухожу с Мишей за кулисы, где нас никто не может увидеть. И тут под замирающие аплодисменты публики он целует меня... Что за странное чувство! Сначала мне кажется, будто я умираю от блаженства. Но потом меня пронизывает глубокий страх: я еще нетронутая, «из приличного дома» и сексуально абсолютно невежественна; ему двадцать три, он уже знаменит как актер и режиссер у Станиславского, очарователен, явный соблазнитель и донжуан театра.

«Если меня *так* поцеловал мужчина, — проносится в моей наивной голове, — то у меня будет ребенок».

Итак, густо покраснев и смутившись, я лепечу:

— Но теперь ты обязан на мне жениться, Миша...

Он смеется:

— А чего еще я могу пожелать?

Итак, мы женимся. По сиюминутному влечению, по решению, принятому в несколько секунд, в котором смешались моя неопытность, «страх за последствия», туманный романтизм, тщеславие, а у него — авантюризм, легкомыслие, мужская гордость «обладателя» и, возможно, известная доля расчета. Ибо Михаил Чехов, уже известный театральный деятель, имеет сравнительно неплохое жалованье, но все, что получает, разбрасывает полными пригоршнями. А я так называемая «хорошая партия» — мои родители состоятельны...

Чего я пока еще не знаю: этот брак — сумасбродство, за которое впоследствии придется дорого расплачиваться.

В это время не существовало гражданского брака, было только церковное венчание. Для венчания Миша нашел маленькую деревеньку, примерно в десяти километрах от Москвы, чтобы быть уверенным, что наша тайная свадьба никем не будет расстроена. Правда, попа, который в соответствии с церковными предписаниями настаивает на письменном разрешении родителей, все равно приходится «подмазать». И наместник Божий дает себя подкупить. Так приключение-мечта начинает беспрепятственный и безумный бег: я надеваю свой самый элегантный наряд — черную бархатную юбку, белую шелковую блузку, черные лакированные туфли и спешно укладываю ночную рубашку и зубную щетку. Затем мы встречаемся с шаферами где-то на окраине Москвы и на двух дрожках едем к месту нашего венчания. Я вся дрожу, но не от радостного возбуждения. Мне страшно. Как-то вдруг мне перестает нравиться это приключение. Я обращаю страстные молитвы к Небу, может, еще что-нибудь случится, еще что-нибудь помешает...

Но ничего не случается.

Миша мужествен и серьезен.

Церковь — маленькая простая часовня — явно не предназначена для того, чтобы поднять мое настроение.

Перед церковью стоят с десяток пожилых крестьян и по обычаю держат в руках зажженные свечи — «как на похоронах», пронзает меня мысль.

Мы проходим в часовню. Обряд венчания свершается торопливо. Хора нет. Все происходит тихо и с какой-то странной поспешностью. И погода соответствующая: неожиданно налетает вихрь. Церковная дверь визжит в петлях. Каждый раз когда ветер хлопает ею о стену, я вздрагиваю от хлесткого удара.

После венчания мы едем прямо на Мишину квартиру.

Едва войдя, сразу ощущаю, что меня ожидает в будущем: от его матери и няньки веет холодом неприязни. Обе безмерно гордятся своим Мишей. Обе не имели и ничего не имеют против его подружек, которых он меняет как перчатки, — напротив, они кичатся этим, их Миша — настоящий мужчина! Мать любит его просто до безумия.

А теперь вот прихожу я, избалованная девушка из богатой семьи, его жена, принадлежать которой он должен отныне и навек. Мать Миши возненавидела меня с первого взгляда.

Она приготовила скромный свадебный обед. Но я не могу проглотить ни куска, положение ужасное, я ломаю себе голову, как сообщить своей семье о браке.

Наверное, через тетушку Ольгу Книппер-Чехову. Ведь это из-под ее опеки я улизнула. А она ни о чем не догадывается, не говоря уже о моих родителях.

После еды я прошу Мишу позвонить тете Ольге в театр и сказать, что сегодня вечером я к ней не приду, потому что... да, потому что мы поженились, ну и, разумеется, теперь я буду жить у мужа.

Миша звонит.

Тетя Ольга отвечает так громко, что свекровь, няня и я без всяких усилий тоже слышим ее: тетя Ольга велит передать мне, чтобы я без промедления возвращалась в ее квартиру — без промедления и без Миши! Мишина мать и няня злорадно усмехаются; они уже так и видят себя снова наедине с их ненаглядным Мишей.

Пока Миша и я размышляем, что же нам делать, Станиславский присылает друга, который без всяких поздравлений сурово «мылит Мише шею», называет все произошедшее скверной шуткой и категорически требует, чтобы брак незамедлительно был расторгнут, «чтобы избежать скандала».

Я собираю свои немногочисленные вещички и еду обратно на квартиру к тете Ольге.

Миша меня не удерживает.

Тетя Ольга тоже не решается сразу поставить в известность папу. Она телеграфирует маме лаконично и завуалированно: «Срочно приезжай — по поводу Оли».

Уже на следующий день чуть свет приезжает мама. Узнав правду, она реагирует на удивление хладнокровно и с облегчением:

— Вышла замуж... что ж, слава Богу, это еще не самое страшное...

Однако, когда мы остаемся вдвоем, она яснее излагает мне свою точку зрения:

— Ты самовольно вышла замуж, что же, теперь изволь сама отвечать за последствия. Я дам тебе добрый совет: не сделай второй глупости. Смотри не забеременей, пока вы оба как следует не узнаете друг друга!

И все. Никаких упреков, жалоб, лишь еще одно утешение «на всякий случай»:

— Ты всегда можешь вернуться, если станет невыносимо.

Однако при мысли об отце и моя отважная, дипломатичная и умудренная жизнью мама тоже впадает в некоторый пессимизм:

— Когда он обо всем узнает...

Можно не продолжать. Я знаю, что меня ожидает...

Тем не менее уже следующим вечером мы в спальном вагоне выезжаем в Петербург. Тринадцать бесконечных часов. До отъезда я Мишу не видела и с ним не говорила.

В поезде у мамы довольно времени, чтобы разработать свою стратегию. «Приедем домой, ты сразу ляжешь в постель, — вслух размышляет она, — папа еще будет в министерстве, а когда вечером вернется, решит, что ты больна. Остальное предоставь мне...»

Что мама собирается сказать папе, она умалчивает. А я ее не спрашиваю. Она советует мне снять обручальное кольцо и спрятать паспорт, чтобы папа прежде времени не открыл, кто обвенчал меня и Мишу.

Я два дня лежу в постели и реву как белуга. Папа входит в мою комнату восемнадцать часов спустя. В соответствии с девизом «нападение — лучший вид обороны» я демонстрирую ему лучшие образцы своего актерского таланта. Я впадаю в истерику, как тогда, при проверке баллов Лео. Прежде чем у папы находятся слова, я кричу: «Если ты будешь меня упрекать, выброшусь из окна!»

Возможно, у папы еще не изгладились воспоминания о тогдашней сцене — ведь я действительно выпрыгнула, — а возможно, маленькое чудо совершила мамина дипломатия, в любом случае я побеждаю: папа гладит меня по голове, склоняется и целует в лоб.

Буря миновала. Но вскоре все треволнения сказываются на маме. У нее воспаление сердечной мышцы. Состояние ее внушает опасения. Она лежит полтора месяца.

Я во всем виню себя, почти не отхожу от ее постели и в свои мечтательные, экзальтированные семнадцать лет решаю уйти в монастырь, если мама не перенесет кризиса. «Монастырь» куда как хорошо соответствует моему тогдашнему романтическому состоянию «бури и натиска»!

От Миши между тем никаких известий.

Мама преодолевает болезнь.

Когда она совсем выздоравливает, папа объявляет мне свое решение спокойно и бесповоротно:

— Что же, дитя мое, теперь ты можешь возвращаться к своему мужу — правда, без денег, без приданого и без драгоценностей. Разумеется, можешь забрать свое белье и платья...

Я еду в первом классе, теперь долгое время мне не доведется так ездить.

Миша и его мать забирают меня с вокзала. По дороге «домой» мы почти не разговариваем.

Как только я переступаю порог крошечной, полутемной трехкомнатной квартирки, меня встречает притворно-ласковая улыбка няни.

Я в замешательстве. Миша помогает мне разобрать багаж.

Няня между тем готовит ужин; она суетится, гремит посудой, у нее явно не руки, а крюки. Свекровь кричит на нее, та не смеет и пикнуть. За едой они вновь безмолвно объединяются против меня в холодном неприятии.

Я торопливо ем и поспешно ухожу...

Свекровь никак не может заснуть — брюзжит, ворочается в постели и зовет няню. Маша, так зовут это несчастное создание, должна, как обычно, почесать ей перед сном пятки.

Маша чешет.

В это время «мама», всхрапывая и без сновидений, проваливается в объятия Морфея.

Мне становится дурно. Миша улыбается. Не следует воспринимать все так серьезно, считает он, добавляя, что уже давно к этому привык...

Он ведет меня к своей, к нашей — постели.

Я стою, словно окаменев, и пытаюсь понять, что это означает: «наша постель».

В какое-то мгновение я вновь чувствую его поцелуй, какой он подарил мне после того спектакля в школе-студии.

Но на губах остается пресный привкус.

В квартире дурно пахнет. И поблизости все так же храпит Мишина мать.

Я тоскую по свежему воздуху моей девичьей комнаты в Царском Селе.

Я говорю Мише, что сильно устала. Я не лгу.

Это действительно так...

У СТАНИСЛАВСКОГО

Что меня поддерживает в последующие годы, так это учеба в Московском Художественном театре Станиславского.

Константин Сергеевич Станиславский — крупный мужчина, у него белые как снег волосы, кустистые черные брови и завораживающий взгляд. Его появление, как нечто само собой разумеющееся, тотчас вызывает у всех уважение и почитание, прежде всего, конечно же, у молоденьких актрис. Его критика объективна, порой едка, однако педагогический талант потрясающ. Споры о своем методе, о разных интерпретациях пьес он не только поддерживает, но и поощряет. Порой они длятся до самой генеральной репетиции. В остальном он требует четкой дисциплины и безусловного вживания в ткань произведения: каждый актер, независимо от того, играет он главную или второстепенную роль, за час до начала спектакля обязан быть в гримерной, чтобы спокойно подготовиться и сконцентрироваться. Если он приходит на репетицию или спектакль поздно, то на первый раз получает предупреждение, во второй раз платит пять, в третий — десять рублей штрафа. Если же гулена неисправим, то может рассчитывать на увольнение без предупреждения за «неуважение к труппе». Я не помню, чтобы кто-нибудь из нас доводил дело до этого.

Перед каждым студийцем ставятся многочисленные и разнообразные задачи. Так, к примеру, мы по очереди дежурим за кулисами на вечерних спектаклях, помогая помощнику режиссера, следя за реквизитом и в целом наблюдая за тем, чтобы за сценой все шло без сучка без задоринки. В качестве помощников нас привлекали и к работам сценографа, который предлагал свои эскизы в виде миниатюрных моделей сначала соответствующему режиссеру, а затем Станиславскому. В студии нам, естественно, давали разнообразные уроки и по самой специальности — от пантомимы через ритмическую гимнастику и постановку дыхания до уроков музыки и лекций по истории театра и костюма.

Если пьеса в студии разучена настолько основательно, что она уже на подходе, то начинаются еще более многочисленные живые прогоны, которые заканчиваются только тогда, когда руководитель студии Евгений Вахтангов или первый режиссер Михаил Чехов посчитают возможным показать пьесу лично Станиславскому. Само собой разумеется, что при такой напряженной работе постоянно возникают моменты горького разочарования и взрывы отчаяния; ведь иной раз мы репетируем по 150 — 200 раз!

— Я больше не могу! — вскрикивает соученица и падает без сил.

Станиславский бесстрастно комментирует:

— Нет ничего, чего не мог бы актер — когда он талантлив. Если вы другого мнения, то поищите другую профессию.

Постановка любой пьесы от первого рабочего обсуждения до готового сценического воплощения всегда идет по одному и тому же четко установленному пути: прежде чем начинаются какие-либо репетиции, в течение недели читка пьесы по ролям. На этой стадии и речи нет о мимике, жестах или других акцентах. Затем идет разработка хода действия с книгой в руках; потом то же самое и с каждым отдельным актом. И лишь затем нам разрешается постепенно впитывать в себя текст. После такого рода читок-репетиций это, естественно, дается нам относительно легко. Таким образом, «борьбы» с сопротивляющимся текстом не существует.

Правда, этому должно сопутствовать главное: актер обязан обладать «интеллигентным сердцем» — особенно, эстетически развитым органом, который позволяет тонко чувствовать, но который не поддается определению словами.

Из множества выдающихся инсценировок Станиславского одна постановка пушкинского «Моцарта и Сальери» по личным причинам произвела на меня особенно глубокое впечатление: Миша, мой муж, играет Моцарта.

Он, без сомнения, привнес многие существенные черты в трактовку, ему лишь явно не дается изящная грация эпохи Моцарта. Тогда Станиславский распорядился, чтобы он в течение недели обедал у него дома, по-настоящему вживаясь в застольные обычаи XVIII столетия.

Миша ненавидит любое принуждение, в том числе принуждение вести себя безупречно. С тем большим изумлением я наблюдаю за его превращением в грациозного, элегантного, благовоспитанного кавалера эпохи рококо.

Но это перевоплощение на сцене, а дома... Дома он капризный сынок с барственными замашками, которые распространяются и на меня. Здесь все по-прежнему: полумрак, теснота, спертый воздух, брюзжащая больная свекровь с иссохшей, порабощенной няней, и обе ненавидят меня.

— Ты скоро к этому привыкнешь, — сказал мне Миша в наш первый вечер.

И я к этому привыкла — потому что вовсе не занимаюсь этим «домом», потому что наряду с занятиями сценическим искусством изучаю ваяние в Институте изобразительных искусств, читаю Ницше, Шопенгауэра и Толстого, потому что я ухожу в йогу и азиатскую философию.

Так я грежу вне реальности и привыкаю ко многому — в том числе и к совместной постели с Мишей.

Однажды я точно устанавливаю, что беременна.

Мне еще нет восемнадцати. Домашнее окружение угнетает меня, брак с Мишей оказался фарсом. Как и до женитьбы, после спектаклей он снова приводит домой поклонниц из театра.

Я пытаюсь понять, какие последствия в подобных обстоятельствах может иметь рождение ребенка, и, несмотря ни на что, стараюсь радоваться. Мне это не удается. Остается лишь неопределенность и мучительное беспокойство. Ибо помимо личных проблем в нашу жизнь входят события, перевернувшие всю страну: начинается война.

Первая мировая война, о которой поначалу никто и не предполагал, что она выльется в мировую, становится ощутимой и в Москве. Конечно, не так, как в столицах маленьких государств. Россия — огромная империя, и линия фронта находится далеко. И тем не менее теперь каждый день циркулируют противоречивые сообщения и слухи. В воздухе витает такое напряжение, какого мы не знали прежде, и оно заражает любого, не важно, ангажирован он политически или нет.

Я не такая. Я ничего не знаю о патриотизме, партиях или социальных проблемах; я и не желаю об этом ничего знать, я хочу стать актрисой.

Но это всеобщее напряжение усиливает мое внутреннее беспокойство и неуверенность. Я сомневаюсь в своем будущем. Я пытаюсь прервать беременность: принимаю горячие ванны, пью какие-то невероятные чаи, экспериментирую с какими-то сомнительными травами и прыгаю на пол со столов и стульев. Тщетно. Позднее я буду счастлива, что у меня есть ребенок. Но во время беременности нет и намека на подобное счастье.

Тогда я говорю Мише, что жду ребенка.

Он только бросает на меня взгляд, пожимает плечами и уходит из дому.

Я словно в столбняке, бесцельно брожу по улицам, не замечая, что одета слишком легко, и сильно застужаю почки. Мне приходится неделями проводить в постели и пить много жидкости. Я распухаю; можно подумать, что у меня будет двойня. Когда я снова могу встать, часто ухожу гулять, чтобы оказаться подальше от «дома».

Далеко за полдень. Я возвращаюсь с очередной прогулки. Моя комната занята. Мать Миши и няня заняты починкой и штопкой; они разложились со своими вещами, словно собираются оставаться здесь и дальше.

Я прошу их перейти в свою комнату; они обмениваются взглядами, словно две заговорщицы из романа ужасов. Няня глупо ухмыляется; Мишина мать не говорит ни слова и продолжает шить. Мне тяжело стоять с моим отекшим телом. Я ищу стул. На стульях в моей комнате сидят Мишина мама и няня. Я направляюсь к двери соседней комнаты, в которой обычно обитают эти женщины.

Дверь заперта. Я слышу за ней женское хихиканье.

Через несколько минут Миша выходит с девушкой, «не замечает» меня, мимоходом кивает матери и няне и с улыбкой говорит:

— Теперь можете возвращаться...

За три недели до предполагаемых родов я еду с мужем и его матерью на так называемую дачу под Москвой. Дача — маленький, совсем примитивный домик, что снимают лишь на короткий срок.

Поблизости от дачи есть теннисный корт. Миша хорошо играет в теннис. Я сопровождаю его на корт.

Когда мы подходим, как раз заканчивает играть одна юная девушка с подругой. Миша предлагает этой девушке сыграть еще партию и обворожительно улыбается:

— Возможно, мне удастся исправить ваш удар слева...

Они играют и флиртуют. Они так бесстыдно флиртуют и после игры, что у меня сдают нервы: я кричу на Мишу, слезы льются из моих глаз.

Миша раздражен, или, точнее, ему неловко от моей сцены.

Я с яростью смотрю на него. Я еще не знаю, что бессмысленно пытаться удержать мужчину слезами.

Миша просто оставляет меня одну.

Позднее, прямо сразу после нашего развода, он женится на этой девушке...

Я ухожу с теннисного корта так быстро, насколько позволяет мое состояние, и не замечаю, куда бегу. Хочется просто пособирать ягоды в лесу — ни о чем не думая и не анализируя. Лес в этих местах большой и нехоженый. Мне он совсем незнаком.

Время бежит. Внезапно темнеет. Я в отчаянии

ищу дорогу. Но ничего не нахожу. Вокруг меня одни тени. Спускается ночь.

Страх охватывает меня — и боязнь медведей.

Я хочу забраться на дерево и переждать там до утра. Но мне теперь не вскарабкаться ни на одно дерево — слишком я тяжелая и бесформенная.

Тогда забираюсь в кусты. Мне холодно. Но усталость побеждает. Я засыпаю.

На рассвете слышу хруст сучьев и звуки, знакомые мне с детства: это ворчание медведя.

Удивительно, но я не очень пугаюсь, может быть, потому, что еще окончательно не проснулась. То ли кошмарное видение потрясло меня в полусне, то ли мной руководит провидение: я предчувствую близкую опасность и тем не менее остаюсь совершенно спокойной, следую за белым пятном, которое высвечивает перетекающие одну в другую картины сна. Световое пятно удаляется. Я бегу за ним, как в трансе, метр или километр — трудно определить.

При этом совершенно отчетливо ощущаю на затылке горячее дыхание медведя.

Вдруг я сильно ударяюсь головой и сразу же прихожу в себя. Я выбежала по лесной просеке к телеге с дровами.

Выстрелы разрывают тишину.

Бледный крестьянин на телеге опускает ружье и ошеломленно смотрит на меня. Его выстрелы отпугнули медведя.

— Ты бежала впереди него как сумасшедшая, — бормочет он испуганно. — В твоем положении... Матерь Божья, спаси и сохрани!

Он крестит меня. Его короткая молитва, похоже, услышана: в целости и сохранности он доставляет меня на дачу.

Мишина мать тотчас едет со мной в Москву в клинику. Миша остается на даче; он обещает приехать, как только придет время родов.

В клинике меня охватывают приступы боли. Во время родов я нахожусь на грани жизни и смерти.

Жизнь побеждает.

Так в мир приходит моя дочь Ада. В мир, в котором бушует война и заявляет о себе русская революция.

Хаос начинается...

Миша пока не видел своей дочери. Он так и не приехал с дачи в московскую клинику. Но вскоре мы снова все вместе: Миша, его мать, няня и я с маленькой Адой. И все продолжается как прежде. С рождением ребенка ничего не меняется.

Я решаю расстаться с Мишей.

И тут происходит нечто, чего мы не предполагали: Мише присылают мобилизационное предписание.

Сначала мы решаем, что это ошибка, потому что он не совсем здоров. Миша отправляется навести справки. Из военного ведомства он возвращается домой пьяным.

— Им нужен каждый мужчина! — истерически кричит он. — Здоровые или больные, теперь все годны! — Он хватает блюдо и бросает его о стену.

Летят осколки. Грохот приносит ему облегчение. Протрезвев на мгновение, решительно и категорично бормочет:

— На войну я не пойду. Не возьму винтовку в руки. Я не стану стрелять в человека...

— Они сошлют тебя в Сибирь, — говорю я тихо, — или повесят...

Миша передергивает плечами:

— Вполне возможно...

Он продолжает пить, безостановочно, до потери сознания. Я пытаюсь удержать его, отнимаю стакан, трясу его и кричу:

— У тебя же вечером спектакль!

Он отталкивает меня и продолжает пить.

Его мать безучастно смотрит на него.

— Почему ты ничего не делаешь? — в отчаянии спрашиваю я ее.

Она равнодушно машет рукой:

— Он как и отец, который пил три дня подряд, потом неделями ни капли и вдруг снова днями и ночами, не прекращая. Я ничего не могу поделать...

Я иду к Станиславскому и объясняю, что происходит с Мишей. Тот внимательно слушает меня. На этот раз он понимает, отчего Миша пьет, говорит он, и подчеркивает: «на этот раз...»

Зато я не понимаю его.

Станиславский терпеливо объясняет: ему нередко приходится заменять спектакли, потому что Миша совершенно пьян. По-видимому, я об этом ничего не знаю?..

— Не имею представления, — отвечаю я потрясенно.

Станиславский верит. Поначалу, добавляет он, пробовали заменить Мишу другим актером, чтобы спасти спектакль. Но публика не принимает замен, она хочет именно его, Михаила Чехова, талантливого и обворожительного.

Станиславский дает указание снять пьесу, в которой должен играть Миша сегодня вечером, и заменить другой. Я умоляю Станиславского предпринять все, чтобы освободить Мишу от воинской повинности: «он не пойдет служить — они заберут и повесят его...»

Станиславский вызволяет Мишу.

Узнав, что я была у Станиславского, Миша падает мне в ноги и клянется, что больше никогда не возьмет в рот ни капли и не будет водить домой «этих девушек».

Две недели спустя ночью он снова приводит домой одну из «этих девушек», а через несколько дней после этого напивается до бесчувствия.

Когда он трезвеет, я с маленькой дочкой покидаю этот дом — навсегда. Я говорю ему, что буду разводиться.

Он идет за мной и снова клянется больше никогда не пить, если я вернусь к нему.

Я не возвращаюсь.

Тем не менее с этого дня он больше не берет в рот ни капли алкоголя и вскоре женится на юной девушке с теннисного корта.

Мы встретимся с ним в Германии. В фильме под моей режиссурой он будет играть одну из главных ролей...

В ГОДЫ ГРАЖДАНСКОЙ ВОЙНЫ

После расставания с Мишей мне нужно было позаботиться о том, как заработать денег. Я оказываюсь в глубоком материальном и душевном кризисе. Что касается моего финансового положения, то мне помогает мама — против воли отца, — насколько она в состоянии. Но во мне просыпается честолюбие, желание доказать, что я сама сумею найти свое место в жизни. Ежедневно я хожу в контору виноторгового магазина, разбираю там корреспонденцию, одновременно учусь печатать на машинке, стенографии, организации производства, бухгалтерии. По вечерам вырезаю шахматные фигурки и по дешевке отдаю одному постоянному оптовику, а тот в свою очередь перепродает их за приличные суммы. Словом, удерживаюсь на плаву и временами ощущаю даже некое подобие удовлетворения, потому что чувствую, как закаляюсь и становлюсь более приспособленной для будущего, которое готовит для меня еще много сюрпризов.

Министерства переводят из Царского Села в Москву, и наконец приезжают и мои родители. С маленькой Адой я живу у них.

Уже царят хаос и анархия. Голод и холод невообразимые. Чтобы достать пару жалких картофелин, моя сестра и я уезжаем на десять и более километров за город. Чтобы достать кружок замороженного молока, которое может сохранить моей дочке жизнь, мы целый день на ногах, но нам не удается донести его до дома.

Вечером, возвращаясь, мы натыкаемся на грабителей — истощенных и голодных, как и мы сами. Они отбирают у нас молоко. Плача, я рассказываю им о своей дочке. Они пожимают плечами: за огромными сугробами снега прячутся их жены. Теперь они подходят ближе — почти у каждой на руках грудной ребенок.

На следующий день везет больше. После нескольких часов бесплодных поисков один крестьянин дает нам молока и несколько картофелин. Нам удается принести и то и другое. Картофелины превращаются в ледышки. Дома мы их оттаиваем; снимаем кожуру и высушиваем ее, прокручиваем через мясорубку, поджариваем на сковородке — конечно, без масла — и используем полученный порошок вместо кофе. Если только у нас есть дрова. Дело в том, что дрова так же трудно достать, как и пищу. Мы воруем их в лесу, с риском для жизни. Тащим ветви и бревна домой, распиливаем и рубим — всё под покровом темноты и готовые к тому, что соглядатаи или завистливые соседи донесут и нас схватят и арестуют. Однажды нам удается подкупить крестьянина дорогим кольцом с бриллиантами. Ночью он сбрасывает десяток березовых поленьев перед нашим домом и поспешно уезжает, потому что торговать дровами строжайше запрещено. Мы с сестрой тащим тяжелые сырые поленья с улицы на чердак нашего четырехэтажного дома. Пять бревен уже удалось затащить наверх, когда же мы снова спускаемся вниз, двух бревен из оставшихся пяти недостает. Значит, случаем воспользовались либо соседи, либо шпики, либо полицейские. Возможно, они притаились в соседнем парадном, поджидая нас, чтобы арестовать. И мы оставляем лежать три полена. Это означает в три раза меньше дров, меньше водянистого супа и меньше часов тепла. Мы плачем от ярости, но наш страх потерять эту убогую жизнь еще сильнее.

Мы поднимаемся наверх, прокалываем обмороженные волдыри, которые натерли, перенося дрова наверх, и вытаскиваем дюжины заноз. Потом собираемся вокруг нашей маленькой печурки, которую нежно называем «буржуйка».

Мы научились подкладывать совсем маленькие щепочки под пламя, пока лед, влага и сырость, шипя, не начинают испаряться из больших поленьев. Мы машем и дуем до изнеможения, чтобы занялось робкое пламя. Грязные, закопченные и с покрасневшими глазами, мы потом с блаженством пристально смотрим на огонь.

Поленья быстро кончились. Последующие вылазки успеха не приносят. Крестьяне, готовые обменять дрова на украшения, нам тоже не попадаются.

Замерзшие, стоим мы в библиотеке и украдкой разглядываем книги отца.

Маленькая Ада кричит...

В квартире уже несколько дней подряд температура ниже нуля. Отец замечает наши взгляды, обращенные к книгам; они незаменимы для него, они — та защитная стена, за которой он уединяется, чтобы духовно выстоять в этом хаосе.

Маленькая Ада кричит все сильнее...

Отец согласно кивает и показывает на некоторые наименее ценные книги. Мы жжем их. В последующие два года не остается ни одного тома...

Я не могу успокоить Аду. Я слишком истощена и совсем ослабела. Мать вспоминает, что знаменитый певец Шаляпин пользуется неслыханной привилегией: ему позволено держать корову...

Мои родители дружны с Шаляпиным. Я иду к нему. По дороге мне встречается крестьянин с лошадью. Я, пораженная, останавливаюсь, почти уверенная, что у меня галлюцинация; дело в том, что лошади практически исчезли из городского пейзажа: конина стала деликатесом.

Рядом со мной останавливаются другие. В их взглядах алчный блеск; то, что плетется вниз по улице, — бродячий скелет, и ему давно пора на живодерню.

Лошадь грохается. Потребовались секунды: еще задолго до последнего вздоха люди рвут и раздирают в куски тощего одра. Крестьянин кричит и ругается. Двое мужчин бьют его.

Шаляпин сразу дает мне молока, узнав, что маленькая Ада сильно голодает. И добавляет еще твердого, как камень, черного хлеба.

Свершается чудо: я приношу молоко и черный хлеб домой в целости и сохранности.

Дома я основательно пережевываю кусочек за кусочком зачерствелый хлеб и сую разжеванную и смоченную слюной кашицу дочке в рот.

Ада пищит от нетерпения...

1917-й — год, когда ситуация становится благоприятной для революции. В третью военную зиму кризис недоверия царю и политике, определяемой его безответственными советниками, достиг опасной черты. Последствия не замедлили сказаться.

Временное правительство под председательством князя Львова и Милюкова, поддерживаемое буржуазными левыми, потребовало 15 апреля 1917 года отречения царя. Царь и его семья были отправлены в город Екатеринбург.

Временное правительство, признаваемое державами Антанты и США, не в состоянии сдержать революцию, направленную против царя. В мае 1917 года социал-революционер Керенский захватывает власть и терпит поражение из-за требуемого союзниками продолжения войны против Германии и стран Центральной Европы*.

Финляндия, прибалтийские провинции, Украина, Кавказ и Центральная Азия готовятся к выходу из Российской империи. В этой ситуации большевики под руководством вернувшегося в апреле 1917 года из Швейцарии в Россию Ленина захватывают власть в Петрограде (Петербурге) и вслед за тем в Москве. В марте 1918 года большевики заключают со странами Центральной Европы (Германией, Австро-Венгрией и т.д.) мир; они разгоняют Всероссийское Учредительное собрание умеренных социалистических партий и образовывают Российскую Социалистическую Федерацию Советских Республик.

Разражается гражданская война.

Печально известная борьба между красными и белыми — между Красной армией и Белой армией ад-

---

* При изложении этих общеизвестных событий российской истории автор допускает неточности:

1) Отречение Николая II состоялось 2 марта 1917 года в 15 часов по требованию Петроградского Совета РСД. Оно было передано царю Шульгиным и Гучковым. По их просьбе Николай II подписал указ о назначении главой правительства кн. Г. Е. Львова.

2) Царская семья была интернирована в Екатеринбург по распоряжению Президиума ВЦИК.

3) Керенский стал Председателем правительства 8 июля 1917 года после того, как ушел в отставку кн. Г. Е. Львов.

мирала Колчака — бушует вплоть до 1921 года*. Колчаковские армии стоят в Сибири, на Украине и на Кавказе; в войне против большевиков и сепаратного мира с Германией и Австро-Венгрией Колчака поддерживают США, Англия, Франция и Япония. Адмирал формирует в Сибири гражданское правительство и в ноябре 1918 года назначается Верховным правителем.

От этого политического события зависит дальнейшая судьба моего отца: еще при царе он становится министром путей сообщения и после революции ему ничего не остается, как последовать за Колчаком в Сибирь**. Он забирает с собой мать и маленькую Аду. Там, в Сибири, надеемся мы, в огромной хлебной кладовой России, малышка не будет голодать.

До того как Колчак со своими частями вошел в сибирский город Екатеринбург, большевики в июле 1918 года убили царя и его семью. От одного юного красноармейца, утверждавшего, что он присутствовал при этом, позднее мама узнала подробности.

Семья государя была расстреляна в подвале, самой последней — царица. Над царицей тяготело чувство вины за то, что она наградила наследника престола коварным заболеванием крови, ей приписывали роль в приближении ко двору Распутина (монах-чудотворец был убит еще в 1916 году), ее ненавидели больше, чем царя, и она — в качестве самого строгого наказания — должна была наблюдать, как до нее умирают все остальные.

---

* Адмирал Колчак сложил с себя звание Верховного правителя России 6 января 1920 года.
** По свидетельству московских родственников мемуаристки, ее отец никогда не был министром путей сообщения, хотя и занимал в этом министерстве важные посты.

После казни царь и его семья были сожжены, прах их развеян по ветру*.

Елизавету, одну из сестер царицы, и некоторых родственников заставили прыгнуть в ствол угольной шахты. Елизавета до последнего момента подбодряла более молодых: «Du courage, mes enfants, du courage...»**

Никто из живших в России тогда и позднее не сомневался в том, что царь, царица и все их дети были ликвидированы. Слухи о желанном тайном бегстве и спасении всей семьи или по меньшей мере младшей царевны Анастасии, несомненно, из разряда легенд. Суровая действительность ничем не была опровергнута — ни сенсационными сообщениями в международной прессе, согласно которым царская семья будто бы в 1917 году была вывезена за границу в опломбированном вагоне, ни судебным процессом по идентификации некоей Анны Андерсон с царевной Анастасией. Нужно, как мне кажется, наконец оставить этих мертвых в покое.

Армия адмирала Колчака после первоначальных успехов начала терпеть поражения и вскоре вместо единой силы превратилась в нечто весьма противоположное по сравнению с Красной армией: национальные и политические группы интригуют, борются за господство или пытаются устранить друг друга — в том числе физически и весьма жестоко.

Так, однажды ночью в дом моих родителей врывается вооруженная орда под предводительством гражданского лица.

---

* С позиций сегодняшнего дня история гибели царской семьи выглядит несколько иначе. См., например: Эдвард Радзинский. Николай: жизнь и смерть. М.: Вагриус, 1997.

** «Будьте мужественны, дети, будьте мужественны...» (франц.)

Отца собираются увести.

Моя дочь больна и с высокой температурой лежит в постели. Еще до того как отец успел как-то отреагировать, вмешивается мать: она подхватывает Аду из постели, ставит ребенка, как щит, перед моим отцом и кричит на группу вооруженных людей:

— Что вам сделал товарищ министр?

И решительно наседает на них:

— Если вы собираетесь расстрелять моего мужа — то только через мой труп и труп этого ребенка!

Ада жалобно плачет.

— Кругом! — вдруг командует предводитель своим людям. — Ждите на улице!

Недовольно ворча, шайка отступает.

Родители молчат в замешательстве. Предводитель пристально разглядывает их и вдруг обращается к моей матери:

— Вы — тетя Лена?

Мама озадаченно кивает.

— Вы спасли жизнь моей сестре и мне! Не узнаете меня? Я — Исаак Хейфец...

Мужчина благодарно целует матери руки.

А предыстория этого удивительного события такова. На юге России еще в царские времена случались погромы еврейской части населения. Правительство сознательно в течение одного-двух дней закрывало глаза на кровожадность черни. Только тогда вмешивались военные, восстанавливая «спокойствие и порядок». Во время одного из таких беспорядков маме удалось спрятать у нас еврейскую семью с двумя детьми. Позднее семейство переселилось в другую, менее опасную местность. Одним из детей и был Исаак Хейфец. Он не забыл «тетю Лену»...

Пока мои родители с маленькой Адой находились в

Сибири — в течение двух лет мы ничего не слышали друг о друге, — мы с сестрой в Москве обзаводимся квартирантами: каждый угол во всех комнатах заполонен мешками с соломой и матрасами. Батареи пополопались, водопровод отключен, уборные из-за сильных морозов вообще не функционируют. Воду для питья мы приносим из дальнего источника.

Наши постояльцы не соблюдают даже простого порядка; вместо того чтобы отправлять свои естественные потребности в ведро, они беззаботно используют ближайший уголок в комнате в качестве клозета. Когда температура в комнатах поднимается выше нуля, по всему дому распространяется адская вонь. Наши «гости» комментируют: «Ну, ничево...»

В нашей комнате мы с сестрой из остатков персидского ковра сооружаем палатку такого размера, чтобы маленькое иглу могло согреваться нашими телами до терпимой температуры. Крошечная печка высовывает трубу из форточки и дымит — у нас есть дрова, и мы можем сварить сладкую мороженую картошку.

Разумеется, мыла тоже нет — вместо него древесная зола, из которой мы делаем мыло-эрзац. Так я приобретаю свой первый химико-косметический опыт...

Лавки закрыты, за исключением небольшого числа булочных. В них выдают по карточкам подобие хлеба.

При этом на толкучке каждый может купить все, что душа пожелает, за исключением украшений и драгоценностей. Разумеется, все только меняется — деньги ничего не стоят, — а сельские жители — маленькие короли, потому что могут предложить то, чего нет у горожан: продукты.

Одну старую крестьянку мне удается пленить маминым вечерним платьем с блестками из Парижа. Она натягивает платье прямо на свою деревенскую юбку и красуется перед семьей. С караваем хлеба напополам с соломой и мешком мороженой картошки я собираюсь и быстро ухожу.

Несмотря ни на что, мы продолжаем играть в театре. Мы — это молодые актеры, которые ставят одноактные спектакли и, в духе времени, получают за это продукты. Нас двадцать мужчин и женщин, и наш импровизированный разъездной театр называется «Сороконожка». На занавесе, сшитом из старых кусков материи, мы вышили свой фирменный знак — червяка с множеством ножек.

Разумеется, мы чаще всего голодны; но мы не так страдаем от этого, как большинство людей. Наши идеалы помогают нам преодолевать многое. Правда, не всегда и не всё.

В 1918 году я для нашей театральной студии отправляюсь в город Кострому на Волге. Нужно наменять картошки и муки. Пропуска на поездку я выправляю в комиссариате по культуре. Простым смертным запрещено передвигаться по стране, но врачи и актеры при большевиках все же пользуются некоторыми привилегиями.

Поездов мало, расписание не соблюдается вообще. Разве что протащится какой-нибудь наспех сформированный состав из нескольких товарных вагонов. В этих вагонах установлены временные узкие скамейки, на которых мы, притиснутые друг к другу, часами или сутками медленно ползем в неизвестность.

В середине вагона стоит печурка, труба от которой через крышу торчит снаружи. У каждого с собой свой чайник, чтобы в пути кипятить чай. Это делать необходимо, поскольку поезда часто и на неопределенное время застревают прямо среди поля.

Мне везет: «всего лишь» через сутки я уже в Костроме. За талоном на ночлег отправляюсь в комиссариат.

Я получаю ордер на размещение в маленьком, неотапливаемом помещении, в котором температура на несколько градусов ниже нуля, и замертво валюсь на мешок с соломой. Несомненно, что клопы здесь долгое время «постились»: едва я начинаю засыпать, они буквально усыпают меня. О сне больше нечего и думать. С трудом удается зажечь отсыревшую свечку. С бешенством наблюдаю массированную атаку кровопийц на мое изможденное тело; они ползут изо всех щелей и углов, они спешат, словно на спор; другие дождем сыплются с потолка.

Я убегаю.

Весь вопрос в том, куда бежать. Гражданским лицам выходить на улицу после полуночи строжайше запрещено.

Несмотря на это, выхожу. Первый же патруль хватает меня. Остаток ночи провожу под арестом. Солдаты ухмыляются, когда я рассказываю им во всех подробностях о клопином нашествии, их весьма развлекает мой сольный скетч. Поскольку я, кроме того, могу предъявить им по всем правилам выправленные бумаги, мой проступок против комендантского часа сходит с рук, ведь врачи и актеры...

С наступлением рассвета меня отпускают. На розвальнях одного крестьянина я переезжаю по замерзшей реке на другой берег города — мостов нет.

Крестьянин добродушен и предупредителен. Он стучится к знакомым, говорит, откуда я приехала и зачем. Некоторое время спустя я уже укладываю в его сани картошку и муку.

Он делает какие-то свои дела. Затем мы возвращаемся обратно на берег Волги. Вдруг откуда-то издалека слышится удивительный гул. Крестьянин погоняет свою лошадку. Я спрашиваю его, что это может быть. Он молча пожимает плечами. По нему видно, он знает, чего можно ждать от реки. Он все сильнее понукает свою лошадь, как будто дело идет о секундах. Глухой гром уже почти рядом.

Когда мы подъезжаем к Волге, понимаю и я, отчего так спешил крестьянин. И тем не менее похоже, что соревнование мы проиграли: лед в некоторых местах почти вскрылся, льдины образовали затор и отрезали путь к возвращению.

— Что же делать? — спрашиваю я беспомощно.

Крестьянин сдвигает шапку на затылок:

— Ничего...

«Если не успею на поезд, — лихорадочно размышляю я, — то смогу уехать только через три дня, причем нет никакой гарантии, что до тех пор мы переправимся через реку. Кроме того, я просрочу командировочное предписание...»

Я уговариваю моего доброго крестьянина. Он задумчиво качает головой, еще немного колеблется, а потом решается на компромисс: чтобы лучше распределить груз, я должна ехать вперед на других, пустых санях, а сам он с моими выменянными продуктами поедет следом. Он договаривается с одним другом, двор которого расположен неподалеку. Друг соглашается. Мне дают сани без поклажи...

Осторожно и опасливо нащупывает путь лошадь по льду среди ураганного ветра. Я обнаруживаю узкую колею, которая кажется еще крепкой. Медленно, бесконечно медленно тащимся мы через Волгу.

Когда под полозьями у нас снова суша, мне кажется, что прошли не минуты, а часы. В этот момент сквозь рев ветра я слышу отчаянный крик. Оборачиваюсь и вижу, как крестьянин с лошадью и санями исчезают в водовороте.

Я не сразу понимаю, что произошло; я еще надеюсь, что мои чувства обманывают меня: лед проломился. Повозка мгновенно сползает с расколовшейся глыбы льда в бурлящую реку. Крестьянин проваливается в воду. Лошадь один раз пытается встать на дыбы и затем уносится потоком. У обоих уже нет шансов: напирающая ледовая крошка скрывает их.

Я рыдаю.

Когда я снова прихожу в себя, на меня озабоченно смотрит человек с закопченным лицом.

Как сумасшедшая я твержу ему: зачем было ехать в Кострому — из-за мерзлой картошки и жалкого кулька муки? Даже если бы я довезла все это до дому, наш голод был бы утолен всего лишь на несколько часов. Но я и этого не привезу домой. Картошка и мука плавают в Волге. И из-за этого погиб человек. Зачем?! Я выкрикиваю вопрос в лицо мужчине, но он, кажется, не понимает меня.

Он машинист паровоза, и у него задание отвезти важную фельдъегерскую почту в Москву. Его сопровождает лишь кочегар.

Я умоляю его взять меня с собой в Москву. Конечно, он не должен брать «неуполномоченных лиц», но все же...

Машинист советуется с кочегаром. Тот нерешительно скребет в своей густой бороде: если в пути меня обнаружит военный патруль, они лишатся работы, а может, и более существенного...

Мне дают немного хлеба и чаю. Пока я с жадностью ем и пью, они продолжают размышлять. По их глазам я пытаюсь прочесть, на что они решатся.

Машинист поднимает плечи. Я задерживаю дыхание.

— Ну ладно, — говорит машинист. Кочегар снова пятерней лезет в свою взъерошенную бороду, потом кивает тоже.

Я целую машиниста.

— Гмм, — мычит он.

Они прячут меня среди дров в тендере.

Поездка длится девять часов. Дважды загружают новые дрова и заливают воду.

В первый раз нам везет. Машинист знает солдат, которые досматривают машину и тендер во время стоянки. Он балагурит с ними, отвлекает, они не слишком внимательны к своим обязанностям.

Во второй раз не везет. Ни машинисту, ни кочегару не знакомы проверяющие солдаты. Они не дают отвлечь себя...

Я лежу, почти задохнувшись, под поленницей дров. Один из солдат перебирает поленья. Через несколько секунд меня обнаружат.

И тут я слышу возглас — вслед за этим вдалеке слышится треск выстрелов. Солдат бросает дрова. Старший патрульный отправляет его на подмогу вместе с другим солдатом, перепоясанным пулеметными лентами. Где-то завязалась перестрелка.

Несмотря на колючий мороз, на лбу у меня проступает пот.

Машинист отправляется дальше.

За несколько километров от Москвы мне приходится высаживаться. Машинист паровоза и кочегар извиняются: до самой Москвы довезти меня не могут — рискуют головой.

Устало бреду сквозь снегопад. Слезы текут по лицу.

Через несколько часов стою перед нашим домом.

У меня нет сил подняться по лестнице. Сестра помогает мне.

Одна из коллег по театру-студии уже ждет меня. Она вопросительно смотрит и голодными глазами ищет мешок или кулечек, который я, собственно говоря, должна была бы привезти из своей «спекулянтской» поездки.

Я отрицательно качаю головой. Потом беззвучно падаю.

7 февраля 1920 года большевики расстреляли адмирала Колчака. Его Белая армия и гражданское правительство в Сибири прекратили свое существование. Советы заключили мир с Польшей и союзнические договоры с Сибирью, Украиной и Кавказом.

Мои родители с маленькой Адой возвращаются в Москву.

Отец как специалист по строительству мостов и виадуков настолько важен для Советов, что они не отказываются от его профессиональных знаний при восстановлении разрушенного хозяйства. Он снова работает, как и прежде. Только подписи теперь ставят другие — бывшие слесари, например.

Впервые за два года я вижу дочку. Она уже не признает меня и не идет ко мне на руки. Для нее моя мама стала настоящей матерью. Я обнимаю ее. Проходят недели, прежде чем она начинает отвечать на мои ласки.

Благодаря связям тети Ольги Луначарский выдает мне в январе 1921 года разрешение на полуторамесячную поездку в Германию.

Поездка полна приключений. Нормального железнодорожного сообщения все еще нет. Один-два раза в неделю идут составы с военнопленными — немцами, австрийцами, венграми и другими — на Запад;

от случая к случаю они берут с собой гражданских. Муж одной из моих школьных подруг — начальник такого немецко-австрийского состава с военнопленными. Я отдаюсь под его покровительство.

Мой багаж легок — во всех отношениях: мне еще нет двадцати четырех лет, в прошлом у меня прекрасная юность, немногие, но весьма насыщенные годы в театре, кратковременный неудачный брак, а также годы войны и революции, которые со всей суровостью коснулись и меня, научив многое понимать, воспитав терпимость и умение отличать важное от второстепенного. Подлинно важного, жизненно важного — немного, теперь я знаю это.

То, что я взяла с собой в поездку из носильных вещей, можно перечислить в одном предложении: старое перелицованное пальто мамы, тонкий платок, пара сапог на картонной подошве из коврового материала и кольцо.

Кольцо не просто украшение — оно должно дать мне средства для моего пребывания в Германии, но это и опасно: украшение, как объект мены-продажи, представляет интерес повсюду. Поэтому во время поездки патрули Красной армии постоянно выискивают драгоценности. Кто будет схвачен с кольцом или колье, завершает свое путешествие на ближайшей станции. Я везу свое кольцо под языком и говорю при этом тихо, но без особого труда — благодаря занятиям сценической речью в школе-студии...

На вокзале в Берлине меня встречает подруга. Мы знакомы по Петербургу и Москве. В России она вышла замуж за австрийца и — теперь уже как австрийка — через комиссию по репатриации выехала еще за два года до меня.

Подруга не сразу узнает меня в моем наряде.

Я снимаю платок. Теперь она бросается мне на шею и что-то лепечет о худобе и истощении.

— Неужели человек может быть таким отощавшим, — потрясенно бормочет она.

Я в Германии — в бедной, разрушенной войной и инфляцией и тем не менее богатой стране, если помнить о нищете в России.

Подруга тащит меня в ближайшее кафе и заказывает пирожные со взбитыми сливками.

Я не могу устоять.

— Ты приехала навсегда? — спрашивает она.

Я трясу головой и отвечаю с совсем неприлично набитым ртом:

— Нет, на полтора месяца.

Я останусь навсегда и увижу Москву снова лишь после второй мировой войны. Заключенная под особый арест, я должна буду рассказать советскому правительству «интересные подробности» о главных немецких нацистах.

Но все это еще впереди. Пока же — не успев приехать в Берлин — я залегаю в постель: мой ослабевший желудок бунтует против пирожных и взбитых сливок. «Месть» его длится несколько дней.

ГЕРМАНИЯ И НЕМОЕ КИНО

Моя кровать стоит в комнате типичного берлинского пансиона на Гроссбееренштрассе. Как и большинство владелиц маленьких пансионов в так называемых приличных жилых кварталах, моя хозяйка потеряла своего мужа-офицера на войне. Она знавала лучшие дни и соответствующим образом держит себя. Хозяйка ведет себя несколько сухо, но в то же время старается привести мой желудок в порядок и отдает горничной точные распоряжения, полагая, что в этих случаях нужно пить много отвара ромашки. Наше взаимопонимание в этом отношении полное; в остальном же мы едва понимаем друг друга — я знаю лишь несколько слов по-немецки, а она ни слова по-русски.

Моя подруга переводит. Она вообще мой добрый ангел в эти первые недели в Берлине.

Как только я немного прихожу в себя, мы идем к ювелиру. Пора продавать мое контрабандное кольцо.

Ювелир — маленькое, с блестящей лысиной проворное существо — прыгает вокруг, словно резиновый мячик, беспрестанно усаживает нас, извергает слова, как водопад, изучает кольцо. Нет, он священнодействует, исследует кольцо, как выжига, одобрительно поджимает губы и называет цену, от которой моя подруга бледнеет. Я вопросительно смотрю на нее. Цена намного ниже стоимости.

Мы встаем.

Ювелир продолжает вертеться вокруг, беспрестанно треща, жалуется на ужасные времена, дико жестикулируя, твердит «жаль, жаль», готов накинуть еще сотню марок и причитает, будто дает такую цену себе в убыток.

Разумеется, уж он-то ни в коем случае не обанкротится. Напротив: единственное, что в эти времена бешеной инфляции, галопирующего обесценения денег еще обладает стабильностью, так это ценности и украшения. Мое кольцо наш ловкий ювелир перепродаст, как только марка снова стабилизируется.

Но я не могу ждать так долго. Мне необходимы деньги для повседневной жизни. Итак, я оплакиваю мое миленькое колечко невидимыми слезами и кладу его на столик ювелира. Потом иду с подругой покупать туфли, настоящие туфли. Я уже не снимаю их, а мои русские сапоги на картонной подошве прошу упаковать. Я выхожу из обувного магазина, словно княжна из бального зала. В целом я перебиваюсь случайными заработками различного рода. Снова вырезаю шахматные фигурки, начинаю лепить, сначала исключительно для собственного удовольствия, но вскоре на заказ все растущего числа клиентов. Добрая половина их русские эмигранты. Благодаря им передо мной открывается новый круг знакомств, расширяются личные связи.

Однажды подруга берет меня в гости к знакомым. Они в свою очередь приглашают меня на маленькую вечеринку, на которой должны присутствовать кинематографисты. О кинематографистах я не имею представления; в России я играла лишь в театре...

Я встречаюсь с людьми из мира кино, в том числе с Эрихом Поммером, выдающимся кинопродюсером Германии.

Поммер перед войной работал в Берлинском филиале французской кинофабрики «Гомон», во время войны был командирован на Балканы для руководства там филиалом студии кинофотодокументалистики (BUFA). Сейчас он директор «Декла-Биоскоп», одной из немногих фирм, еще не скупленных крупной фирмой «УФА».

Поммеру известна история возникновения «УФА», и он протестовал против ее создания. Он знает, что генерал-квартирмейстер Людендорф и Георг фон Штраус, директор «Дойчен Банк», еще во время войны сошлись во мнении о необходимости основать фирму «УФА» (Universal Film AG). Генерал — чтобы противопоставить вражеской кинопропаганде собственную, директор банка — поначалу лишь для того, чтобы замаскировать интересы своего банкирского дома в нефти и экономическую активность на Балканах, точно так же, как это уже сделала конкурирующая группа тяжелой промышленности: Крупп, Тиссен, Штиннес.

«УФА» была создана с начальным капиталом в 25 миллионов марок при государственном участии. То, что после войны для господина фон Штрауса отпала необходимость в прикрытии экономического характера фирмы и ее собственное предназначение — выпускать фильмы — теперь монопольно выдвинулось на первый план, — это из другой оперы; а что чуть позднее и Эрих Поммер стал работать для «УФА», это тоже другая история.

Во всяком случае, когда я в Берлине купила свою первую пару обуви и оказалась на этой вечеринке с кинодеятелями, Эрих Поммер еще был директором

«Декла-Биоскоп», директором, который не просто разбирался в своем деле, но знал абсолютно все и обладал тем, что отличает крупного продюсера — эту своеобразную смесь торговца и художника, — чутьем. Поммер уже заполучил из Вены режиссера Фрица Ланга* и теперь ведет переговоры с одним человеком, имя которого когда-то было Фридрих Вильгельм Плумпе**, что полностью противоречит его холодно-аристократической, холеной внешности. Теперь его зовут Фридрих Вильгельм Мурнау, и, как режиссер, он творит историю кино.

Мурнау готовился к съемкам «Замка Фогельод», детективного фильма, или, если хотите, ирреалистического детектива. Между тем, что происходит, и тем, что предчувствуют действующие лица, все время таинственно стираются границы. Главная роль молодой хозяйки замка еще была не занята.

Ее ищут и — находят.

Я должна сыграть ее, и это означает, что я получаю контракт. Между тем: что, собственно, я должна сыграть?

Я прошу как можно быстрее перевести на русский сценарий и нахожу интересным то, что из этого должно получиться, вот только одно остается неясным: что же это такое — кино?..

В России я не видела ни одного фильма. По рассказам знаю, что на родине для артистов это дополнительный приработок, на который образованные актеры обычно не идут. Короче говоря: я еще никогда не была в кино...

Итак, чтобы приобрести опыт, я бегаю в Берлине

---

* Ф. Ланг должен был поставить для Э. Поммера фильм «Доктор Мебузе, игрок» (1922).
** Plumpe — насос *(нем.)*.

из одного кинематографического храма в другой и смотрю все без разбору: детективы, драмы, образовательные, исторические, любовные, приключенческие фильмы и всякие поделки. От большинства картин я вовсе не в восторге. Что за утрированные, неестественные движения! Что за патетические, смешные жесты!..

Несмотря на то что я не могу прочитать почти ни одного немецкого субтитра, я довольно сносно понимаю содержание фильмов, так как развитие действия в основном сориентировано на визуальное впечатление. Это совершенно незнакомое художественное средство начинает интересовать меня с точки зрения образной выразительности, которая аккумулирует в себе все — природу, декорации, лица, — предлагает многочисленные и многообразные возможности перехода от декораций к естественному и реалистичному. Чего еще не хватает кино и что я хотела бы дать ему — естественной выразительности. Возможность донести вплоть до последнего ряда кинотеатра жест или мимику, которые не воспринимаются театральным зрителем уже в десятом ряду. Словом, все это очаровывает меня.

Воспитанное Станиславским стремление к естественной, верной действительности, реалистической манере игры открывает здесь, думалось мне, совершенно новое поле деятельности.

Я беседую об этом с Мурнау. Мне хотелось бы знать, разделяет ли он мою увлеченность визуальными возможностями этого удивительного нового средства — кино.

Он внимательно слушает меня, и его, похоже, захватывают идеи «молодой владелицы замка». Именно это, говорит он, изобразительный ряд, «ландшафт лиц» с бесконечной чередой проявлений нежности, радости, печали, веселья, привлекает в кино известных театральных актеров, хотя многое, что еще снимается, до сих пор сохраняет налет балаганности.

Мои партнеры по «Замку Фогельод» — знаменитые немецкие и австрийские театральные актеры: Пауль Хартман, Юлиус Фалькенштайн, Роза Валетти, Арнольд Корф и многие другие.

И вот в один прекрасный день все начинается. И тотчас рушатся мои представления о новых профессиональных возможностях, которые я собралась духовно и творчески покорять.

Павильон напоминает огромный стеклянный ящик. Используется каждый уголок, все происходит одновременно: в одном углу камерой выбирают ракурс съемок, актеры «изображают»; в другом коренастые рабочие студии разбирают уже отснятые декорации; а на третьей площадке их коллеги по известной берлинской поговорке «Куда бы еще и рояль пристроить?» устанавливают новые декорации. И все это кричит, толкается, стучит молотками, бегает, смеется, стонет. Вакханалия шума. Вздымаются облака пыли. Дышать невозможно.

И даже есть рояль, настоящий рояль. Он стоит посередине помещения. За ним восседает юное дарование, его задача — игрой создавать актерам веселое либо меланхолическое настроение. Молодой человек импровизирует, глядит вдаль, у него слегка безумный взгляд непризнанного гения, в душе он уже сочиняет выдающуюся симфонию, в то время как людская орава снует мимо него и каждый ведет себя так, словно другой туг на ухо: режиссер, оператор, актеры, осветители, гримеры, ассистенты и многие, многие другие...

Три дня подряд я пытаюсь утвердиться в этом сумасшедшем доме, сконцентрироваться, справиться с шумом, гамом и беспорядочной чередой снимаемых сцен — ведь съемки идут не в хронологическом порядке, то есть не так, как развивается действие, а частями, по мере готовности декораций. Нельзя все проиграть последовательно, как на сцене, снимают кусочки из конца, середины или начала сценария. Это требует необыкновенной концентрации. А ее в таком бедламе мне достичь не удается.

Я выхожу из студии. Более того: тотчас покупаю железнодорожный билет, ибо твердо решаю вернуться в Россию и снова играть там в театре...

Мои «кинематографические» грезы рассеялись. Кто бы мог подумать тогда, что, напротив, они только начались.

Мурнау приходит ко мне и задевает мое самое чувствительное место, говоря, что я сейчас поступаю не по-товарищески. Он говорит это очень тихо.

Я бледнею и покаянно возвращаюсь в студию. Но ставлю условие, которого до этого, несомненно, еще никто не выдвигал в истории кино: я требую от студии «Декла-Биоскоп» письменного подтверждения, что при репетициях и съемках будет соблюдаться абсолютная тишина. Нужна я Мурнау как актриса или как новый типаж — не знаю; во всяком случае, я получаю согласие — и условие выполняется.

Таким образом и тапер, создающий настроение, получает возможность либо отправиться домой и сочинять свою «великую симфонию», либо в ближайший павильон, чтобы продолжать импровизации уже там. Он не распространяется о своих планах, бережно закрывает крышку рояля и, сохраняя отсутствующий взгляд, выпархивает из павильона, словно в этом стеклянном ящике был лишь один подлинный артист — он сам.

Еще во время съемок «Замка Фогельод» я получаю новое предложение. Не долго раздумывая, соглашаюсь и в результате пропускаю срок отъезда.

Я остаюсь в Германии.

Первое разочарование приходит во время премьеры «Замка Фогельод», мое первое внутреннее неудовлетворение...

Я сижу в ложе премьерного кинотеатра, и меня охватывает отчаяние. Я нахожу себя отвратительной, неуклюжей и беспомощной. Мне хочется убежать...

Мое впечатление никто не разделяет — в том числе и критики.

Поскольку роман «Замок Фогельод», по которому снят фильм, вышел в издательстве «Ульштайн», а ему принадлежат ведущие ежедневные и еженедельные газеты, теперь ко всему прочему мне устроена необычайная реклама. В еженедельниках под рецензии на фильм отдаются первые полосы. Меня «делают», и я кочую из картины в картину. *Чехова* на актерской бирже заранее котируется как «хорошая акция».

Само собой разумеется, мой путь не без осложнений. Я самокритична; и в то же время до меня доходят завистливые пересуды, особенно со стороны актрис, которые появляются на экране благодаря не актерскому мастерству, а исключительно своей смазливой внешности: «...ну да, явилась из России, говорит на ломаном немецком, вот что делает ее интересной...»

Такая критика особенно задевает меня. Я хочу доказать, что могу предложить нечто большее, нежели просто фотогеничное лицо и оригинальный акцент: я записываюсь к известному педагогу сценической речи и пения профессору Даниэлю.

Я хочу выучить немецкий, хотя зрители в эпоху немого кино не могут слышать речь. Легче и проще всего научиться понимать язык страны на киностудии. Так происходит с актерами, приглашаемыми из-за границы или желающими, чтобы их пригласили. Позднее в Париже, Лондоне и Голливуде я не раз убеждалась в этом — еще во времена немого кино, но, конечно, уже тогда, когда оно стало «учиться говорить».

Иногда я представляю себе, что могло бы статься с некоторыми молодыми актерами, если бы им в кино пришлось обойтись без звука. Ну да что там...

В «немецкой затее» со знаменитым профессором Даниэлем меня поджидает некоторый риск, о котором я, принимая спонтанное решение, как следует не подумала: дело в том, что уроки профессора стоят денег — немалых денег. А у нас инфляция.

Деньги, которые я получаю в первой половине дня, после обеда составляют уже лишь часть первоначальной суммы; цены растут просто катастрофически. Мы рассчитываемся миллионами, биллионами и триллионами. Жалованье выплачивается ежедневно; но что от этого толку, если в конце дня на руках остается лишь несколько обесцененных купюр. Некоторые коллеги, более ловкие, чем я, обращают свое жалованье в доллары...

Мой же договор не «долларовый» — я не умею устраивать свои денежные дела, и то, что получаю, не поспевает за ценами; я всего лишь бедная «звезда», часто моего жалованья хватает только-только оплатить жилье.

Но все же эта головокружительная карусель инфляции не выводит меня из равновесия. В дни, когда у меня совсем ничего нет, я вспоминаю Россию — вот там я и впрямь едва сводила концы с концами, если только у меня было что сводить... А кроме того, передо мной ставятся многочисленные и прекрасные задачи; они возносят меня над временем, а профессионально — и еще выше. Среди них, к примеру, «Потерянный башмачок» по сказке братьев Гримм «Золушка» режиссера Людвига Бергера с Мади Христианс, Паулем Хартманом, Германом Тимигом и мной в главных ролях.

Доктор Бергер — тонко чувствующий, весьма образованный и в то же время своенравный режиссер. Он не только пробивает у Эриха Поммера этот фильм-сказку — «сказку для взрослых», — но и заставляет отстроить в студии настоящий франконский крестьянский двор — с домашней птицей, собаками, кошками, коровами, хлевом. Появляется не только этот двор, но и парк, огромные залы замка, стеклянная карета и все что подобает и что так очаровывало впоследствии в этом фильме-сказке взрослых всего мира.

Крестьянский двор во время съемок играет еще одну роль, не предусмотренную сценарием. Все эти милые животные вокруг нас кудахчут, мяукают, лают и мычат. Сверхчувствительность Бергера временами делает его раздражительным, и он, к тому же недовольный репетицией, теряет контроль и, не сдержавшись, именует актеров коровами.

Один из коллег отказывается играть.

Бергер краснеет.

Я безудержно хохочу.

Бергер сверкает на меня глазами и спрашивает, что это меня так развеселило.

Я, продолжая смеяться, отвечаю: «Корова, господин Бергер, все же достаточно полезное животное, вам не приходит в голову ничего другого, когда вы хотите кого-нибудь обидеть?»

Бергер, как говорится, остолбенел. Он тотчас приносит извинения коллегам, мы репетируем еще раз, сцена получается чудесной. Бергер доволен, нежно чешет корове холку и бросает на меня лукавый взгляд.

«Море» по роману Бернхарда Келлермана — очередная моя ступень — снимается на маленьком бретонском островке неподалеку от Бреста*. Тут всего несколько рыбацких домиков, церковь да два маяка. Есть еще маленькая лавка, в которой можно купить решительно все, что хочешь, вплоть до живых овец и коз.

Мир «там, на материке», для здешних бесконечно далек; только два раза в неделю пристает пассажирский пароходик из Бреста.

Я играю девушку-рыбачку, что меня лично очень трогает; девушка обладает провидческими способностями и оберегает корабли и их команды от кораблекрушений. Главную мужскую роль исполняет Генрих Георге — тяжелый, широкоплечий, не враг плотских удовольствий, земной, динамичный, полный жизни, с хрипловатым, одышливым голосом. Тому, кто видит его впервые, никогда не придет в голову, что когда-то он собирался стать музыкантом. Юношей, подрабатывая учеником при штеттинском магистрате, среди кип бумаг и документов он думал лишь о своей скрипке или спрятанной дома дирижерской палочке, которой мечтал дирижировать большим симфоническим оркестром...

---

* Брест — портовый город на западе Франции.

Вместо этого он становится актером, быстро делает в провинции карьеру и уже в качестве профессионального мима приезжает к Максу Рейнхардту в Берлин. В нем уживаются противоположности: дюжий парень, который, как никто другой, изображает на театральных подмостках Гёца фон Берлихингена; задумчивый, тихий, застенчивый мечтатель в «Судье из Саламеи» или по-детски трогательный, дружелюбный и доверчивый почтмейстер, каким его и поныне помнят миллионы зрителей.

На маленьком бретонском острове Георге пьет и ест, как всегда, вдоволь и с наслаждением. Но я ни разу не видела его пьяным — он хозяин своих чувств и поступков. И в работе ставит на самого себя и предъявляет к себе самые высокие требования, репетирует неутомимо, ищет нюансы и оттачивает их. Ранними утрами ходит с рыбаками ловить лангустов, присматривается, погружается в их жизнь, чтобы как можно меньше «играть» свою роль.

Погода изменчива. Нередко клубы тумана заволакивают остров. Так как наш фильм почти полностью снимается на натуре, мы зависим от погоды. Работа продвигается не по плану.

Георге давно ждет приезда своей подруги из Северной Германии. Подруга уже в пути, он знает это, как и то, что она едет с большим догом. Из-за этого дога приятельница никак не может получить у французских властей разрешения на переезд на остров. Ее попытки поначалу остаются безуспешными. Проходит неделя, другая...

Между тем Георге подружился с одной французской девушкой-рыбачкой, разумеется «без интима»; дни тянутся бесконечно, когда не остается ничего, кроме как ждать солнечного лучика. Но местные —

замкнутые, недоверчивые и упрямые, какими часто бывают люди на маленьком, удаленном от суши островке, — смотрят на дело иначе: для них мы чужаки, даже если и находим общий язык. А девушка, с которой встречается Георге, обручена. Георге совсем об этом не думает, девушка, видимо, тоже...

Но вот однажды с материка на остров возвращается жених. Он подкарауливает Георге на одном из маленьких уступов острова, подозревая нечто большее, чем ему рассказывали о свиданиях Георге с его девушкой.

Оба мужчины оценивающе смотрят друг на друга: рыбак такой же крупный, как и Георге, даже немного плотнее, и с ним двое товарищей.

Георге пытается объяснить рыбаку, что у него ничего не было с его девушкой. Троица недоверчиво ухмыляется. Потом они окружают его и начинают бить. Рыбаки недооценивают Георге: он защищается как лев, помогает и сознание своей невиновности. Троица получает почти столько же, сколько и он сам, но один удар все же опрокидывает его.

Георге лежит на земле, как поваленное дерево.

Два дня спустя, тарахтя мотором, к острову пристает катер: прибывает подруга Георге с огромным догом и спецразрешением. Георге выглядит как боксер после пятнадцати раундов. Подруге ничего не остается, как поверить, будто бы для съемок нашего фильма необходимы подлинные побои...

Но однажды заканчиваются и съемки «Моря». Незадолго до этого мы организуем общество противников баранины и лангустов. Ибо помимо козьего сыра и молока, мы не ели ничего, кроме баранины и лангустов, причем вкус у них совсем не такой, к какому привыкли гурманы. Может быть, рыбаки тайно мстят нам за «шашни» Георге с одной из их девушек, а может, так они обходятся со всеми чужаками; во всяком случае, рыбаки продают нам лишь прошлогодних лангустов. Этих дряхлых «зверей» мы можем есть только после того, как сутками вымачиваем их в местном кислом вине и затем жарим на открытом огне.

Через два месяца я снимаю платье и живописный наряд бретонской девушки-рыбачки. Когда фильм заканчивается и надо разъезжаться после продолжительной совместной работы, всегда грустно. Будь то здесь, в «Море», или немного позднее в «Норе» по Ибсену в фильме Бертольда Фиртеля с Люси Хёфлих, Илкой Грюнинг, Фрицем Кортнером и Тони Эдтхофером. Происходит болезненная утрата «второго я», «я» персонажа, с которым себя идентифицируешь.

БЕРЛИНСКОЕ ОБЩЕСТВО

И вот прекрасная награда за прилежные занятия немецким языком и одновременно ранняя кульминация моей карьеры: я — русская — получаю годовой ангажемент в берлинском «Ренессанс-театре». Основатель и директор театра Теодор Таггер под именем Фердинанда Брукнера пишет инсценировки по экспрессионистским произведениям, используя средства психоанализа, стремясь к «абсолютно реалистически разыгрываемой драматургии». Его драма «Преступник» ставится в «Немецком театре» Макса Рейнхардта с Хансом Алберсом в одной из главных ролей. Алберс и Брукнер тут же становятся знаменитыми.

В «Ренессанс-театре» я играю в пьесе «Мертвый город» д'Аннунцио и получаю выигрышную роль: Тереза Ракен.

Я знакомлюсь с Вальтером Франком, Линой Лоссен и прежде всего с Эрнстом Дойчем.

Дойч — после второй мировой войны у нас единственный и неповторимый «Натан Мудрый» — уже в это время выдающаяся личность, настоящий кавалер, одухотворенный эстет с огромными вдумчивыми глазами и тонкими артистическими руками.

Он охотно ухаживает за женщинами и с удовольствием посылает им цветы, но только в горшочках. «Чтобы дольше жили», — обычно улыбается он. Когда он входит в комнату, атмосфера сразу делается легкой и непринужденной. Рядом с ним нет места ничему дисгармоничному. Тем не менее при всем его ровном товарищеском поведении он всегда сохраняет дистанцию, предпочитая обращение на «вы». Я не знаю ни одного коллеги, которому бы он сказал «ты» — аристократ среди актеров.

Я счастлива возможности находиться с ним на сцене «Ренессанс-театра», тем более это мой первый немецкий ангажемент.

Сумбурные, вихревые, плодотворные, угнетающие, оптимистичные, неутомимые, лихорадочные двадцатые годы непрерывно готовят сюрпризы и для меня: за работой в «Ренессанс-театре» с интеллектуалом Эрнстом Дойчем следует фильм «Мулен Руж» в Париже. Там я играю во французском фильме режиссера Э. А. Дюпона* главную роль — звезду варьете. Просто быть актрисой здесь недостаточно, тем более что у режиссера имеется опыт постановок варьете. Во время отдыха от кино он в течение года руководил варьете в Мангейме.

Итак, словно будущая артистка кабаре, я учусь степу и акробатическому танцу, потому что в роскошно обставленном финале шесть атлетически сложенных негров должны крутануть меня в воздухе, затем подбросить, поймать и унести со сцены. Тем не менее этот финал всего лишь детский лепет по сравнению с другими сценами: в них я с огромным питоном. По сценарию он должен сладострастно обвиваться вокруг моего почти обнаженного тела. Питон делает это потрясающе.

* Дюпон Эвальд Андреас — немецкий режиссер, прославился фильмом «Варьете» (1925). «Мулен Руж» вторичен по сравнению с «Варьете» и получил негативную оценку критики.

На бесконечные постановочные и цветоустановочные репетиции приглашена дублерша, жена дрессировщика. Она умеет обращаться со змеями, особенно с этим питоном, и рассказывает мне много интересного о характере этих таинственных рептилий, которых все недолюбливают. Так, я узнаю, что змеи инстинктивно чувствуют пол человека, с которым они входят в соприкосновение. Поэтому питоны-самцы в варьете «спариваются» с артистками, самки — с артистами. Питон, мой «партнер», особенно чувствителен к этому, добавляет дрессировщица...

Съемки «Мулен Руж» затягивались, потому что мы могли использовать сцену и зрительный зал только после представления. Нашему питону это безразлично; его не интересуют съемочные планы, и он совершенно бесцеремонно начинает сбрасывать кожу. Таким образом, питона, который уже как следует «овладел» своим эпизодом, необходимо менять. Второй питон, несмотря на интенсивные поиски, — дама... Дрессировщица смотрит на меня, я — на дрессировщицу. Обе мы думаем об одном — об «эротической» реакции питона.

Поначалу дрессировщица, как всегда, декоративно укладывает нового питона вокруг плеч. Змея сопротивляется. Чтобы лучше установить контакт, отважная женщина еще оборачивает животное и вокруг тела.

Одну, две секунды все идет хорошо, питон, видимо, пока не разобрался, что к чему, но вдруг рептилия молниеносно сжимается — тихий хруст, и дрессировщица падает. С переломом бедра и вывихнутой ключицей ее уносят.

Эпизод «летит в корзину». Даже после этого несчастья.

Теперь на очереди я.

Я кладу змею на плечи и сразу ощущаю ее сопротивление. В голове у меня одна мысль: «Если ты сейчас задрожишь, если рептилия заметит, что ты боишься, тебе конец...» Я заклинаю режиссера, чтобы он убрал из сценария сладострастно выписанные «непристойные извивы» змеи. Дюпон бормочет: «Именно это и нужно» — и саркастически подчеркивает: «Именно это...» Змея делает угрожающее движение...

Камера стрекочет, я улыбаюсь, качаю бедрами.

Прежде чем я успеваю обернуть змею петлей вокруг себя, дрессировщики подскакивают ко мне и — высвобождают. Оставались доли секунды...

Режиссер в восторге.

Я продолжаю улыбаться приклеенной улыбкой, ищу опору, бессознательно хватаюсь за воздух и — падаю.

Контрастом по сравнению с «Мулен Руж» в Париже — моя семья, дальнейшая жизнь в Берлине.

Инфляция преодолена. В экономическом отношении все как-то успокоилось. Мне тоже необходим покой, внутренний покой и личная поддержка. Нужна моя семья. У меня нет недостатка в друзьях, добрых приятелях, а уж в поклонниках... Их много, и у них более или менее серьезные намерения, в большинстве случаев — менее...

Сексапильная женщина, известная актриса, снимается и за границей, не чуждается флирта и ко всему прочему все еще незамужняя — это как раз то, что многие господа из хорошего общества рассматривают как мишень для охоты. Я совсем не такая и в целях самозащиты держусь неприступно. Мои чувства и сердце постоянно проводят границу между игрой и серьезным.

Я давно уже поняла, что интимный физический

контакт между мужчиной и женщиной является благоуханной кульминацией романа, когда по-человечески уже все настроено, но я боюсь влюбиться, «приземлиться» в новом браке и в результате снова стать несвободной. Воспоминания о первом браке всплывают как кошмарный сон...

Тем временем мой отец умер в Ленинграде; сестра в России вышла замуж, и у нее дочь, Марина Рид, позднее она тоже станет актрисой. Итак, мама теперь гораздо свободнее, нежели прежде, она может приехать ко мне и самое главное — привезти мою дочь Аду.

Я снимаю на Ханзаплац пустую трехкомнатную квартиру, завожу собаку, покупаю мебель и с жгучим нетерпением жду Аду и маму...

Разумеется, наша встреча — как это всегда и бывает в таких случаях — происходит совсем по-иному, чем мы себе представляем: годы разделяют нас. Ада превратилась в юную девушку, которая уже едва помнит меня, и мама постарела, но главное — мы снова вместе, мы одна семья.

Я чувствую себя защищенной.

В скором времени мама приобретает известность в магазинах нашего квартала как «щедрая русская дама». Она еще помнит Германию по своим путешествиям, однако не перестает удивляться, что здесь все покупается на граммы.

— Вот у нас в России покупают не на граммы, а фунтами, а если испортится, сразу выбрасывают! — имеет обыкновение говорить она, привыкшая к феодальному хозяйству ушедшей эпохи и не способная признаться даже самой себе, что того уклада давно уже нет в помине.

Я осторожно объясняю ей, что фраза «вот у нас в

России» неуместна. Она пропускает замечание мимо ушей и по-прежнему ведет себя как благородная и щедрая иностранка, о которой один из торговцев на Ханзаплац живо вспоминал еще десятилетия спустя после ее смерти.

Имея надежные семейные тылы и в известной мере стабильную работу, я теперь могла помочь моему первому мужу Михаилу Чехову и его жене, «девушке с теннисного корта», начать все заново в Берлине. Дело в том, что Миша собирается покинуть Россию. Но это возможно, если только он подыщет в Германии жилье и работу.

Я снимаю для него и его жены неподалеку от нас двухкомнатную квартиру, это сравнительно несложно. Труднее с работой — в Берлине никто не ждет актеров из России, которые не говорят по-немецки...

После нескольких неудач я иду к одному продюсеру, которого хорошо знаю. И мне везет. Продюсер пожилой, он еще помнит Мишу как актера Станиславского и загорается идеей «отменно преподнести знаменитого русского актера Станиславского в немецком фильме».

Появляется надежда. И тут... Продюсер смотрит на меня:

— А вы, Ольга Чехова, его бывшая жена, станете режиссером этого фильма!

Я решаю, что ослышалась. Продюсер повторяет только что сказанное. Теперь его идея нравится ему еще больше. Так, при моей режиссуре с участием Михаила Чехова, Отто Вальбурга, Курта Бойса, Пауля Хёрбигера, Херберта Маршалла и других рождается один из последних немецких немых фильмов — «Паяц собственной любви» по французскому роману «Шут».

В студии царит типичное для эпохи немого кино

вавилонское смешение языков, когда съемочная группа, включая актеров, интернациональная. Мы говорим по-немецки, по-английски, по-французски и по-русски.

С Мишей мы говорим по-русски. Он рад тому, что в своем первом заграничном фильме получает режиссерские указания на родном языке, это делает его увереннее, после краткого периода адаптации он играет раскованно и свободно. Фильм — не в последнюю очередь благодаря французскому первоисточнику — имеет во Франции большой успех.

Первый шаг в Германии Мишей сделан, следующий он должен совершить сам: необходимо учить немецкий. Он явно способен к языкам и быстро выучивается. Я знакомлю Мишу с Максом Рейнхардтом, он получает ангажемент!

Так круг замыкается вновь.

Кто бы мог предположить подобное в те дни, когда я в московской клинике находилась между жизнью и смертью, рожая его дочь, а он тем временем флиртовал с «девушкой с теннисного корта»? Наше расставание казалось окончательным.

И вот теперь он живет со своей женой в Берлине по соседству с нами и Ада, его дочь, ходит к нему в гости. В чужой стране они впервые знакомятся друг с другом, Ада узнает, что у нее «есть папочка»...

«Золотые двадцатые» годы окончились. Я не понимаю, почему их так назвали. Как никогда раньше, да, впрочем, и потом в эти годы тесно переплелись блеск и нищета, подлинное и мнимое, безделье и напряженный труд, богатство и нужда, отчаяние и надежда, безумие и рассудок, духовное и бездушное. И есть почти все то, что появится позднее, после второй мировой войны, лишь слегка подновленным:

мини-юбки, ночные и стриптиз-клубы, наркотики, чарльстон, джаз. Вот только политический и экономический ландшафт совсем другой. За исключением немногих действительно богатых, в «золотых двадцатых» не существует широкой зажиточной прослойки, напротив: миллионная армия безработных каждую неделю вырастает на десятки тысяч. А политика — дело исключительно политиков, хороших и плохих, и бесчисленных партий, самые крупные из которых посылают на улицы наэлектризованные военизированные отряды, чтобы придать своим аргументам в прямом смысле слова бо́льшую убойную силу: политические противники стреляют, режут или избивают друг друга. Ежедневно раненые и убитые. Но ученые, врачи, научные сотрудники, писатели, педагоги и художники политикой не занимаются — они не желают иметь с ней ничего общего. Жаль...

В литературных кафе и артистических забегаловках горячо дискутируют о кубизме, импрессионизме, экспрессионизме, дадаизме и всех возможных «измах» — только не о национал-социализме, который никто не воспринимает всерьез. Гитлера считают всего лишь крикливым выскочкой...

На вечеринках собирается интеллектуальный Берлин, встречаются таланты рядовые и выдающиеся, которые потом превратятся в потерпевших, симпатизирующих, благоденствующих или даже противников так называемого Третьего рейха. У Ульштайнов, многочисленного еврейского семейства газетных издателей, я знакомлюсь с Тораком — позднее он изваяет монумент-колосс «вождя», а также и с Эрнстом Удетом, знаменитым мастером высшего пилотажа, пролетевшим под низкими мостами над Шпрее; во время войны он станет одним из влиятельнейших нацистских летчиков-генералов и, вступив в конфликт с главарями рейха, застрелится... Здесь же я вижу Колина Росса, известного писателя-путешественника, издателя Эрнста Ровольта, первую автогонщицу Берлина фройляйн фон Сименс, ее знаменитого коллегу Ханса Штука; я болтаю с «теннисным бароном» фон Краммом, выдающимся дирижером Вильгельмом Фуртвенглером, Томасом Манном и многими, многими другими. Политически все мы более или менее умеренны, по крайней мере за таковых себя выдаем. Я говорю «мы», потому что причисляю к ним и себя. И я не воспринимаю всерьез «крикливого выскочку». О том, что через несколько лет он станет рейхсканцлером, а я буду бывать на его приемах, догадаться трудно. Если бы мне кто-нибудь напророчил такое, я бы высмеяла его.

Пока же я гостья совсем другого политика, человека, который собирается восстановить репутацию Германии на международной арене, — рейхсминистра иностранных дел Густава Штреземана.

Три-четыре раза доводилось мне разговаривать с ним на приемах. Он не только дипломат старой школы, тонкий ценитель искусств, социалист по духу и на деле, но любезный и в личном общении обворожительный человек.

Россия интересует его. Все, что я могу рассказать о своей родине, как мне кажется, весьма для него важно. Штреземан намекает, что независимо от антагонистических политических систем Германия — «страна Центральной Европы» и Россия — «страна, где встречаются Европа и Азия» не имеют права враждебно противостоять друг другу.

Штреземан позаботился и о том, чтобы я получила германский паспорт.

ВСТРЕЧА С АМЕРИКОЙ

Что касается моих дел в кино, там то густо, то пусто.

Существует горькая, но меткая поговорка: «Каждый артист настолько хорош, насколько хорош его последний фильм». Это означает, что если последний фильм «проходит», делает сборы, то все в порядке. Если же фильм не принят публикой, то есть недостаточно хорошо окупается, то сам актер, как бы замечательно он ни сыграл, теперь уже «не хорош» — не хорош для последующего успеха, которого жаждет и который необходим любому продюсеру.

Я плыву на огромной океанской «Европе» в Нью-Йорк. «Юнайтед артистс» пригласил меня в Голливуд. Сижу со знакомыми за завтраком. Как и каждый день с момента отплытия, на столе рядом со мной стоит букетик живых фиалок, доставляемых фирмой «Flores Europae»* от неведомого поклонника.

От кого же?

Я перебираю в уме обожателей — тех, кого воспринимаю всерьез. Вечно увлекательная игра.

Болтовню знакомых я слушаю не очень внимательно. Они замечают мой рассеянный взгляд, брошенный на фиалки, и понимающе улыбаются: каждая женщина остается дочерью Евы...

---

* «Цветы из Европы» *(лат.)*.

Стюард приносит мне телеграмму. Сначала я не обращаю на нее внимания. «Список почитателей» уже сведен до минимума, до одного господина. «Это от него», — радуюсь я, вскрываю телеграмму, читаю ее — и оказываюсь грубо исторгнутой из мира своих фиалковых грез.

Мама лаконично сообщает: «Фильм Два галстука освистан — тчк — оставайся там — тчк».

Добрая мама! Она боится этого «правила последнего фильма» — ведь и она познакомилась с ним. Мое настроение, навеянное букетиком фиалок, сразу портится... А я так гордилась именно этой ролью. Я отбивала чечетку во фраке и цилиндре и пела и выглядела, как мне казалось, совсем недурно. Моим партнером был знаменитый певец Михаэль Бонен. Это была экранизация пьесы, поставленной в «Берлинском театре» как ревю с участием Марлен Дитрих и Ханса Алберса. Фильм заканчивался песней Михаэля Бонена:

У меня тоска по дому, я хочу домой...

Беспардонные берлинцы, как мне потом рассказывали, пародируя его, нахально распевали:

У меня понос открылся, я хочу домой...

Путешествие на корабле отлично способствует тому, чтобы отключиться и обо всем забыть. Итак, я забываю и про эту телеграмму, уже на следующее утро беззаботно радуюсь свежим букетикам фиалок и не позволяю себе отвлекаться от наслаждения поездкой.

Океан бурный, но я не подвержена морской болезни. На переход от Куксхафена до Нью-Йорка «Европа» затрачивает пять дней и шесть ночей. На борту несколько интересных людей, и, как это обыкновенно бывает на столь ограниченном пространстве, знакомства происходят быстро. Когда мне представляют автомобильного короля Генри Форда, на память тут же приходит история, которую о нем рассказывают в это время: автомобили Форда, изготовляемые для всего мира, стоят на конвейере — и все черные. И другие фирмы не продают автомобили иных цветов. Именно поэтому один менеджер советует Форду предложить покупателям разноцветные автомобили. Форд тотчас с хитрой улыбкой соглашается: «Конечно, люди могут покупать у меня автомобили разных цветов, правда, вот краска только черная...»

Из окна моей каюты я вижу, как Форд ежедневно при восходе солнца в течение часа быстрым шагом меряет палубу; две секретарши семенят подле него и прямо на ходу пишут под его диктовку. Форд уже весьма преклонного возраста, при этом очень стройный и поджарый, на спортивно-нервный лад.

У другого знаменитого человека, Фрица фон Опеля, тоже свои причуды: он запускает с борта в океан авиамодели.

А еще с нами путешествуют Макс Шмелинг и его тренер Макс Махон. Шмелинг — чемпион мира по боксу во всех весовых категориях; ему предстоит новый бой в США.

Еще несколько месяцев назад он был моим партнером-любовником в фильме «Любовь на ринге». Там я соблазняла его — простодушного парня и боксера. Но, разумеется, он оставался верным своей девушке (Рената Мюллер) и спорту. Во время путешествия мы вспоминаем съемки и веселимся почти как на студии. Потому что во время съемок я, околдовывая Макса в качестве кокотки, как назло, подхватила свинку. Я заразилась от моей дочки и племянницы.

Так как дата поединка Шмелинга в Нью-Йорке была уже назначена, мы должны были спешить со съемками. Больная и усталая, я плелась в студию с отекшим горлом и маленькими заплывшими глазками, которые почти исчезали в распухших щеках. Вот так кокотка! Высокий горностаевый воротник скрывал почти половину моего лица, живописно накинутая вуаль позволяла лишь догадываться о существовании носа и глаз.

Режиссер Шюнцель был восхищен моим «оформлением».

— Наконец-то, — иронизировал он, — от вас исходит настоящая сексапильность, Ольга!..

С тех пор за мной на студии и закрепилось прозвище «секс-Ольга».

«Европа» прибывает в нью-йоркский порт. Тучи маленьких шлюпок, словно пчелы, вьются вокруг океанского гиганта. Репортеры поднимаются на борт. Каждый из них вынюхивает, разыскивает и находит среди почетных пассажиров материал для сенсационных сообщений...

Так, к примеру, нашему приезду предшествовал слух, будто бы я «в открытом море обручилась с Максом Шмелингом».

Ситуация более чем неприятная, потому что Макс как раз недавно познакомился со своей будущей женой Анни Ондрой. Я в отчаянии разговариваю с его тренером Махоном. Он успокаивает:

— Не обращай внимания. Ведь мы в Америке. Тут без шумихи не обойдешься. Анни же знает, что такое пресса...

С тех пор я дружна со Шмелингами. Анни в немецком кино своего рода Чаплин в юбке, Макс — сильная личность.

Я знавала многих спортсменов, в том числе и таких, которые были «сделаны» их менеджерами; Макс не продается и не позволяет «делать» себя. Он сознает свой долг и целеустремлен. Его не нужно подгонять на тренировках, все, чего он достиг, — результат его необыкновенных личных усилий.

До отъезда в Голливуд господа из «Юнайтед артистс» разрешают мне провести три дня в Нью-Йорке. Уже по меньшей мере на второй день они явно жалеют об этом. Я задеваю самое чувствительное для американцев место: снимаясь в Париже в фильме «Мулен Руж» и, помимо прочего, танцуя с шестью цветными парнями темпераментный чарльстон и степ, я подружилась с хореографом и его женой, черными из Нью-Йорка. Я пообещала прийти к ним в гости, если когда-нибудь пересеку океан.

И вот я здесь и иду к ним в гости. Мы выходим погулять, в том числе и по негритянскому кварталу. Настоящие джазовые оркестры этих музыкально сверходаренных людей чаруют меня...

Мы прощаемся, «so long...»*.

На следующее утро мои опекуны из «Юнайтед артистс» осыпают меня упреками. Я в некотором смысле просто сбежала от них. Если бы они хотя бы отдаленно предполагали, с кем я собираюсь провести вечер, то меня бы «заперли». Если пресса пронюхает, что мне — известной европейской актрисе с голливудским ангажементом — нечем заняться, кроме как разгуливать с неграми, то для «Юнайтед артистс» будет достаточно оснований, чтобы пересмотреть мой контракт:

_____
* До свидания *(англ.).*

— Мы не имеем ничего против газетных сенсаций, мадам, даже наоборот, но подобного скандала допустить не можем...

Я совершенно не понимаю «подобного скандала». Я качаю головой, замолкаю и только поражаюсь. И это передовая Америка!.. Несчастные!

Экспресс на Санта-Фе, пыхтя, четверо суток везет нас через весь континент. Я еду с комфортом, почти роскошно. Мое первоначальное раздражение от инцидента в Нью-Йорке постепенно сглаживается.

У меня отдельное купе: постель на день превращается в кабинетное кресло, встроенный кондиционер и умывальная комната. Кроме того, в поезде есть парикмахерская.

Утром я заказываю шеф-повару одно из своих любимых блюд, и вечером он обязательно подает его на обед. В течение дня я читаю в вагоне для отдыха или слушаю музыку.

В индейском городе Альбукерке длительная стоянка. Туземцы, живописно разукрашенные перьями, обступают поезд. Мы в большом количестве покупаем сувениры. Я особенно долго торгуюсь со старым, изборожденным морщинами вождем из-за красивой скульптурной группки индейцев для дочки. За приличную сумму в 60 долларов она становится моей; без сомнения, это жемчужина среди кукол, за которую мне предстоит еще и на таможне выложить кругленькую сумму. Только в Германии я обнаруживаю, что на пятке одной из кукол выбито: «Made in Germany»*...

Что меня действительно поражает в Голливуде, так это передовая техника. Пока в Европе всерьез дискутируют, имеет ли звуковой фильм будущее, я стою здесь в студии перед движущейся камерой, которая

* «Сделано в Германии» *(англ.).*

наезжает на меня, следует за мной и кружит вокруг. Не только звук, но и сама звукозаписывающая техника ушла на много лет вперед. Чистое удовольствие...

Я снимаюсь в фильме с двумя версиями, на немецком и французском языках, на английский же меня переозвучат.

Вне «фабрики грез» мои впечатления противоречивы и разнообразны. Я вижу великолепные резиденции великих звезд — роскошь их превышает все мыслимые представления, — например, виллы Дугласа Фербенкса, Чарлза Чаплина или Гарольда Ллойда. Знакомлюсь со знаменитыми коллегами: Глорией Свенсон, Эрролом Флинном, Жаном Габеном, Марлен Дитрих, Гэри Купером, Кларком Гейблом, Адольфом Менжу, Мэри Пикфорд и многими другими. У них у всех, как и у любого человека, свои «маленькие причуды».

Чарли Чаплин любит подчеркнуто непринужденно прогуливаться по бульвару Сансет, при этом он почти без остановки грызет русские семечки, бесцеремонно сплевывая шелуху. «Ведь так делают в России, правда?» — лукаво улыбается он мне.

Адольф Менжу, напротив, из еды делает культ. Он не знает меры — по американским понятиям, не французским.

С Кларком Гейблом, ставшим знаменитым благодаря «Унесенным ветром», я могу немного поболтать по-русски; он из Польши, немного знает и Россию, а в Польше был простым рабочим, пока его не открыл Голливуд*. Его любимое место — устричное кафе американского боксера Джека Демпси.

---

* Кларк Гейбл родился в штате Огайо. В 1930 году, когда Ольга Чехова работала в Голливуде, снимался только в массовках.

Гэри Купер — звезда Голливуда 30-х годов — снимается в соседнем павильоне. Я еще не видела человека, который читал бы столько газет. Он читает во всех перерывах между съемками, читает стоя и на ходу, буквально в любую свободную минуту — каждую заметку и каждую статью. Газеты для него — островки отдохновения и покоя среди лихорадки Голливуда.

Правда, однажды он терпит фиаско: одна из его подруг, испанка, по темпераменту — что за чудо! — полная ему противоположность. Испанка говорит охотно и много и находит молчание Гэри за его вечными газетами ненормальным.

Гэри придумывает потрясающий, как ему кажется, трюк: он покупает ей украшения. Каждый прелестный браслет, рассчитывает он, заставит ее хоть на некоторое время в восхищении умолкнуть. Напрасные надежды. При каждом новом подарке она задерживает дыхание лишь на секунды, а затем от восторга тараторит и сыплет словами еще быстрее, чем прежде. При счете в 3000 долларов Гэри наконец сдается. «Придется мне с ней расстаться», — вздыхает он. Это самое длинное предложение, которое я от него слышала.

Во время пребывания в Голливуде я живу в прелестном бунгало, окруженная трогательной заботой супружеской пары цветных. У меня часто бывают в гостях знаменитости. Почти все гости хотели бы попробовать настоящую восточноевропейскую кухню. И здесь интересуются «русским»...

Но акклиматизироваться, по-настоящему почувствовать себя дома мне не удается. Досаждает не только климат, я не готова к американскому образу мыслей и стилю жизни и прежде всего к оборотной стороне этого волшебства: «фабрика грез» беспрерывно притягивает к себе толпы милых девушек и молодых людей с прекрасной наружностью. Они хотят, чтобы их открыли, ради этого идут на огромный риск. Из сотен одной или одному, возможно, удастся пополнить список статистов; один или двое из двух или трех сотен станут «привилегированной массовкой» — на несколько дней... Все остальные ждут, голодают, влачат жалкое существование и шаг за шагом опускаются все ниже, пока не оказываются на обочине жизни, не погибают под каким-нибудь мостом — совсем неподалеку от пышных фасадов дворцов-кинотеатров, в которых звезды и другие знаменитости помпезно празднуют премьеры.

Продюсеры на вопрос о жалких силуэтах на улицах недоуменно пожимают плечами: никто ведь их не звал...

Я не понимаю, как такая нелюдимая и своенравная личность, как Грета Гарбо, даже и уединившись, могла так долго жить в этом городе.

Сразу же после завершения моего первого американского фильма я хочу вернуться в Европу. Но не так это просто, ведь я связана условиями договора. И все-таки мне удается сняться для американцев в трех фильмах в Париже вместо Голливуда.

ПРИХОД ЗВУКОВОГО КИНО

В Берлине я должна играть в «Ночь принадлежит нам», первом немецком звуковом фильме, с Хансом Алберсом в главной роли. При этом возникают сложности со сроками. Позднее я буду партнершей Алберса в фильмах «Пер Гюнт» и «Желтый флаг». Я хорошо знаю его еще со времен немого кино, в течение многих лет он играл эпизодические и совсем крохотные роли. Его родители — простодушные коммерсанты из Гамбурга, — похоже, были правы в своих опасениях, что «их младший связался с этими комедиантами».

С точки зрения фотогеничности, как считали режиссеры немого кино, он никуда не годится: мол, пусть «сначала изменит свой слишком длинный нос». Алберс не соглашается на пластическую операцию и вскоре опровергает свою репутацию бесперспективного актера. Его дебют на берлинских театральных подмостках признан блистательным: в «Преступнике» Брукнера, в «Соперниках» с Фрицем Кортнером. Помогло все — его естественность, способность к перевоплощению (самое тяжелое для любого актера) и голос, короче говоря, талант все играть с «непричесанной башкой», как это называет режиссер Карл Фрёлих.

И звуковое кино «открывает» актера Ханса Алберса;

после фильма «Ночь принадлежит нам»* его родителям уже не приходится сокрушаться, что «мальчик связался с комедиантами».

Следуют фильм за фильмом: «Легавый», «Победитель», «FP-1 не отвечает», год спустя «Золото», «Пер Гюнт», «Человек, который был Шерлоком Холмсом», «Мюнхгаузен» и многие другие.

Мне довелось наблюдать Алберса в двух ситуациях, типичных для него и демонстрирующих его юмор, самоиронию, его мужество и твердость характера. Еще в эпоху немого кино мы вместе играли в «Опустившихся». В соседнем павильоне снимался фильм о цирке. У дрессировщицы змей, необычайно темпераментной испанки, гримерная рядом с моей. Алберс увлечен сеньоритой. Некоторое время он в нерешительности расхаживает по моей гримерной и затем спрашивает, не могла бы я «как-нибудь ненароком» устроить ему свидание с пленительной испанкой, поелику обитаю с ней стена в стену...

Я решаю разыграть «белокурого Ханса». Моим сообщником становится Ханс Адалберт фон Шлетов, большой специалист по розыгрышам в актерском кругу. Ему сразу же кое-что приходит в голову: змея живет у укротительницы в гримерной, у нее уже нет ядовитых зубов, но она устрашающе длинная и отдыхать предпочитает на кушетке. И Шлетов устраивает следующее: моя костюмерша передает Алберсу, что испанка «дает ему свидание».

Ханс в восторге. Он деликатно стучит в дверь, входит, оглядывается и поражается: ведь ему рассказывали, что испанка держится весьма строгих правил.

---

* Мемуаристка ошибается: Ханса Алберса открыл первый звуковой фильм УФА «Голубой ангел» (1930), где он сыграл любовника Марлен Дитрих.

И что же видят его голубые глаза? Сеньорита уже лежит на кушетке...

Правда, фигурка и лицо укрыты покрывалом, однако видны черные, источающие призывный аромат волосы, они-то и позволяют довообразить остальное.

Ханс тихо подкрадывается к кушетке, осторожно приподнимает покрывало и собирается страстным поцелуем привести испанку в соответствующее настроение.

И в ужасе отшатывается: обворожительно пахнущие волосы оказываются париком, а под покрывалом шипит и извивается готовая к броску змея.

Алберс пулей выскакивает из гримерной и несется вниз по коридорам студии. Змея — за ним. Только укротительнице удается усмирить свою рептилию.

Алберс на несколько часов выходит из строя.

Два дня спустя я сознаюсь ему в нашей проделке и живо рисую, каких трудов нам стоило не расхохотаться при виде мчащегося сломя голову человека, который на съемках не боится самых опасных трюков и всегда все делает сам. Алберс на высоте: он не держит на нас зла и смеется буквально до слез.

Годы спустя никто не смеется, став свидетелем такого эпизода. В последние недели войны мы снимаем в Праге детективный фильм. Имперский протектор Богемии и Моравии Вильгельм Фрик «оказывает нам честь», пригласив на ужин в Градчаны.

Алберс и я размышляем, под каким предлогом отказаться. Этот «добровольно-принудительный» ужин теперь угнетает еще больше, чем прежде. Непонятно, о чем говорить с высокопоставленным нацистом за несколько недель до окончания войны. В голову не приходит никакой отговорки, которую бы Фрик не воспринял как афронт.

Итак, мы идем.

Атмосфера ледяная. Нам подают на драгоценных фарфоровых блюдах с монограммами владельца, представителя богатейшей еврейской семьи в Праге. Семья эта сейчас под «превентивным» арестом.

После трапезы имперский протектор Фрик подтрунивает над немецкими актерами, которые не развелись со своими еврейскими женами. Фрик — «эксперт». Как бывший министр внутренних дел, он принимал решающее участие в принятии «расовых законов».

Дело в том, что Ханс Алберс не женат, но близок с еврейкой Ханси Бург, эмигрировавшей в Англию, и очень привязан к ней. Когда Фрик возобновляет свои насмешки, Алберс, едва сдерживаясь и тем не менее спокойно, говорит:

— Господин имперский протектор, у нас, актеров, существует неписаный закон: не злословить по поводу отсутствующих... Позвольте мне уехать в гостиницу.

Фрик на глазах бледнеет и отдает приказание вызвать автомобиль.

Алберс встает и выходит. Я присоединяюсь к нему. В отеле мы ждем, что нас заберет гестапо. Но этого не происходит. Мы так никогда и не узнаем, какому чуду должны быть благодарны.

Итак, в 1929 году, к сожалению, из-за сроков я не смогла участвовать в первом немецком звуковом фильме с Алберсом*.

История кино приготовила мне утешение: позднее мой первый звуковой фильм стал киноклассикой — «Трое с бензоколонки» с Лилиан Харвей, Вилли Фричем, Хайнцем Рюманом и Оскаром Карлвайсом. Фильм (не в последнюю очередь благодаря задорным

---

* См. сноску на с. 139.

шлягерам Вернера Рихарда Хеймана) имел огромный успех далеко за пределами страны.

В одном из шлягеров, написанных в стиле шансона, поется: «Друг, добрый друг — лучшее, что может быть на свете...»

Должны были быть причины, что друзья в меня влюблялись, поклонялись мне, восхищались мной, но ни один из них не предлагал руку и сердце. Дело было во мне самой, в том, что я все еще испытывала безотчетный страх перед замужеством, в том, что семейная жизнь мне никогда не казалась такой же важной, как очередная роль, полученная мной.

И сейчас, когда над Германией собирались грозные тучи, жажда новых впечатлений, связанных с разрешением творческих задач, была сильнее, нежели стремление укрыться под крылом надежного мужчины.

Брак в моем представлении — это нечто обременительное, опутывающее по рукам и ногам. И дело не только в печальном опыте моей юношеской брачной авантюры в России. Наверное, я слишком эгоцентрична и влюблена в свою профессию. Я не желаю ничего знать о мелочных повседневных заботах, с которыми приходится бороться каждому. По счастью, и мать и сестра, которая теперь тоже живет со мной, избавляют меня от быта. Мой вклад в домашнее хозяйство ограничивается постоянно повторяющимся вопросом: «Деньги тебе нужны?»

И о школьных оценках дочери узнаю я по обязанности, а об успехах племянницы Марины в балетной школе — от Татьяны Гзовски.

В России Марина в три года перенесла полиомиелит; для того чтобы добиться полного восстановления движений, необходима энергия и сила. Наш женский семейный совет решает учить ее на танцовщицу; конечно, это необычный путь для маленькой девочки с парализованной ногой, но эксперимент удается: Марина очень музыкальна, старательна, она развивает больную ногу и через несколько лет побеждает свой недуг.

Возможно, друзья чувствовали, что в моем окружении слишком много «женского влияния» и что с юности и вследствие воспитания я слишком самостоятельна для длительного союза с мужчиной и уз брака.

Вероятно, это ощущали мои настоящие друзья, а о других я и вовсе не хочу говорить, о тех коллегах, которые заводили любовные интрижки поочередно (а то и параллельно) почти с каждой смазливой актрисой, или о тех «творческих личностях», которые каждую сексапильную даму представляли исключительно в горизонтальном положении.

В начале 1933 года моя дочь Ада сообщила мне, что выходит замуж. То есть поставила перед фактом, абсолютно так же, как я своих родителей в 1914 году. Благоразумию и мудрости чаще всего предшествует авантюра. Ада приходит ко мне в комнату и говорит просто и твердо:

— Мама, мне нужно с тобой поговорить.

Я пишу письмо и рассеянно спрашиваю:

— В чем дело?

— Я хочу выйти замуж.

Аде шестнадцать с половиной. Мне тогда, в России, тоже было шестнадцать. Я пытаюсь остаться невозмутимой.

— Это неизбежно?..

— Да.

Откладываю ручку:

— Это необходимо или ты хочешь?..

— Я хочу!..

Она произносит это с непередаваемым выражением. Уже в это мгновение я чувствую, что дальнейшие вопросы можно задавать лишь для проформы. Итак, я соблюдаю формальности, чтобы сохранить «материнское лицо»:

— И кто же этот счастливец?

— Франц Ваймайр — ты его знаешь...

Разумеется, я его знаю. Францль — звезда-оператор, среди прочих он снял несколько фильмов с участием Цары Леандер. Но Ада и он — ну и ну...

Ада становится фрау Ваймайр. Счастье длится так же недолго, как в свое время и мой «детский брак».

Вскоре я снова совершаю ошибку с далеко идущими последствиями. Я даю себя убедить честным и дельным — как поначалу мне кажется — предпринимателям, будто самое время вместе с ними основать собственную кинофирму. Так возникает «Ольга Чехова Фильм-Лтд. Лондон — Париж». Все дело в том, что в коммерческих делах я была еще неопытна и излишне уверена в порядочности своих партнеров. Передав генеральную доверенность на ведение дел упомянутым коммерсантам, я сама отказалась от участия в управлении. Позднее, будучи уже опытным коммерсантом, я только качала головой, вспоминая об этой глупости.

Поначалу мне все очень нравится. Я горжусь моим — моим собственным! — производством. Мы снимаем ленту «Диана», которая сразу же вызывает оживленные споры, потому что она — несколько преждевременно для того времени — затрагивает проблему лесбийской любви. Сборы вроде бы неплохие, и если мне нужны деньги — я никогда не беру много, — я снимаю необходимую сумму со счета фирмы. И вот однажды — наверное, в те годы это была един-

1921

Родители – Константин Леонардович и Луиза (Елена) Юльевна
Книппер. Их брак Ольга вспоминает как идеальный.

Ольга Чехова (справа) в возрасте восьми
лет с братом Львом и сестрой Адой.

Антон Павлович Чехов.

Ольга Леонардовна
Книппер-Чехова –
актриса МХАТа,
жена А.П.Чехова,
"любимая тетя".

Так представляла себе девочка царственное семейство: "Царя в короне и, конечно, в ниспадающей волнами пурпурной мантии на соболях, а государыню и принцесс в коронах и дорогих бальных платьях".

Константин Сергеевич Станиславский.

Михаил Чехов, выдающийся актер, ученик Станиславского.
В возрасте шестнадцати лет Ольга Чехова тайно вышла за него замуж,
но их брак оказался недолгим.

Ольга Чехова в 1919 году. Пока еще в России.

С дочерью Адой Чеховой.

Ольга Чехова – актриса "немого кино" в Германии.
Кадр из фильма "Мулен Руж" (1929).

В фильме "Фаворит императрицы" (1935).
Слева направо: Адель Зандрок, Ольга Чехова,
Вилли Айхбергер, Ада Чехова.

С известным немецким актером Хансом Алберсом в фильме
"Пер Гюнт" (1934).

В фильме "Некий господин Гран" (1933).

С кумиром 30-х годов Конрадом Вейдтом в фильме
"Ночь решений" (1936).

Ольга Чехова – "государственная актриса" фашистской Германии и любимица фюрера.

Секретный документ НКВД, касающийся тайной деятельности Ольги Чеховой в Третьем рейхе.

Большая любовь актрисы –
немецкий
летчик-истребитель
капитан Йеп.

Во время войны Ольга Чехова часто ездила на фронт с концертами.
Нормандия. Среди восторженных солдат и офицеров.

Ольга Чехова – жена бельгийского миллионера Марселя Робинса.

С дочерью Адой и киносценаристом К.Г.Кюльбом.

"Любовное приключение" (1938)
с Паулем Клингером.

"Костюмные" роли особенно удавались актрисе.
С Рудольфом Пракком в фильме "Вечное звучание" (1944).

Последние киноработы:
"Тайна одного брака"...

...и "За стенами монастыря" (Ольга Чехова посередине).
Далее – карьера деловой женщины,
владелицы фирмы "Косметика Ольги Чеховой".

Баварский премьер-министр Альфонс Гоппель вручает
Ольге Чеховой орден за заслуги
перед Федеративной Республикой Германии.

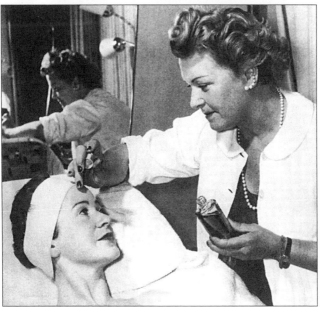

Ольга Чехова на практике демонстрирует свои методы
"естественной косметики".

ственная моя прихоть — оплачивается новый автомобиль. Я покупаю его и выписываю автомобильной фирме чек. И тут происходит нечто, что огорошивает меня: директор банка просит навестить его. Выясняется, что на моем счету осталось 30 марок и мое поведение при соответствующей интерпретации точно подпадает под состав преступления одного уголовно наказуемого деяния. Более того, банковский дом «Штерн» в Лейпциге предъявляет мне к оплате непокрытые векселя на сумму в четверть миллиона рейхсмарок.

Ответственные господа из моей фирмы скрылись, как вскоре выяснилось. Среди кредиторов начинается настоящая паника. Я в отчаянии, ибо не знаю, как найти выход.

И тут происходит чудо: мне наносит визит один пожилой господин, крупный и седой, джентльмен, словно из детских книг, — господин Штерн, шеф банкирского дома «Штерн» в Лейпциге. Без особых предисловий он объясняет, что не в последнюю очередь ввиду приближающегося еврейского праздника Йом-Кипур* он более не желает быть моим кредитором и считает мой долг погашенным.

— Я почитаю вас как женщину и артистку и не допущу, чтобы вы отчаялись. Нет, вы должны без забот заниматься творчеством... — добавляет он, в то время как я растерянно смотрю на него, пораженная самим чудом существования такого человека. Прежде чем я успела прийти в себя, он поцеловал мне руку и исчез...

Счастье, что и я однажды смогла помочь ему...

---

* Йом-Кипур, Судный день, — день, когда прощаются все грехи.

У ГИТЛЕРА И ГЕББЕЛЬСА

Гитлер становится рейхсканцлером, а доктор Йозеф Геббельс — рейхсминистром народного просвещения и пропаганды.

Изменившиеся нравы этого Третьего рейха дают о себе знать необычным приглашением: в один прекрасный день мама сообщает мне на студию по телефону, что меня ждут во второй половине дня на приеме у господина министра пропаганды. Будет фюрер, он же рейхсканцлер.

Мама, дама старинного воспитания до мозга костей, крайне возмущена: что за манера с утра по телефону приказывать даме прибыть по приглашению во второй половине дня?..

Я же удивлена в большей степени пренебрежением к установленному и дорогостоящему съемочному времени. Обычно съемки идут с семи утра до семи вечера. У кого одновременно и спектакли в театре, должны прямо из павильона ехать в свою гримерную и освобождаются не раньше 23 часов.

Я сообщаю своему режиссеру о звонке из министерства и втайне надеюсь, что приглашение будет отклонено ввиду моей занятости. Но режиссер и руководство разрешают, распорядившись отснять меня раньше. Необычное явление. Пока еще необычное. Позднее любое пожелание министерства пропаганды сразу становится приказом или воспринимается как таковое.

Из этого уже кое-что вырисовывается. Продюсер, несомненно, предчувствует развитие событий гораздо лучше, нежели я.

Доктора Геббельса мне описывают как человека, который «завоевал» Берлин для национал-социалистов, человека, без сомнения, с острым умом и способного пропагандиста, блестящего оратора. Бесцеремонные берлинцы острили, будто он ночует не в своей постели, а в собственной «глотке»*.

Итак, теперь он рейхсминистр народного просвещения и пропаганды, а его «вождь» Адольф Гитлер сделался рейхсканцлером — не надолго, как уверяют. В этой раздробленной республике без республиканцев национально-консервативным кругам Гитлер нужен как «барабанщик», щит от возрастающей коммунистической угрозы. После того как он «отбарабанит» необходимое время, его снова уберут — так это представляет себе кое-кто...

Меня отсняли только в 17 часов. Вечером спектакль, так что правительственный прием обойдется и без меня, полагаю я, поскольку, пока я приду в себя и переоденусь, пройдет не меньше часа и тогда...

Дальше зайти в своих размышлениях я не успеваю: как только собираюсь покинуть студию, навстречу спешит надутый чиновник министерства пропаганды и везет меня как есть — непереодетой, в полуспортивном костюме — на Вильгельмштрассе. По дороге

_____

мне удается лишь купить розу в петлицу, чтобы предстать на правительственном чаепитии не совсем уж «голой».

В министерстве меня сначала представляют фрау Марте Геббельс. Она с мягким укором спрашивает:

— Так поздно, фрау Чехова?

— Я приехала прямо с работы, фрау Геббельс, кроме того, меня известили по телефону только сегодня утром...

Госпожа Геббельс не подает виду, что поняла.

Перед помещением, в котором сервирован чай, стоит Гитлер в цивильном. Он тотчас же заговаривает о моем фильме «Пылающая граница», премьера которого состоялась только что. Я играю польскую революционерку. Гитлер осыпает меня комплиментами.

Мое первое впечатление о нем: робкий, неловкий, хотя держит себя с дамами с австрийской любезностью; ничего «демонического», завораживающего или динамичного. Это впечатление разделяют многие, кто сталкивался с Гитлером в узком кругу. Поразительно, почти непостижимо его превращение из разглагольствующего зануды в фанатичного подстрекателя, когда он оказывается перед массами. Тут он воспламеняет тысячи, а позднее и миллионы. Кто возьмется это оспаривать!

В чайной комнате встречаю знакомых коллег: Вернера Краусса, Ойгена Клёпфера, Генриха Георге, Кэте Дорш, Георга Александера, Вилли Фрича — короче говоря, всех, кто в Берлине обладает весом и именем.

Гитлер тщетно старается быть обаятельным, Геббельс таков и есть. Как всегда покрытый ровным кварцевым загаром, он рассыпает шутки направо и налево, непринужденно острит. Внешне обойденный природой, с трудом передвигающийся маленький человек явно наслаждается министерским постом и возможностью собрать вокруг себя деятелей культуры.

Пресловутый рейхсфюрер СС Генрих Гиммлер производит на меня впечатление чего-то незначительного. Смахивающий на землемера на пенсии, со своим круглым мещанским личиком, он в основном молча топчется и явно чувствует себя не в своей тарелке. На одном из более поздних приемов мне удается шокировать его: я являюсь в глубоком декольте. Он каменеет от изумления. «Когда женщина сильно обнажается, это приводит его в исступление», — рассказывают мне те, кто его близко знает. «Это на него похоже», — думаю я, «прошелестев» мимо. Мой повседневный костюм на *государственном* приеме он явно воспринимает как вполне уместный. Беседа тянется вяло и бессодержательно. Гитлер много говорит о своих художественных амбициях. Акварели, эскизы и рисунки его прежних лет передаются из рук в руки. Ни одна из этих работ не осталась в моей памяти.

Вскоре я откланиваюсь и еду в театр.

Следующее приглашение не только необычно, оно трагикомично и имеет какой-то призрачный оттенок. Мы — видные коллеги-актеры и я в том числе — после спектакля сидим за длинным столом в задней комнате партийного ресторанчика. Ничтожества, вознесенные партией в кресла функционеров, председательствуют в униформе СА и СС. Они устроились вольготно. Перед ними лежат снятые портупеи и кобуры с пистолетами.

Битый час функционеры разглагольствуют о наших

«обязанностях художников» в Третьем рейхе и разражаются непотребными нападками на иностранных и еврейских коллег.

Когда один из них нападает на Фрици Массари — некоронованную королеву знаменитого театра «Метрополь», — поднимается Фриц Одемар, отец «комиссара» Эрика Оде. От имени всех нас он протестует против выпадов в адрес Фрици Массари, Пауля Моргана, Курта Геррона, Феликса Брессарта, Камиллы Шпиры и предлагает нам покинуть собрание.

Так мы и делаем.

Месть этих маленьких шавок от искусства я ощущаю на себе очень скоро; как выясняется, власть их простирается далеко: на роли, которые предназначались мне, берут других актрис — разумеется, всегда с «глубоким сожалением», с беспомощным пожиманием плеч.

Так продолжается год.

У меня нет существенных сбережений, на которые можно было бы длительное время жить с семьей, и я вынуждена продать свой автомобиль, уволить шофера и научиться наконец-то ездить на велосипеде...

Тем временем я пытаюсь как-то оживить свои заграничные связи, но это не так просто и поначалу тоже не дает результатов. И тогда не остается ничего иного, как сбыть следующую вещь — один из моих ковров.

И вот тут звонит Альфред Хичкок из Лондона. Мне предлагают главную роль в детективе «Мэри»*. Ковер спасен.

---

* Фильм «Мэри» (его второе, прокатное, название «Сэр Джон принимает решительные меры») представляет собой немецкую версию фильма Хичкока «Убийство» (1930).

Хичкок оказывается необыкновенно умным, любезным человеком с обезоруживающим, совершенно особым чувством юмора; и похож он на кого угодно, только не на англичанина, скорее русского — своей дородностью и хлебосольством.

В Лондоне мне удается заключить договор на съемки в Париже — фильм «Деньги» по роману Золя.

Но и в Париже политика настигает меня, точнее, мой автомобиль. Возвращаюсь из студии на Елисейских полях в свой отель и вижу — он полностью искорежен, на груде обломков грубо нацарапано: «Боши — свиньи». Причина подобного вандализма в том, что немецкие войска без объявления вошли в Рейнскую область, занимаемую Францией со времен первой мировой войны.

Я возвращаюсь в Германию. Кто позаботился о том, чтобы я вновь смогла сниматься, не знаю. Возможно, свою роль сыграл положительный резонанс в международной прессе, меня снова стали воспринимать как немецкую актрису, которая содействует восстановлению мирового культурного значения Германии. В любом случае я опять занята. Более того, становлюсь «государственной актрисой»: в одно из воскресений нам в дверь звонят двое господ, чинно просят прощения за вторжение, представляются чиновниками министерства пропаганды, торжественно выстраиваются передо мной и зачитывают указ: за «вклад в киноискусство и театр» меня производят в государственные актрисы.

Я благодарю «за цветы», которые господа, конечно же, не принесли, и узнаю, что и других коллег постигла подобная оригинальная и неожиданная честь; на деле почетное звание бессмысленно, оно не приносит ни денег, ни пенсии по старости, напротив, поначалу вызывает лишь раздражение. Я езжу на иностранном автомобиле, подержанном «паккарде». Но мне дают понять, что немецкая государственная актриса не должна ездить на «иностранном». «Это нежелательно», — передает мне министр Геббельс через доверенных лиц. Пришло время, когда в Германии все должно быть немецким. Через тех же доверенных лиц я отвечаю министру, что на «мерседес», к примеру, денег у меня нет, но я согласна ездить на любой другой представительной немецкой машине, если правительство мне ее подарит. Геббельс чувствует иронию. Государственные автомобили не предусмотрены для государственных актеров, слышу я его ответ через посредника. На этом автомобильная тема исчерпана.

В это время я снимаюсь в одном из самых моих любимых и вообще самых известных немецких фильмов — «Маскараде» — с Паулой Весселы, Адольфом Вольбрюком, Петером Петерсеном, Юлией Сердой, Вальтером Янсеном, Хансом Мозером. Режиссер — Вилли Форст.

Это открытие молодой актрисы Весселы и одновременно ее триумф. Ее неподражаемый голос, обворожительная естественность и милая лучезарность в одну ночь вознесли ее до небес.

Это и огромный успех Адольфа Вольбрюка, который доказывает, что в роли утонченного бонвивана он способен на большее, нежели просто играть красавчика, каковым был и в жизни. Позднее он эмигрирует в Англию, поскольку кто-то из его дедушек или бабушек «неарийского» происхождения. Там благодаря своим способностям к языкам легко сходится с людьми и после войны возвращается в Германию зрелым и еще более искусным и утонченным мастером.

И в первую очередь это доказательство выдающегося режиссерского таланта Вилли Форста. Именно «Маскарадом» он утверждает себя на всю свою последующую режиссерскую карьеру как мастер жанра «каммершпиль» в кино. Он не поддается чужим влияниям, дисциплинирован, пунктуален, точен, непреклонен в своих решениях, но всегда уважителен к коллегам.

Вилли Форст распределяет главные и второстепенные роли в соответствии с «учением о гармонии»: не существует «звезд» — как в слаженном оркестре, существуют только высококлассные специалисты, соучастники совместного творчества.

У него это заходит настолько далеко, что, к примеру, для фильма «Бургтеатр»* он делает «пробные съемки» Вернера Краусса, прежде чем окончательно утвердить его на роль. Конечно же, Краусс, десятилетиями причисляемый к сонму великих актеров театра и кино, не хочет пробоваться. Но Форсту известен страх Краусса перед крупными планами. Как только камера подъезжает к нему вплотную, Краусс начинает нервничать, он не переносит этого «монстра», дрожит, как ребенок перед фотоаппаратом.

Форст снимает у Краусса этот детский комплекс, и ему удается воплотить в жизнь то, о чем мечталось, — съемки крупным планом как стилистический прием.

Я рада после «Маскарада» и «Бургтеатра» сделать с Форстом еще и «Милого друга». Он сам играет

_____
* «Бургтеатр» — австрийский драматический театр в Вене, основан в 1741 году.

главную роль и неподражаемо поет «Тебе везет с женщинами, милый друг...» — шлягер, который совсем выпадает из «героической эпохи» и, вероятно, именно поэтому становится невероятно популярным.

Теперь я снова снимаюсь без перерывов и попутно en suite* играю в театре: «Любимая», «Чернобурая лисица», «Шестая жена» и другие спектакли.

Мои домашние — мама, сестра, дочь Ада и племянница Марина — называют меня «ночной постоялицей»: я уезжаю на студию еще до семи утра и, как правило, возвращаюсь со спектакля лишь к полуночи.

Между тем Берлин меняет свое политическое лицо. Марши «коричневых колонн» и море знамен со свастикой все больше отличают город и его жизнь. Насильственное приобщение, подгонка всех под национал-социалистическую идеологию никого не минует, в том числе кино и театр. Несмотря на это, Берлин пока еще остается Меккой творческих людей и мастеров своего дела; и, к раздражению министра народного просвещения и пропаганды, как раз среди актеров больше всего упрямцев — ведь они такие индивидуалисты. Например, Густав Грюндгенс. Незадолго до прихода к власти нацистов я играла с ним в фильме режиссера Макса Офюльса «Любовные игры» по Шницлеру.

На сцене и в жизни между нами нет и намека на чувство душевного товарищества, которое связывает меня с другими коллегами. Но теперь, в Третьем рейхе, он вызывает мое, и не только мое, а всеобщее безоговорочное уважение: как главный художественный руководитель, он ограждает Прусский го-

---

* Без перерыва, подряд *(франц.)*.

сударственный театр от Геббельса и всех национал-социалистских попыток его политизации. Как режиссер и актер, создает великий, формирующий стиль и лично каждый день проявляет большое мужество и дипломатическое искусство. Чтобы иметь возможность реализовать свой взыскательный и свободный от господствующей идеологии репертуар и поддержать политически уязвимых коллег, он идет на союз с рейхсмаршалом и министром-президентом Пруссии Германом Герингом.

Геринг женат на Эмми Зоннеманн, бывшей актрисе. Через нее Грюндгенс дает понять министру-президенту, что тот смог бы стать патроном Прусского государственного театра в подлинном смысле этого слова, если бы этот театр остался «островком культуры и искусства».

В качестве покровителя Геринг с наслаждением использует любую возможность показать Геббельсу, которого он терпеть не может, что государственные театры его не касаются. Геббельс кипит. Относительно «неарийских» актеров и их жен Геринг заявляет: «Я сам определяю, кто еврей»...

Разумеется, Грюндгенс понимает, что пользоваться Герингом как ширмой ему позволяет отнюдь не понимание министром-президентом искусства — его нет и в помине, а тщеславие последнего, напыщенность и склонность к шарлатанству. Грюндгенс лучше других знает подлинный лик Геринга. Он знает, что за внешностью добродушного толстяка, делающей его таким популярным, скрывается жестокий циник, человек, который за несколько лет до еврейских погромов устранял политических противников сотнями. И несмотря на это, Грюндгенс идет на союз с Герингом, чтобы спасти театр и его труппу, — отважное и год от года все более опасное хождение по краю пропасти...*

А вот Адель Зандрок всегда была индивидуалисткой, личностью непоколебимой и неприступной с совершенно другой точки зрения.

Адель (мы все называем ее так с полным уважением) для рядового кинозрителя — «комическая старуха» немецкого кино. Она глубоко страдает от этого. Актерская судьба ее драматична: когда-то красивая женщина, настоящая сценическая «светская дама», знаменитая героиня «Бургтеатра», она объездила всю Европу со своей лучшей ролью «дамы с камелиями».

Красота вянет, патетика остается, а времена меняются: то, что когда-то потрясало в жесте, в интонации, уже не пользуется спросом или становится просто смешным.

Адель Зандрок остается явлением, достойным уважения; и все же как актриса она — как многие — не приспособилась к переходу в старость. Ей угрожает забвение, уход в небытие. Дела у нее плохи.

И тут кто-то открывает ее удивительно смешное дарование. Она снова при деле — уже как «комическая старуха».

Внутренне она отторгает это амплуа, живет воспоминаниями о своем великом прошлом, игнорирует то, что происходит вокруг нее, или все зло вышучивает. Меня — всегда величественно — Адель одаряет милостью своей дружбы. Она зовет меня «Мышка»,

---

* Жизнь и деятельность Густава Грюндгенса послужила основой книги Клауса Манна «Мефисто. Роман одной карьеры» (1936), которая до сих пор является важнейшим исследованием на тему «Художник в Третьем рейхе». Много позднее по роману был снят фильм «Мефисто» (режиссер — И. Сабо, в главной роли — К. М. Брандауэр).

и мне не раз доводилось быть свидетельницей как веселых, так и очень серьезных ситуаций.

Вилли Эйхбергеру, молодому, с ослепительной внешностью актеру, она как-то говорит:

— Вы-то мне еще нравитесь, молодой человек, да боюсь, что я вам уже нет...

Однажды, фотографируясь с ребенком, который совершенно голый пищит в колыбельке, Адель направляет свой лорнет ему пониже пупка и бормочет:

— Да это мальчик, если мне не изменяет память...

Как-то в полдень она приходит ко мне в гардеробную и утверждает, что наша общая гримерша подвела мне глаза более ярко, чем ее собственные. При этом мои ресницы накрашены голубым, а у Адели — коричневым.

Она вызывает гримершу и начинает кричать на нее:

— Хотите стать корифеем в своем деле? Не возражайте мне. Если хотите, то немедленно озаботьтесь тем, чтобы впредь я выглядела так же, как Мышка...

Я во время этой сцены с чистой совестью ем пироги, которые мне дала с собой мама.

— Что это ты ешь? — строго экзаменует меня Адель.

Я объясняю, что это русские пирожки с капустой, которые мы сами печем дома.

— Скажи-ка, пожалуйста, своей маме, чтобы она пекла и для меня, ведь я так люблю все русское. — Она поднимает очи горé и погружается в мечтательные воспоминания: — Если бы ты знала, кто в те времена всё бросал к моим ногам, когда я гастролировала с «Дамой с камелиями», — великие князья, а однажды уж одним-то из них я полакомилась. Я бы и царя не пощадила, думаю, да жаль... жаль, он уже был болен. А вообще — мужчины! Все они трусы, моя дорогая Мышка, все... ну, скажем так: почти все. Я понимаю, почему ты не выходишь снова замуж. А ты знаешь, что Артур Шницлер был моей большой любовью?..

Я замялась.

— Так знаешь или нет? — спрашивает Адель с легкой грозой в голосе.

— Не знаю, — послушно и искренне отвечаю я.

— Ну, — торжествует она, — это была моя великая любовь! Но не спрашивай, чего мне стоило покорить его. Сначала, как это приличествует даме, я ждала его любовных признаний. Я предоставила ему для этого достаточно возможностей: в театре, после театра, но он постоянно избегал оставаться тет-а-тет. Тут я узнаю, что он любит устрицы. Приглашаю его к себе домой, велю подать из ресторана несколько дюжин устриц и много шампанского. Мы наслаждаемся, Мышка, наслаждаемся — устрицами и шампанским... А я флиртую с ним на грани приличий. Часы в гостиной бьют, бьют снова и снова. И что затем происходит, как ты думаешь?

— Полагаю, что господин Шницлер...

— Та-та-та, господин Шницлер, — перебивает меня задетая Адель и неприязненно продолжает: — Артур хватается за новую бутылку шампанского, но тут я перенимаю инициативу. «Сначала марш в постель!» — командую я. И ты не поверишь, Мышка...

Морщинистое лицо Адели разглаживается:

— Это помогло...

Не могу сказать, насколько она привирает или говорит чистую правду, рассказывая свои истории, —

об этом, пожалуй, никто не знает, кроме нее самой.

В другой раз она просит меня отвезти ее на прием в министерство пропаганды. У нее нет машины. Обычно она ездит с сестрой на такси, но сестру не пригласили, а Адель одна никуда не ходит из принципа, стало быть, я должна сопровождать ее.

— Эти люди представления не имеют о приличиях, — сердится она.

Итак, мы вместе приезжаем в министерство; Адель, как всегда, закутана в широкие, ниспадающие волнами одеяния, на руке висит огромная вышитая сумка.

Партийные бонзы и кинознаменитости сидят вперемешку. Центром тут же становится она, окруженная благоговейно внимающими и молодыми и пожилыми коллегами. Тема — само собой разумеется — ее великое сценическое прошлое на подмостках «Бургтеатра»...

В этот момент входит Гитлер и начинает, как обычно, сразу же с монолога. Он знает «Бургтеатр» с юношеских лет, с восхищением вспоминает великие спектакли и тут же сожалеет, что в те времена также «добились чести и славы и еврейские актеры». Гитлер намеревается и далее развивать эту тему, как вдруг происходит нечто, чего до сего момента уж точно не случалось: его перебивают!

Адель безмятежно и отчетливо произносит:

— Господин рейхсканцлер, оставим эту тему. Я не желала бы об этом ничего слышать. Но если это вас интересует — и между нами: моими лучшими любовниками всегда были евреи.

Гитлер столбенеет.

Адель поднимается, с достоинством кланяется и спокойно бросает:

— Au revoir*, господа. — Поворачивается ко мне и приказывает: — Отвези меня, пожалуйста, домой, Мышка.

В последний раз я разговариваю с ней в больнице. Она лежит там уже несколько недель с переломом бедра и ворчит на жалкую эпоху, в которой больше не осталось кавалеров:

— Вместо русской икры мне присылают цветы, и взгляни-ка, Мышка: разве они не похожи на кактусы?..

На стене больничной палаты висит белая атласная рубашка с дорогими кружевами — прощальный подарок киностудии, на которой снимался наш общий фильм «Фаворит императрицы». Она носила ее в фильме. Адель любит этот фильм, потому что он напоминает ей о триумфе в «Даме с камелиями». Тогда она играла в похожем дорогом наряде. Она хочет, чтобы в ней ее положили в гроб.

Несколько дней спустя она умирает.

---

* До свидания (франц.).

МОЯ ЖИЗНЬ С МАРСЕЛЕМ

Я снимаюсь в Вене.

Мужчина, который наблюдает за съемкой, отвлекает меня. Я сопротивляюсь этому. И что в нем особенного? Ну, хорошо выглядит. Допустим. Многие выглядят хорошо. Затем...

Он чинно приглашает меня поужинать в «Захер». Я отказываюсь. Естественно...

Естественно, я не отказываюсь. А почему бы и нет? Я не знаю. Я в замешательстве.

За ужином Марсель Робинс доказывает, что он незаурядная личность. Беседа его увлекательна, шарм необыкновенный. Я узнаю, что он бельгийский промышленник, и ловлю себя на удивительной мысли. До сих пор, размышляю я, ты существовала для других — для мамы, детей, брата и сестры, друзей, знакомых... Не жертва, конечно же, нет. Но если бы вдруг появился некто, кто живет и трудится только для тебя, кто о тебе заботится и защищает, если бы так было...

Странное чувство.

— Могу ли я засвидетельствовать вам свое почтение в Берлине, мадам?..

Я смотрю на Марселя Робинса — и молчу...

Что же сталось с моими принципами? С моим убеждением, что я не гожусь для брака?

В Берлине Марсель Робинс делает мне предложение. Я отклоняю его.

Я действительно отказываюсь: моя профессия и моя вошедшая в плоть и кровь самостоятельность...

Мама советует мне сказать «да», завести свой дом. Не буду же я вечно актрисой, говорит она и добавляет: «Может, не так уж и плохо иметь возможность при необходимости уехать из Германии, если дела пойдут так и дальше...»

Я размышляю над фразой «...не вечно же быть актрисой»... Это точно. Со времен Голливуда, с тех пор, как я там увидела, что для каждого утром все может быть кончено, я поняла, что стану косметологом. Я уже готовлюсь к получению моего первого диплома в Париже.

Это один момент. А другой?

«...иметь возможность уехать из Германии, если дела так пойдут и дальше...»

Какие дела?

Здешняя политическая сумятица все же должна улечься, все снова должно прийти в норму. Не могут же люди идти против всего света... и кроме того: здесь мы все вместе — мама, дети, моя сестра и я. Мы живем своей жизнью. Я снимаюсь из фильма в фильм, играю в театре, мне никто ничего не диктует. Я могу сниматься и играть то и так, как хочу...

Впрочем, время от времени уже приходится... как-то подлаживаться. Точно. Скажем, на этих смертельно скучных официальных приемах с их удивительно напряженной атмосферой и недоверием, которое испытывают друг к другу почти все. Все чаще хочется отказаться. Чаще — да, но всегда ли?.. Какая женщина не любит поклонения?.. Покинуть Германию?

До сих пор я была счастлива.

Марсель Робинс делает мне второе предложение.

— С женщиной, которую я люблю, я не вступаю в связь, — произносит он и продолжает уговаривать. Он уговаривает так долго, пока я не теряю все свои принципы и не сдаюсь.

Мы поженились в 1936 году.

Свидетели — моя дочь Ада и ее муж.

После регистрации брака мы выпиваем по бокалу шампанского в отеле «Бристоль» на Унтер-ден-Линден.

На вечер в мою квартиру на Кайзердамм приглашены около сорока друзей. Само собой разумеется, пришло, как это у нас водится, гораздо больше. Пришли и русские — для подобного торжества факт немаловажный...

С самого начала атмосфера устанавливается непринужденная и очень скоро даже шаловливая. И почти каждый заклинает Марселя оставить меня такой, какая я есть, и не превращать в настоящую домохозяйку.

Марсель явно чувствует себя чужим среди этого раскованного творческого люда. Моя профессиональная одержимость, о которой так много и при каждом удобном случае говорится в шутливых речах, не очень-то поднимает его настроение. Он держится вежливо, но официально. Вероятно, он прикидывает, а что будет, если он потребует от меня чуть большего внимания к себе.

И неизвестно, куда бы завели его эти мысли, но в этот момент в дело включаются мои русские земляки: они не могут удержаться, чтобы не продемонстрировать русские свадебные обряды, и именно на «живом объекте», на Марселе. Они кладут его на растянутую простыню и трижды подбрасывают в воздух после каждой круговой чарки...

Марсель растерян. Он пытается выбраться из простыни, и так неудачно, что падает на пол и несколько секунд лежит без сознания.

Мы отвозим его в ближайшую клинику.

Врач успокаивает меня: сотрясения мозга и серьезных повреждений внутренних органов нет, скорее, это шок вследствие сильного нервного и душевного напряжения.

Я прошу Марселя ответить, так ли это. Но он качает головой и настаивает, чтобы мы продолжали праздновать. Если мы дадим ему немного времени, он тоже освоится с нашими суровыми «немецко-русскими нравами».

— Ну, иди же к своим сиротам, — улыбается он.

Я вздыхаю. В конце концов, и врачи иногда ошибаются. Марсель кажется таким непринужденным... Разве так выглядят те, кто находится в кризисе? Я целую его:

— До утра...

Итак мы, «сироты», продолжаем веселиться — вплоть до утра. Во главе «арьергарда» в десять утра я снова у Марселя в клинике.

И — пугаюсь.

Друзья тотчас всё понимают и оставляют меня с ним наедине. В отличие от вчерашнего Марсель напряжен, нервозен, погружен в себя. Врач не ошибся.

Я еще раз прошу Марселя сказать мне, что его угнетает. Он говорит с трудом, отрывисто.

За несколько недель до нашей свадьбы Марсель понес серьезные финансовые убытки. Нервы его были настолько расшатаны, что он был вынужден отправиться в санаторий. Ко дню свадьбы Марсель еще не совсем выздоровел.

— Почему ты ничего не рассказал мне...

— Я люблю тебя, — перебил он меня.

— Да, но почему сразу после этого, Марсель...

— Начинать наш брак с рассказа о санатории?..

Я смущенно смолкаю.

— А вот к немецко-русскому празднику я все же оказался не готов, — горько усмехается он.

Вскоре возвращается в Брюссель.

— Я должен сам разобраться с собой, — говорит он на прощание.

На следующий день я возобновляю съемки. Фильм имеет символическое название «Любовь выбирает странные пути».

После завершения фильма еду к Марселю в Брюссель. Мы договорились, что я буду курсировать между съемками в Берлине и нашей частной жизнью в Брюсселе.

Между тем я получаю театральное предложение, которое меня очень привлекает, — играть в «Чернобурой лисице», венгерском водевиле. В Вене в этой бенефисной роли блистала Леопольдина Константин. Моим партнером будет Карл Шёнбёк. Фильмом «Девушка Ирен», в котором Шёнбёк выступил партнером Лил Даговер, он завоевал бешеный успех. В спектакле «Чернобурая лисица» в Берлине он добивается признания и как театральный актер.

За две недели до начала репетиций я на машине еду в Брюссель.

Меня ожидает огромный и со вкусом обставленный дом. На секунду в памяти всплывает полутемная, тесная трехкомнатная московская квартира времен моего первого брака.

Здесь, по счастью, все иначе.

И Марселя по сравнению с днем нашей свадьбы в Берлине словно подменили. Он, как и в Вене во время нашего ужина в «Захер», очарователен, гостеприимен, умен.

Мы переживаем чудесные дни. Только через неделю я решаюсь сказать ему, что уже подписала новый театральный контракт. Он оказывается на удивление чутким, просит рассказать меня о роли, заранее радуется тому, что будет приезжать на выходные ко мне в Берлин, и с гордостью представляет своим друзьям: «C'est ma femme — madame Tschechowa»*.

Время до моего отъезда пролетело как праздник.

«Чернобурая лисица» идет с огромным успехом, и полуторамесячный контракт продлен еще на месяц... Марсель часто бывает в Берлине. Он неизменен: любит свою «фанатичную жену», читает всю критическую прессу и не упускает возможности очаровывать меня в наши краткие совместные часы...

В Брюссель я возвращаюсь только после того, как спектакль «Чернобурая лисица» сходит с репертуара. Между тем прошло почти полгода. Марсель и я договорились, что каждый использует счет другого, когда он гостит у него. Таким образом мы уходим от строгих ограничений в обмене валюты. Мне, например, разрешается брать за границу лишь десять марок.

В день моего приезда Марсель дает званый ужин. Перед этим мне хочется сходить к парикмахеру. Моих десяти марок для этого недостаточно, и я прошу Марселя дать мне денег или еще лучше чек, чтобы я, как мы договаривались, во время моего пребывания могла пользоваться его счетом.

* Моя жена — мадам Чехова *(франц.)*.

Он бросает на меня странно напряженный взгляд:

— Зачем тебе деньги?

Вопрос выводит меня из себя — сама его постановка: разве я должна давать объяснения? Давать отчет? Он что, не доверяет мне? Как это возможно?..

— Прежде всего на парикмахерскую, — озадаченно говорю я.

— Разве ты не обменяла свои десять марок?

— Но их же не хватит.

— Для дешевой парикмахерской вполне достаточно...

Я растерянно молчу.

Семеня, входит дочка Марселя от первого брака, очаровательная маленькая девочка. Она хочет, чтобы папочка подарил ей новую куклу.

Марсель выписывает банковский чек, вызывает колокольчиком экономку, вручает ей чек и велит немедленно купить малышке самую красивую куклу в Брюсселе... Цена — это он подчеркивает особо — «цена не играет роли».

Вечером мы с Марселем принимаем гостей.

Каждому новому гостю он повторяет то, что уже несколько недель радостно и гордо провозглашает своим друзьям: «C'est ma femme — madame Tschechowa».

Но теперь в его голосе нет прежней радости — скорее слышится странное напряжение, которое чувствовалось днем, когда он спросил меня: «А зачем тебе деньги?...»

И тем не менее я невозмутимо улыбаюсь гостям.

Холодные закуски поражают воображение. Нет недостатка ни в чем, чего бы ни пожелал привередливый гурман.

Около полуночи общество расходится, остаются

лишь два-три друга Марселя, и он предлагает, чтобы мы отправились в бар.

Когда мы приходим туда, выясняется, что Марсель и его друзья здесь хорошо известны. «Почему бы и нет?» — думаю я. Но вскоре я понимаю, что мы не просто в баре, а в «заведении». Мой муж и его друзья флиртуют со смазливыми девицами, словно меня нет. Марсель обещает Лу, особенно породистой красавице, навестить ее на следующей неделе.

На следующей неделе я должна сниматься в Берлине...

Я прошу Марселя, чтобы он отвез меня домой. Его друзья еще остаются.

Я спрашиваю Марселя, почему он меня унижает.

Он усмехается:

— Ты же моя жена...

Марсель уже больше не улыбается. Взгляд его беспокоен, в глазах внезапно вспыхивает болезненный блеск. Мне приходят на память слова берлинского врача: «...чрезмерное нервное и духовное перенапряжение»...

— Я ожидаю от моей жены, — говорит Марсель, — что она будет всегда рядом. Мне нужна она. Мне нужна и физическая близость, постоянно, каждый день и каждую ночь. Если моя собственная жена избегает меня, я иду к другим женщинам... я вынужден это делать, понимаешь ли ты меня, я вынужден...

Я обескураженно молчу. Потом тихо спрашиваю:

— Когда же я избегала тебя?..

— Тебя не бывает неделями, часто месяцами.

— Ты же знал, что я не откажусь от своей работы. Ты был с этим согласен.

— Я надеялся, что однажды ты меня полюбишь

больше, чем свою работу. И я был твердо уверен, что ты покинешь эту ужасную страну...

— Я не брошу свою профессию, — говорю я упрямо и еще раз твердо подчеркиваю это, хотя знаю, что Марсель не переносит подобного своеволия.

Он пожимает плечами:

— Если это делает тебя счастливой...

Мы еще несколько раз видимся в Берлине и Брюсселе. После каждого расставания я надеюсь, что мы встретимся другими, что месяцы разлуки сделают нас внутренне ближе. Но я заблуждаюсь. Марселю нужна постоянная физическая близость...

Во время моего последнего пребывания в Брюсселе я узнаю от эмигрантов, что в Германии существуют концентрационные лагеря; они описывают подробности, рассказывают о терроре СС. До сих пор я не верила этим слухам, но то, что сейчас мне рассказывают эмигранты, не вызывает сомнений.

Мне на память приходят слова Марселя: «...ты покинешь эту ужасную страну»...

Я вспоминаю банкира Штерна, который однажды спас меня из, казалось бы, безвыходного положения, и еду к нему в Лейпциг. Он действительно в ближайшее время ожидает самого худшего. Тогда я безотлагательно спешу к Герингу.

— И что вам дался этот Штерн? — спрашивает он меня скептически, предостерегающе.

Я рассказываю ему всю историю и, к удивлению, встречаю понимание. Что стоит для людей, которые упрятывают в лагеря тысячи невинных, вдруг сжалиться над одним-единственным из них? Означает ли это, что в каком-то уголке их сознания все-таки живет ощущение вины и они стараются отделаться одним добрым делом?

Как бы там ни было, господин Штерн беспрепятственно выезжает за границу. До его смерти в пятидесятые годы мы ведем с ним оживленную переписку, движимые взаимной благодарностью.

Очень скоро я убеждаюсь в существовании лагерей самым удручающим образом: Геббельс советует мне предупредить Вернера Финка. Он самый известный в Германии артист кабаре, но это, по словам Геббельса, не спасет его от «печальных последствий», если он будет продолжать «высмеивать Третий рейх». У гестапо нет чувства юмора, «не важно, как бы остроумно это ни было преподнесено». Финку следовало бы, несомненно, понимать это.

Я разговариваю с Финком. Разумеется, он знает об этом, но продолжает вести ту же линию. Он не может иначе. В этом государстве — не может. Однажды гестапо забирает его. Мои старания тщетны.

Геббельс посвящает Финку в газете «Рейх» злобную плоскую тираду, направленную против разоблачающей иронии блестящего «шута».

ПЕРВОЕ ПРЕДУПРЕЖДЕНИЕ

Господа очень вежливы.

Их корректность не оставляет сомнений в том, что они чиновники тайной полиции.

Они знают, что по особому разрешению мне дозволяется постоянно выезжать к моему мужу в Бельгию («выезд за границу отныне требует специального разрешения...»), им также известно, что мне дозволено сохранить немецкий паспорт, хотя после замужества я стала бельгийкой, — все это им известно, разумеется, «хотя... — один из них иронично улыбается, — с таким интернационализмом мы сталкиваемся редко: муж-бельгиец живет в Брюсселе, жена-бельгийка и одновременно немка проживает в Берлине да еще и родилась в царской России, да к тому же мать, дочь и племянница — переселенцы из большевистской России, ну да, да...». Я обеспокоена. Что же нужно в действительности «вежливым господам»?

Они объясняют мне. И как бы случайно задают вопросы попеременно. Допрос?..

— Что вы, милостивая госпожа, ничуть. Всего лишь парочка уточнений. Ничего особенного... просто отношение вашего мужа к новой Германии, его и его друзей... нейтральное, тенденциозное, критическое?.. Не пытался ли он оказать на вас политическое давление?.. Нет, ну хорошо... тогда все в порядке...

мы хотели всего лишь удостовериться... собственно, мы были уверены... но по долгу службы обязаны проверять все подозрения — даже когда узнаём анонимно... в большинстве случаев это завистники или пустомели — вот как и в данном случае... просим прощения за вторжение, сударыня. Хайль Гитлер!

Господа делают вид, будто кланяются, и уходят.

Я изображаю улыбку и провожаю их. Когда дверь за ними захлопывается, перевожу дух.

Было ли это первое предупреждение?

Но долго размышлять об этом некогда, мне нужно на спектакль. Это сотое представление нашей пользующейся успехом постановки «Любимой» Хайнца Кобьера. Мои партнеры Карл Раддатц и Пауль Клингер.

Спектакль желает почтить своим присутствием Геббельс со свитой. Слабость Геббельса к искусству, в особенности к его представительницам, общеизвестна. Он не пропускает ни одной возможности, так что ничего удивительного в его визите в театр нет. Поразительно другое.

Мама редко выходит из дому, но сегодня вечером она сидит в директорской ложе, и министр во время антракта высказывает пожелание познакомиться с ней.

Сквозь дырку в занавесе я наблюдаю за встречей. Странно, Геббельс уже после нескольких слов покидает ложу. «Нелюбезный патрон», — думается мне. Дома после спектакля мама с полным удовлетворением слово в слово передает свой диалог с министром:

«— Я не понимаю вашего беспокойства, сударыня! Разве ваша дочь не сделала при нас весьма успешную карьеру? Разве мы не оказывали ей всемерную протекцию?

— Вы, господин министр? Я нахожу это несколько

преувеличенным. У моей дочери было имя уже задолго до 1933 года, и не только в Германии. О вас же, напротив, я услышала только после 1933 года, правда слышала много, признаю, — в связи с профессией моей дочери...»

В эту ночь я плохо сплю. Просыпаюсь от любого шума. Я уже не раз слышала, на что способен Геббельс, когда задевают его самолюбие.

На рассвете перед нашей дверью тормозит машина. Я встаю. Гестапо имеет обыкновение приходить рано утром, как мне уже известно.

Жду звонка. Но машина отъезжает.

И все же мы пока еще не отделались от доктора Геббельса и «Любимой»: постановка выдерживает сто пятьдесят представлений. Итак, снова «юбилей». Геббельс самолично вручает нам два дуэльных пистолета времен Французской революции, которые, как реквизит, играют важную роль; он вручает их вызолоченными в качестве дара.

Раддатц ненавидит Геббельса и не делает из этого тайны. Его беспечность граничит с самоубийством.

— В сущности, я мог бы теперь вызвать вас на дуэль, господин министр, или вы находите это опасным? — ухмыляется он, когда тот вручает ему пистолеты.

— С вами — нет, — парирует Геббельс, — просто это было бы не совсем честно с моей стороны, я хороший стрелок, и вас я бы наверняка ухлопал!

Этот раунд остается за Геббельсом, а следующий — за Раддатцем. Лида Баарова, красивая, изящная чешка, — большая любовь маленького доктора. Фильм «Баркарола» делает ее популярной во всей Германии. В кругу артистов и вне его хорошо известно, что Геббельс часто навещает Лиду Баарову в ее доме в

Кладове. Этим он выводит из себя даже фюрера: Гитлер энергично советует Геббельсу снимать свои комплексы, вызванные косолапостью и маленькой, «абсолютно негерманской фигурой» не тем, что он, используя министерский пост, пытается переспать со всеми подряд смазливыми рослыми актрисами. А одна из них к тому же чешка... Либо он заботится о своей семье, и прежде всего детях, либо подает в отставку... Геббельс не подает в отставку. Он расстается с Лидой Бааровой.

Но не сразу. Пока он еще навещает ее, сохраняя «маскировку»: до или после своего рандеву он наносит краткий визит тому или иному известному коллеге прелестной Лиды Бааровой, чтобы внешне все выглядело пристойно. Так, иногда он приезжает и ко мне, к крайнему маминому неудовольствию. Ничто не властно заставить ее встретить гостя или сделать приветливую мину. Когда министр приезжает, она скрывается. Слава Богу, она хоть понимает, что я не могу заставить стоять под дверью министра, правда не более того.

Итак, Геббельс заскакивает «на минутку».

Я с Раддатцем и другими коллегами сижу в моем маленьком домашнем баре на антресолях, куда ведет узкая кованая лестница. На верхней площадке стоит деревянная скульптура в метр высотой, готическая Мадонна. Сама же лестница в полумраке и освещена лишь фонарем с двумя мягко светящими свечами. Это создает настроение, а для тех, кто знает каждую ступеньку, не опасно. Геббельс же, с трудом передвигающийся на коротких ножках, запинается о ступеньку, спотыкается об основание скульптуры, виснет на ней и скатывается по лестнице обратно вниз; еще во время падения он судорожно обхватывает тяжелую деревянную фигуру, безуспешно пытаясь найти в Мадонне опору...

Мы вскакиваем, страшно напуганные, один Карл Раддатц звонко хохочет.

— Что-то новенькое, господин министр, — радостно ухмыляется он, — совсем уж небывалое: ну и как ощущения в объятиях святой девственницы?..

Из властей предержащих Третьего рейха и их высокопоставленных гостей «падшим» я видела лишь Геббельса — с другими сталкиваюсь или знакомлюсь по другим поводам.

Геринг, «верный рыцарь фюрера», «имперский егермейстер», фанатик униформы, знает толк в представительстве, или, точнее говоря, он умеет принять людей, придать государственным приемам внешний эстетический лоск.

Так, во время приема короля Югославии Павла Шарлоттенбургский замок освещен только свечами. На столах изумительный старинный фарфор, дорогой хрусталь; прелестные цветы — замечательная декорация. Мой сосед за столом — Эрнст Удет, к этому времени уже ставший «генералом дьявола», как его позднее назовет Карл Цукмайер*. Этого всемирно известного мастера высшего пилотажа я прежде часто встречала у Ульштайнов.

Мне бросается в глаза, что бокал Удета все время пуст. Кельнеры обносят его. Я спрашиваю о причине. Он отвечает мне тихо, что «Герман» (Геринг) строго запретил ему пить. В этот момент Герман не смотрит в нашу сторону. Тогда Удет молниеносно меняет свой пустой бокал с моим, быстро приветствует меня, приподняв его, и осушает одним махом. Улов-

---

* «Генерал дьявола» — название пьесы немецкого драматурга К. Цукмайера.

175

ка в течение вечера удается еще несколько раз. Теперь Удет в прекрасном настроении; он веселится, как большой ребенок, ибо снова оставил Геринга в дураках.

— Я их выношу только со спиртным, — шепчет он мне, — со спиртным их еще всех можно вытерпеть, только со спиртным...

Именно Удета Гитлер и Геринг делают ответственным за провал «воздушной битвы за Англию» в 1941 году. И он кончает жизнь самоубийством.

Государственный прием в честь Муссолини в мюнхенском Доме искусств. Дочь Ада сопровождает меня, хотя и сопротивлялась до последнего. Хоть она молода и политически неангажированна, ее всякий раз охватывает беспокойство, тревожное предчувствие, когда мне снова приходится присутствовать на официальном приеме. Мама убеждает ее, что я должна ответить и на это приглашение, если мы не хотим поставить всех под удар. Улицы, примыкающие к Дому искусств, перекрыты. За спинами эсэсовцев толпятся зеваки. По громкоговорителям объявляют о прибытии гостей, толпа аплодирует в зависимости от популярности визитера. В качестве церемониймейстера выступает господин в темном одеянии в стиле рококо; он отчетливо называет имена прибывающих...

В холле Гитлер, его приверженцы и господа из протокольного отдела приветствуют каждого гостя по отдельности. Нас с Адой проводят за стол неподалеку от центрального стола. Зал уже почти заполнен, вскоре прибывают и итальянские гости: Муссолини в сопровождении своего зятя, итальянского министра иностранных дел графа Чиано и итальянского посла в Берлине графа Аттолико, окруженные свитой адъютантов. Сцена, достойная театральных подмостков: подтянутые фигуры в эффектной форме. Муссолини удается сохранять эту позу на протяжении всего обеда...

После трапезы гости расходятся по различным залам. Меня просят перейти в маленький салон, куда направляется и Муссолини с небольшой частью своего окружения.

Аду один из адъютантов препровождает за стол «вождя». Позднее она проклинает «испорченный вечер». Гитлер снова разглагольствует о якобы феноменальных немецких открытиях, о синтетическом чулочном волокне и подобных «интересных» вещах.

Я пью крепкий кофе в обществе Муссолини и графа Чиано. Мы говорим о немецком и русском театре. В ходе беседы с Муссолини слетает вся его деланная сановность, и он оказывается образованным и начитанным собеседником. О политике не говорится ни слова.

Внезапно сцена меняется.

За наш стол садятся Геббельс и его жена. Геббельс, впрочем как всегда, склонен иронизировать. Он что-то говорит Чиано, что я не совсем понимаю, однако выражение лица графа красноречиво. Следствие этого потрясающе: Чиано резко встает и покидает помещение. Геббельс семенит вслед за ним и через переводчика пытается объяснить, что тот его неправильно понял. Но это уже ни к чему не приводит. Ситуация не сглаживается, атмосфера остается натянутой.

Появляется Ада. «Я больше не могу», — шепчет она мне. Я приношу извинения, и мы отправляемся в гардероб.

Один из адъютантов перегораживает нам дорогу:

— Сударыни, вы не можете покинуть общество, пока не уйдет фюрер.

Ада находчиво и холодно возражает:

— Если мне нехорошо, я вольна поступать так, как мне нужно!

Она берет меня под руку и велит вызвать наш автомобиль с шофером.

С этого дня в рейхсканцелярии меня вычеркнули из списка приглашаемых лиц.

Также и «вождь» больше не считает меня достойной поздравлений со «счастливым Рождеством», как всего лишь год назад. Тогда я снималась в Париже и уже заказала место в спальном вагоне в Берлин на 23 декабря. Заезжаю в отель, чтобы забрать чемоданы, и от имени германского посольства мне вручают огромный пакет с шоколадом, пирожными, орешками, сдобой. Но самое удивительное находится на дне пакета: портрет Гитлера с его собственной поздравительной надписью. Что делать со всем этим?..

Мне приходит в голову фантастическая идея: шоколад, пирожные, орешки и т. д. я обмениваю на контрабанду — дорогие духи и другие подарки, а Гитлер вместе со своим «посвящением» прикрывает эти преступно дорогие «таможенные» товары. Пакет настолько тяжел, что его пришлось поставить в купе на пол. Проводник добродушно предупреждает меня:

— На границе, досточтимая госпожа, не знают снисхождения. Таможенники и СС захотят посмотреть, что там, вам придется раскрыть пакет...

«Знаю», — мысленно улыбаюсь я.

Проводник оказался прав. На германской границе я должна открыть пакет. И вновь я улыбаюсь, но уже не мысленно, и стараюсь скрыть внутреннее беспокойство — удастся ли проделка!

Таможенник и эсэсовец таращатся на лик вождя, а затем переводят взгляд на меня — потрясенно, слегка недоверчиво...

— Что это? — спрашивает один из них не очень-то умно.

— Фюрер, — отвечаю я сухо.

— Его портрет, вы имеете в виду...

— Вот именно...

Теперь наступает решающий момент: человек наклоняется к портрету и остается в полусогнутом положении, как будто его схватил радикулит. Глаза расширяются, он обнаруживает дарственную надпись, прочитывает ее, благоговейно бормоча: «Госпоже Ольге Чеховой в знак искреннего восхищения и уважения. Адольф Гитлер».

Человек, дернувшись, распрямляется, словно его укусил тарантул, вскидывает правую руку вверх, молодцевато выкрикивает: «Хайль Гитлер!», подает знак своему товарищу и почтительно покидает купе.

А контрабандные мыло и духи еще долго доставляли мне и моим дамам особую радость...

ВОЙНА И ТЕАТР

Марсель информирован лучше меня.

Тот, кто, как и он, имеет более или менее полный доступ к информации из-за границы, знает, что грядет война.

Кое-что на это указывает и в моем окружении: на пригодной для аэродрома местности под Кладовом (у меня под Кладовом маленький загородный домик) днем и ночью ведутся работы по расширению; территория охраняется строже, чем прежде, и обнесена плотным забором.

Вооружение идет полным ходом. Циничное высказывание Геринга «пушки вместо масла» уже давно стало обыденностью.

Кое-что все же вселяет надежду: пакт о ненападении с Россией, подчеркнутые заверения властей предержащих в своем миролюбии. Марсель развенчивает иллюзии: «Будет война...»

Мы сидим у камина в моем домике под Кладовом. За окнами прохладный вечер, а здесь веет теплом и уютом. И совсем не хочется думать о войне...

Марсель спрашивает меня, решилась ли я наконец — сейчас, без пяти минут двенадцать — ехать к нему в Бельгию.

Я колеблюсь.

Я пытаюсь представить себе все это: ведь я не одна,

тут моя мама-сердечница, тут моя дочь и племянница... Забирать и их с собой?.. Мама никуда не поедет, она уже заявила мне об этом.

Марсель достаточно ясно дает понять — он имеет в виду только меня, а не мою семью...

И как же будет выглядеть моя жизнь в Бельгии, если я оставлю семью в Германии (чего и представить себе невозможно)... Смогу я вновь найти себя в своей профессии?

— Тебе больше не потребуется твоя профессия, — говорит Марсель, — ты будешь моей женой.

Я задумчиво киваю.

Как раз ею, исключительно ею, я и не могу быть.

Я хорошо помню о том вечере в Брюсселе — о попытке Марселя показать мне, что это такое — «моя жена»...

Я не способна на подобную физическую, духовную и материальную зависимость.

— Итак, ты остаешься? — спрашивает Марсель.

— Да.

— Я понимаю тебя.

Пораженно смотрю на него.

— Я понимаю тебя, — повторяет он, — но и себя переделать не могу.

— Как и я, — тихо говорю я.

Марсель предлагает развестись.

Мы подаем на развод, обосновывая это тем, что из-за моей профессиональной деятельности я не могу поддерживать упорядоченные супружеские отношения. Причина не принимается.

Мой адвокат получает от судьи дельную подсказку: «неподчинение властям» остается одной из немногих причин развода, признаваемой в чадолюбивом Третьем рейхе.

Мы инсценируем развод на этом основании.

Чтобы избежать возможного ареста, Марсель возвращается в Брюссель. Мой адвокат обвиняет его в клевете на фюрера и рейхсканцлера и других министров. Адвокат Марселя и мой представляют наши интересы перед судьей по бракоразводным делам. Наш брак расторгается в несколько минут...

Когда разразилась война, я играла в «Берлинском театре».

Ситуация просто непостижимая: в то время как первые убитые чествуются как герои и человеческие страдания по обе стороны заглушаются победными фанфарами «блицкрига против Польши», я играю единственную оставшуюся в живых «шестую» в искрометной комедии «Шестая жена» с Виллом Домом в роли Генриха VIII.

Дом неподражаем. И вопреки или благодаря начавшейся войне он день за днем и вечер за вечером со священным трепетом служит своему бесподобному чревоугодию: еще до начала спектакля хлопает пробкой шампанского, закрыв глаза, пробует температуру, одобрительно кивает, наполняет свой стакан и с просветлевшим взором делает первый глоток. Затем, плотоядно выпятив губы, поворачивается к подносу с изысканными блюдами, которые ему обязана ежевечерне посылать в театр фирма Борхерт.

В антрактах он снова тотчас обращается к бывшим или грядущим наслаждениям. Например, скажет ему коллега: «Ты сегодня грандиозен», он поспешно перебивает его: «Знаешь, дело в том, что, когда вчера вечером я раздумывал о существе и характере короля, я как раз ел пулярку... Детки, вы вообразить себе не можете, какая вкуснотища, это поэма, скажу я вам, просто поэма...»

И он смакует подробности, бесконечно, весь антракт до выхода на сцену.

Если же в другой вечер коллега скажет ему: «Не обижайся, Вилл, но сегодня ты не форме, ты смазал мой выход», то он тотчас отпарирует: «Видишь ли, я подозреваю, вчерашний вечер не пошел мне на пользу — я начал его с пары устриц...»

И следует описание ночного пиршества, способного насытить семью из трех человек.

Во время большого антракта он полностью замыкается в себе, чтобы насладиться хрустящим гусем. В этом ему помогает еще одна бутылочка шампанского, его эликсир жизни. «Нельзя же давиться кофе насухо», — мило улыбается он.

В первые месяцы войны мой дом в Кладове еще больше, чем прежде, становится спасительным островком для добрых друзей и коллег: Отто Эрнст Хассе, Вальтер Янсен, Карл Шёнбёк, Зигфрид Бройер, Хуберт («Хубси») фон Мейеринк, Вилли Фрич, Карл Раддатц и многие другие были завсегдатаями, регулярно «отправлялись в Сибирь», как в шутку говорил Хассе.

Пока съестных припасов достаточно, каждый приносит из погреба бутылку своего любимого вина и болтает о «путях мира».

Пути мира в данный момент неисповедимы. Никто не знает, что последует за «блицпобедой» над Польшей. Наше будущее в тумане. Поразительно, что и у нас, в кругу коллег, все чаще обсуждается вопрос: «Если бы знать, что будет?..» Гадания, ясновидение, гороскопы вдруг становятся актуальными темами бесед многих вечеров и долгих ночных часов.

Лично мне не очень интересно, что будет со мной завтра или послезавтра. Подобное знание парализовало бы меня, лишило воли. И я скептически отношусь к тому, когда люди трезво обсуждают такие эфемерные, умозрительные «вещи», как «взаимоотношения» между небом и землей...

У меня, например, была возможность наблюдать за работой берлинского мага-звезды Эрика Яна Хануссена во всемирно известном театре «Скала» (иногда я играла там в одноактных спектаклях).

О Хануссене тогда говорил весь Берлин. Благодаря удачным предсказаниям он был принят и у Гитлера. Некоторые менее благоприятные предсказания стоили ему жизни; нацисты уничтожили его.

Мне кажется, Хануссен на деле был не кем иным, как ловким, чрезвычайно талантливым и к тому же весьма деловым актером не без дара ясновидения. Так что же он мог бы сказать мне о моем будущем?

И что могут сказать мне гороскопы?

Я не желаю, чтобы на дни и годы вперед кто-то высчитывал, чего мне следует ожидать. Кроме того, существует еще одна причина, позволяющая мне усомниться в любом гороскопе.

По православному календарю я родилась 13 апреля 1897 года. В 1900 году этот старинный русский календарь был заменен на европейский. Вследствие этого все даты сместились на тринадцать дней вперед*. С тех пор дата моего рождения в документах указывается как 26 апреля. Первоначальный Овен благодаря властям превратился в Тельца. И теперь я вольна выбирать, какое животное мне более симпатично, в зависимости от наступившей констелляции.

Но ведь астрологи при своих расчетах опираются на Солнце, Луну и восемь планет; они работают в соот-

_____
* Переход на григорианский календарь (т. е. со старого стиля на новый) состоялся 14 февраля 1918 года.

ветствии с геоцентрической системой и помещают нашу крошечную Землю в центре космоса. А как тогда быть с миллиардами еще неоткрытых звезд в других солнечных системах, которые, несомненно, существуют в единой Вселенной? Цельные размеры ее ведь пока еще непостижимы и навсегда останутся недоступными... И как быть с явлением так называемого земного излучения, с которым точные науки до сих пор как следует не разобрались, хотя существует довольно много наблюдений, указывающих на то, что воздействие подобных лучей находится в сфере реального?

Мне представляется, что не следует смешивать друг с другом физику и метафизику, ведь обе подчиняются собственным законам.

Но так же мало я склонна опрометчиво считать суеверием то, что сегодня не поддается разумному толкованию.

Обсуждая все это с коллегами в первые месяцы войны, я еще не знаю, какие необъяснимые события поджидают меня: так, одна знакомая хиромантка изучает линии на ладони моей дочери Ады и говорит мне, что ее брак будет длиться шесть лет, но уже после трех лет совместной жизни она охладеет к своему мужу.

Ада в этот момент влюблена по уши и убеждена, что уж на этот раз счастье ее будет длиться вечно. Хиромантка оказалась права. И все же все замужества Ады не оставят в памяти тяжелого следа, хотя едва ли можно было бы делать более непредсказуемый выбор мужей: кинооператор Франц Ваймайр, дамский врач Вильгельм Руст (от него у нее будет дочь Вера, которая тоже станет актрисой) и боксер Конни Ракс. В этом браке появится сын Миша, который служит сейчас в Бундесвере.

И еще в одном оказалась права хиромантка. «После сорокалетия вашей дочери угрожает опасность в бесконечности», — предсказывает она.

С тех пор я беспокоюсь всякий раз, когда Ада садится в самолет. Утром рокового дня она говорит мне:

— Я ничего не могу с этим поделать — каждый раз перед полетом во мне рождается страх. Хотя переношу я его хорошо. У меня просто плохое предчувствие...

— Тогда не лети, ради Бога! — заклинаю я ее.

Несколькими часами позднее самолет разбивается.

Когда я узнаю ужасную весть, со мною не происходит ничего того, что обычно в таких случаях бывает с человеком и чего опасаются мои друзья, поскольку знают, как близки мы были с Адой: я не теряю сознания, внешне — в обычном понимании — не потрясена. Лишь немногие, самые близкие, знают: моя внутренняя связь с Адой не оборвана ее смертью, да, нисколько. Я, как и прежде, слышу ее чистый звонкий голос, слышу ее радостное «зайчик» (так с детских лет она звала меня), слышу его днем, но еще чаще — по ночам в сновидениях...

Сны, как мне кажется, нечто большее, нежели просто смутное отражение внутреннего состояния. Я стала обращать на них внимание, всерьез воспринимать и толковать с тех пор, как в ночь после спектакля на гастролях в Вене мне снилось, будто я с двумя моими берлинскими коллегами куда-то еду в сельской местности. За рулем шофер. Вдруг автомобиль поворачивается вокруг своей оси и сваливается влево под откос. Небольшая, низкая кирпичная стена сдерживает наше падение. На краю дороги надломленное вишневое деревце, с ветвей которого на нас сыплются лепестки. Меня поражает, что лоб шофера поранен, но рана не кровоточит. Я вижу, как к нам бегут люди, чтобы вытащить нас из машины и отвести в здание, похожее на замок. Особенно искусно выкованы железные ворота. В доме горит разноцветными огнями рождественская елка.

Вот такой сон.

23 декабря мы выезжаем; нам хочется к Рождеству поспеть домой. Погода для поездки отвратительная. Попеременно идет то снег, то дождь. Дорога обледенела.

Я сижу рядом с водителем и пытаюсь найти по карте ближайший путь к границе. Вероятно, я выбираю неверное направление. Дорога становится узкой и еще хуже, чем до сих пор; она вьется вдоль склона. Мы решаем повернуть назад. В это время автомобиль соскальзывает под откос. Нас заносит. Я ощущаю удар в голову и теряю сознание. Придя в себя, отмечаю, что сцена точно соответствует моему сну: машина натолкнулась на маленькую кирпичную стенку, которая и спасла нас от падения с обрыва. На обочине надломилась небольшая вишня, на ветвях которой висят редкие сохранившиеся хлопья снега. Шофер легко ранен.

Какой-то крестьянин отвозит нас на своей телеге в близлежащий замок; на въезде я узнаю кованые ворота из моего сновидения...

Еще загадочнее другой сон: я вижу себя стоящей в крестьянском наряде на ратушной площади средневекового Нюрнберга; я знаю, что мне поручено отнести овощи хозяину постоялого двора «У зеленой щуки». Над дверями постоялого двора висит искусно выкованный щит с прекрасной копией герба дома — рыбой. В трактире я иду по длинному темному коридору. Вдруг ландскнехты набрасываются на меня. Я просыпаюсь в холодном поту...

Во второй половине дня с визитом приходит врач моей мамы, индус. Я рассказываю ему мой сон.

— Вы видели эпизод из вашей прежней жизни, — говорит доктор С. Я смеюсь. — Лучше всего вам как-нибудь съездить в Нюрнберг, — улыбается индус.

Выбрав пару свободных от съемок дней, сажусь в машину и еду в город, в котором никогда не бывала прежде; его романтическая красота очаровывает меня. Я брожу по улицам и неожиданно сворачиваю в один маленький боковой переулок, который прямо-таки притягивает меня. В этом переулке стоит гостиница «У щуки». Я нашла дорогу к привидевшемуся мне постоялому двору с безошибочной точностью...

И вот опять поздний час — далеко за полночь. Некоторые коллеги подшучивают над моими видениями, о которых я рассказываю им у камина, хотя сами полагаются на предсказания или гороскопы или уже ни на что...

И несмотря на это, каждый из них очень хотел бы знать, «что будет».

Об этом в первые месяцы войны мы даже и не догадываемся.

Мы прощаемся.

— Назад из Сибири в Берлин!.. — горько улыбается О. Э. Хассе.

В июне 1941-го Гитлер отдает приказ о нападении на Советский Союз.

Июльским утром 1941 года мне звонит госпожа Геббельс: правительственная машина отвезет некоторых коллег и меня на обед на загородной вилле Геббельса в Ланке.

В этот воскресный день у меня спектакль в театре

только в 19 часов. Дневной спектакль отменен. Таким образом, я не могу сказать «нет».

Нас около тридцати пяти человек: мои коллеги, дипломаты, партийные функционеры. Застольная речь Геббельса пропитана национализмом и высокомерием. Он уже сейчас предсказывает падение Москвы.

Я думаю о бесконечных русских просторах, убийственной зиме...

В этот момент Геббельс обращается прямо ко мне:

— А ведь у нас за столом эксперт по России — госпожа Чехова. Не полагаете ли и вы, сударыня, что эта война закончится еще до наступления зимы, что на Рождество мы будем в Москве?..

— Нет, — односложно отвечаю я.

Геббельс сохраняет невозмутимость.

— Почему же «нет»?

— Наполеон тоже недооценил расстояния в России...

— Между французами и нами маленькая разница, — иронично улыбается Геббельс, — за нами поддержка русского народа, мы идем как освободители. Большевистская клика будет сметена гигантской волной революции!

Я пытаюсь сдержаться, но это мне плохо удается:

— Революции не будет, господин министр. Потому что в момент опасности все русские едины.

Спокойствие Геббельса улетучивается. Он немного наклоняется вперед и холодно произносит:

— Очень интересно. Итак, вы не верите в силу германского вермахта. Вы предсказываете победу русских.

— Я ничего не предсказываю, господин министр. Вы спросили меня, будут ли наши солдаты еще до

189

Рождества в Москве. Я высказала свое мнение. Оно может быть верным, а может быть ошибочным...

Геббельс надменно смотрит на меня. Воцаряется неловкое молчание.

«Вот оно наконец и произошло, — думаю я, — открытое столкновение. Этого он тебе не забудет...»

Моим спасителем, во всяком случае в данной ситуации, выступает итальянский атташе. Он со своим обворожительным акцентом выражает восхищение прелестными окрестностями вокруг дома, словно мы только что вовсе не говорили о России.

Я бросаю ему благодарный взгляд.

Геббельс действительно ничего не забывает.

Он дает указание гестапо. «Вежливые господа», которые однажды уже навещали меня, на этот раз не утруждают себя. Они приглашают меня на «информационную беседу».

Моя политическая наивность действует на них настолько обезоруживающе и одновременно убедительно, что часа через два они отпускают меня с «признательностью за сведения».

МОЙ РОМАН С ЙЕПОМ

Многие принимают участие в «обслуживании войск». Мы удивляемся, кто только не именует себя актерами, танцорами и певцами. Но и профессионалы обязаны выступать перед войсками и тем самым вносить свой вклад в «поднятие и укрепление духа в тяжелые времена». Итак, вместе с моими коллегами я отправляюсь в «турне». В большинстве случаев это постановки с минимумом декораций и шестью-семью персонажами.

Я играю в Париже в «Театре на Елисейских полях», где гримерная великой Сары Бернар полностью сохранена, как и при ее жизни; я гастролирую в Лионе и в брюссельском «Королевском театре», который по своей акустике и архитектуре просто театр мечты.

И вот однажды вечером мы играем в Лилле «Любимую». Здесь, во Франции, после капитуляции французской армии — тишина, зловещая тишина. В маленьких городках немецкие оккупационные части начинают скучать. И Люфтваффе совершает только разведывательные полеты над Англией. Несколько месяцев спустя все изменится: за разведывательными полетами последуют бомбардировки, беспощадные бои, «воздушная битва за Англию».

Но тогда в Лилле мы еще не догадываемся об этом. Спектакль окончен. Как это часто бывает, и здесь нас приглашает комендант города на стаканчик вина. Я колеблюсь. Знаю я эти приглашения, которые навевают лишь удручающую скуку: вялая беседа, искусственное веселье... У меня нет никакого желания, а точнее — я устала.

Мои коллеги уговаривают меня. Как «звезда», я не имею права отказаться.

«Круговой чаркой» обносят в боковой комнате маленького ресторанчика. Здесь более или менее регулярно собираются на вечеринки немецкие офицеры.

Ничто не предвещает, что этот вечер будет чем-то отличаться от других: те же разговоры, те же шутки, плохо скрываемое любопытство, за внешней корректностью маленькие фривольности, тайное желание «кое-чего еще»...

Входит запоздавший гость, офицер Люфтваффе, рослый и самоуверенный, но без следа надменности. Останавливается в дверях, словно ища кого-то. Видно, что здесь он не завсегдатай.

Секунду испытующе смотрит на меня. Потом кивает, улыбаясь. Его глаза завораживают меня. Он подходит, склоняется передо мной и говорит как ни в чем не бывало:

— Я знал, что встречу вас.

Мы непринужденно разговариваем, словно давние друзья. Чуть позже он объясняет мне, что и не собирался выходить сегодня вечером: «Я редко бываю здесь, почти никогда, сегодня же должен был пойти...»

Мы смотрим друг на друга: это было предопределено.

Йеп — командир эскадрильи в истребительном полку.

Как это часто бывает среди людей, духовно близких, нам с Йепом для взаимопонимания не нужен ни телефон, ни какие-либо другие средства связи. И наши письма, собственно, всего лишь дополнительное выражение того, что мы вместе ощущаем, думаем и чувствуем. Наш контакт не прерывается ни на секунду, даже когда между нами тысячи километров.

Йеп пишет мне очень подробно, несмотря на участие в боях или, возможно, из-за участия в этих боях, которые в любой момент могут оборвать его жизнь.

Я процитирую его письма, потому что они являются документом эпохи.

«1940 год. Вчера у меня был кровопролитный воздушный бой, в котором все-таки не повезло англичанину и он со своей машиной нашел смерть... я убийца... я все время твержу себе: меня не свалишь... Думал ли мой противник то же самое?

Как долго мне будет везти?

Эта ужасная война! Она все время загоняет нас в безумное положение обороняющегося.

Когда вчера после боя, мокрый от пота, я вернулся к себе на квартиру, в темноту (электрический свет не горит, лишь на столе одна свеча), то нашел там три письма от тебя, одно от 29.12, другие от 1.01 и 2.01.

Как раз в этот день мыслями я был с тобой и мне захотелось иметь маленький медальон с твоим портретом. Когда я раскрыл письмо и действительно обнаружил там медальон, я только повторял: «Спасибо, спасибо, спасибо». Ты услышала мои мысли.

Я так радуюсь медальону с маленьким фото потому, что теперь всегда могу носить его с собой. Всегда, когда мне захочется, я смогу посмотреть на него, оно будет со мной в тысячах метров над Англией, оно разделит мою судьбу, сгорит, пойдет в плен или замерзнет вместе со мной в ледяных волнах.

На улице воет ветер. Я вслушиваюсь в него — я хочу услышать твой голос и твои легкие шаги и вправду слышу их...

Ветер продолжает завывать, бесконечно, беспредельно...

Бесконечным должно быть и маленькое «я» во Вселенной...»

«Март 1941. Вчера я снова бродил, при этом проходил мимо французского кинотеатра, в котором шел фильм «Les mains libres» («Освобожденные руки»). Я видел фильм раньше, но мне захотелось снова увидеть тебя. Я счастлив. И замечаю там много деталей: например, твою сумочку с монограммой «Le Journal d'Olga Tschechowa». Ты все время старалась держать ее так, чтобы нельзя было прочесть твое имя...

Мне было приятно видеть тебя, но ты не стала ближе. Ты ведь и так всегда со мной. И все же я радовался мелочам, которые знаю в тебе. Не было твоего голоса — какая-то француженка тусклым, приглушенным голосом говорила вместо тебя. Так комично, когда слышишь синхронизированный голос, голос, который совсем не подходит человеку...

В одной газете я сегодня увидел снимок с тобой и Вилли Домом, из спектакля «Шестая жена»...

Ты права, когда пишешь, что я снова был в деревушке. В тот момент, когда ты писала эти строчки, я уже вернулся. На следующий день я услышал тебя по радио... Ты так нежно описываешь, как тебе снится, что я, с маленьким чемоданчиком, небритый, сижу около тебя. Как верны твои сны — я действительно часто небрит...

Мое сердце всегда рядом с твоим.

Недавно мне приснилось, будто я должен спрыгнуть над Англией на парашюте; я приземлился в старом, немного заросшем парке небольшого замка и нашел там тебя. Тебя одну.

Стены чудовищно толстые, и двери тоже. В огромном камине тлели большие поленья. Мы вместе стояли на коленях перед огнем. Ты сказала мне: «Отныне тебя ожидает тишина и покой, сюда не придет ни один человек, и никто не догадается, кто живет у меня, пока идет война, а она будет идти долго. Ничто не проникнет сюда из внешнего мира... Но и ты ни за что не должен выходить отсюда, иначе ты пропал!»

И я больше не желаю никуда уходить...

Потом сон растворился в каком-то шуме, возникшем неподалеку от дома.

Мне хотелось и дальше смотреть этот сон. Но он уже не вернулся.

Когда я совсем очнулся ото сна, то подумал: не тот ли это страх, который постоянно прячется в подсознании, — страх, что можно упасть над Англией, что, возможно, неизбежен плен на многие годы, что любая связь с тобой прервется да что, собственно говоря, я уже давно мертв для всех... для тебя...

Все это затем преломляется во сне в желаемую противоположность... Сновидение — что за странный, вневременной, желанно вневременной мир...»

«Воздушный бой...

Я веду соединение, которое состоит из двух эскадрилий — каждая по шесть машин, — на свободную охоту над восточным побережьем Англии. Как уже сотню раз до того, мы ввинчиваемся ввысь на несколько тысяч метров. На высоте 7000—8000 метров попадаем в облачность.

При подлете к побережью я оказываюсь только с шестью машинами моей эскадрильи. Вторая эскадрилья оторвалась. И тут почти сразу далеко под нами я вижу кучу маленьких точек, которые быстро приближаются. Пока еще трудно определить, какого типа эти самолеты — «спитфайеры» или «харрикейны»*. Разница в высоте минимум пятьсот метров.

Англичане тоже обнаружили нас — как только я хочу пропустить их под нами, все соединение довольно круто задирает носы самолетов и устремляется нам навстречу.

Тогда я, используя преимущество в высоте, собираюсь с правого виража зайти англичанам в хвост. Это «харрикейны» числом от 18 до 20 машин.

Но англичане тотчас выполняют крутой правый разворот с набором высоты и сразу же угрожающе рассредоточиваются. Я понимаю, что ситуация складывается не в нашу пользу, и приказываю уходить.

На полном газу с ревом мы вшестером разворачиваемся на юго-восток и скрываемся в дымке. Через несколько минут мы снова разворачиваемся в сторону Канала**.

«Харрикейнов» больше не видно.

Где-то над Фолкстоуном я вдруг замечаю несколько неясных силуэтов англичан слева, справа, впереди под нижней кромкой облачности. Я собираюсь стремительно атаковать справа, как вижу слева еще

---

* «Спитфайер», «харрикейн» — типы английских истребителей.

** То есть пролива Ла-Манш.

одного англичанина; и когда я хочу подойти к нему, передо мной появляется еще пара силуэтов. В это время строй эскадрильи рассыпается. Каждый занят самим собой. Ситуация мне кажется безнадежной, и тогда я на приличной скорости ухожу вниз и в сторону Канала.

На середине Канала я снова виражами набираю высоту до 7000 метров и опять лечу по направлению к Дувру. Самолеты эскадрильи исчезли.

Неожиданно на той же высоте появляются силуэты самолетов, летящих на север. Далеко за ними видны еще и еще. Понимаю, что это «спитфайеры», и ухожу в сторону вражеских машин, туда, где разрыв между ними больше всего. Последний «спитфайер» от меня в 400 — 500 метрах. Теперь я снова над английским побережьем. Прежде чем я настигну переднего «спитфайера», окажусь в глубине суши. Кроме того, и за мной идут машины. Хотя возможно, что они и наши. Ситуация становится щекотливой.

Справа от меня, на 500 — 1000 метров ниже, облако. В нем мне следует попытаться развернуться и скрыться.

Однако стоило мне только выйти со снижением из облака, как справа появляется машина, которая подбирается ко мне. Пока еще трудно определить, «спитфайер» ли это или один из наших истребителей. Я только говорю себе: благоразумнее всего своевременно оторваться — и даю полный газ.

Машина позади меня делает то же самое...

И тут я слышу по радио: «За вами 109-й»*.

Я выравниваю машину, злясь на особенности освещения, которое не дает определить, кто же, соб-

_____
* Немецкий истребитель «Мессершмит-109».

ственно, идет за мной. Между тем машина приблизилась, и я, оглядываясь через правое плечо, узнаю радиатор «спитфайера».

Обеими руками я жму на рычаг от себя, мне становится жарко — он уже стреляет...

Скоро я буду над нашей территорией.

Со скоростью 700 км/час приближается мыс Грис-Нез. Я с трудом удерживаю штурвал. Впереди вижу облако, в которое ныряю, поднимаясь рывками. В облаке делаю крутой разворот снова в сторону моря. Когда опять проясняется, я больше не обнаруживаю «спитфайеров».

Теперь замечаю в 1000 метрах надо мной Ю-88*, который летит через Канал от нашего побережья. Через несколько мгновений далеко позади Ю-88 обнаруживаю маленькую машину, которая устремляется к нему: «спитфайер»!

Я подхожу сзади, «спитфайер» на полном газу поднимается вдогонку за «юнкерсом», расстояние все время сокращается...

Тут я вижу, что англичанин замечает меня и, явно нервничая, начинает менять курс, но пока еще не удирает. Возможно, он ждет моих первых выстрелов.

Я медлю несколько секунд, и вот мне приходится открывать огонь, чтобы не оказаться сбитым самому. Мои пушки и пулеметы вступают в дело. Как и ожидалось, при первых выстрелах «спитфайер» делает переворот через крыло. Точно так же быстро я сбрасываю газ и тоже делаю вираж со снижением, хотя знаю, что англичанин может делать разворот гораздо круче меня. Но нужно попытаться.

Без газа, обеими руками взяв регулятор управления на себя, я оказываюсь в хвосте у англичанина,

---

* Немецкий бомбардировщик «Юнкерс-88».

который круто лезет вверх. У меня рывком выходят подкрылки; но я все еще где-то позади англичанина, который теперь не медлит ни секунды и начинает крутить фигуры высшего пилотажа.

Во время второго переворота через крыло англичанин снова на краткое мгновение раскрывается для залпа. Каждый раз когда он хочет взять курс на Англию, я даю упреждающую очередь, чтобы не пропустить его, и он не решается пролететь сквозь шквал моего огня — все время отворачивает.

Я не знаю, что за фигуры мы выполняем. Я чувствую, что моя рубашка все больше и больше промокает от пота... «Спитфайер» делает еще несколько оборотов — он попадает под мой прицел в третий раз. Струя огня точна.

Я вижу, как машина стремительно падает вниз и по прямой старается дотянуть до нашей территории.

Я лечу намного выше вслед за ней, радуясь, что у «томми» есть возможность совершить вынужденную посадку, что он останется в живых и будет взят нашими в плен.

Вечером я, вероятно, смогу с ним побеседовать. Мне приятно сознавать, что вынудил противника сесть, не убив его. Я надеюсь...

Между тем «томми» на побережье уже довольно далеко углубился в сторону суши — и, конечно же, через несколько секунд наши зенитчики все портят, открыв ураганный огонь из 20-миллиметровок.

И «спитфайер», еще не окончательно добитый, начинает смертельную борьбу, выполняя такие фигуры, какие мне приходилось редко наблюдать.

Я тоже кручусь как сумасшедший на хвосте у «спитфайера». Светящиеся разрывы наших малокалиберных зениток осыпают конфетти этот танец...

Вдруг «томми» круто разворачивается мне в лоб и, приближаясь, открывает огонь...

Я прямо смотрю на мерцающую струю огня его пулеметов. Мне не остается ничего другого, как еще круче заложить вираж, чтобы зайти «томми» в хвост, — и это удается через несколько секунд...

У меня самого нет ни царапины. Есть ли пробоины у машины, я пока не знаю. Над нашей территорией это не имеет значения.

Я не понимаю, почему «томми» до сих пор не прыгает с парашютом, ведь ситуация для него совершенно безнадежная. Делая «бочки», он продолжает лететь. Потом оперение его хвоста вспыхивает. От огня машина становится неуправляемой и врезается в землю.

Лежа на спине, самолет полыхает там, внизу. В последний раз блеснула черно-белая задняя обшивка одного из его крыльев.

Мне было не суждено подбить эту птицу, не убив человека».

Когда я читаю эти строки, в памяти всплывает картина из моего детства. Я вижу Льва Толстого, как он посмотрел на меня во время той незабываемой прогулки и затем сказал: «Ты должна ненавидеть войну и тех, кто ведет ее...»

«Январь 1941.

Я только что оторвался от письма к тебе и вошел в нашу столовую, чтобы выпить кофе. Случайно включил радио — или это было не случайно? — и как раз в этот момент диктор произнес твое имя.

Думаю, в эту секунду я был более взволнован, нежели ты сама. Потом я услышал твой голос, от этого можно было сойти с ума, здесь, в этой убогой деревушке во Франции... Знаешь ли ты, как мне хотелось удержать каждое слово? Но все кончилось слишком быстро. Аплодисменты вернули меня к действительности.

Я был почти уверен, что в начале выступления голос твой перехватывало от волнения. Если бы ты знала, как редко я слушаю радио — в особенности концерты по заявкам! Возможно, перед этим ты думала: «Йеп, слушай сейчас концерт по заявкам — я хочу, чтобы ты меня услышал!.. Я хочу...» Это уже не случайность!

Ты не пишешь, как провела Рождество, Новый год. Часто я думаю о том, что время должно идти быстрее, потом сразу вспоминаю маленькую сказку, помнишь, я как-то написал тебе: о человеке, который не умел ждать...

Радость со мной, и она останется. Ты можешь не писать мне часто. Само ожидание письма уже радость. Тогда с каждым письмом ты становишься мне все ближе. Тогда ты совсем рядом. Тогда две души сливаются в одну».

«Июнь 1941.

Mon amour*, вчера я не писал тебе — бои.

Сегодня я не летал, не нужно было вставать в четыре часа утра, можно было спать до двенадцати.

В среднем мы спим едва ли больше трех часов, так что в течение дня засыпаешь, притулившись на каком-нибудь стуле, среди шума...

Вчера во время полета я много думал о тебе. Мой двигатель работал с перебоями, а вокруг — вода, вода, ничего, кроме воды, насколько простирался небосклон — на сотни километров.

_____
* Любовь моя *(франц.)*.

Как легко я мог сгинуть в Северном море — но ведь у меня была твоя фотография в кармане...»

«Август 1941.

Вчера в Бретани я был около утеса, где ты несколько лет назад во время съемок перевернулась на рыбацкой лодке. Маяк все так же стоит неподалеку...

Я сделал пару кругов над ним и был совсем близко от тебя... Можешь не очень бояться, «томми» давно уже не видно...

Нас разделяет более тысячи километров, но мне кажется, что ты всего лишь в нескольких метрах, словно ты в соседней комнате и вот-вот войдешь: сейчас я услышу твой голос — и я забываю... о фронте, этом проклятом фронте, который я ненавижу, как ненавижу всю войну, но в то же время ищу приключения, эти бессмысленные приключения...»

У Йепа отпуск.

Он сидит в загородном домике в Кладове у рояля и импровизирует.

Он очень хорошо играет. Я люблю его слушать.

Теперь мы все живем в загородном доме. Моей городской квартиры больше не существует. Сохранился лишь остов. Лохмотья штор беспомощно рвутся в проемы вырванных с корнем окон, в которых когда-то были стекла.

Когда падали бомбы, никого из нас не было дома.

Йеп продолжает импровизировать. Он в цивильной одежде. Всегда, когда бывает здесь, он вешает форму в шкаф.

Йеп улыбается мне. Сейчас он похож на большого, счастливого юношу. «Какой он, когда в небе Англии нажимает на гашетку пулемета?..»

Я не знаю, почему эта мысль приходит именно сейчас. И я не хочу перебивать его игру. Тем не менее спрашиваю:

— Зачем ты это делаешь?

Он сразу понимает, перестает играть и, словно в поисках совета, поднимает плечи:

— Я не хочу этого. Но все же в конце концов мы все в ответе. Отговорок не существует. Или все-таки есть? «Судьбоносная борьба»... «отечество в опасности»... «долг»... «не щадя сил»... «готовность к жертве»... но это говорят другие. Все это не так.

— А как же?

— Это подъем духа, бессмысленный или вполне осознанный, кто может судить об этом, — старт, взлет, отрыв от противника, атака в свободном пространстве... это всегда приключение, приключение с неизвестным... это опасность — мы ищем ее, провоцируем, преодолеваем или погибаем от нее... Смысл? Разум? Разум отключается. Это как наркотик — как и у других... — Йеп смотрит на меня и задумчиво повторяет: — Совершенно определенно, как и у других.

— У кого — других?

— У «томми».

Йеп проигрывает новый мотив и говорит как бы между прочим:

— Там, наверху, никто из нас не думает о Гитлере.

Он продолжает играть, словно и не было этого разговора. В середине одной из парафраз неожиданно добавляет:

— А смерть, моя душа, душенька... это смерть,

физическая смерть, не более того, наши же души — не умирают...

На Рождество у Йепа снова несколько дней отпуска. Он собирается быть в Берлине уже 23 декабря.

Йеп еще будет мне телеграфировать, чтобы я встретила его. В ночь перед этим он снится мне. Он лежит на большом, усеянном цветами лугу, будто бы мирно спит. Вдруг Йеп как-то странно медленно поднимается. Я пугаюсь. Тонкий ручеек крови пересекает его лоб и левый висок. Он торопливо срывает несколько цветков, протягивает их мне вместе с медальоном и тихо восклицает: «Олинка...»

Я просыпаюсь.

Наступает 23 декабря. Йеп не телеграфирует. Я рассказываю матери о своем сне. Она успокаивает меня и более чем когда-либо уверена: раз я видела смерть Йепа во сне, он выживет в этой войне!

Ефрейтор из истребительного полка Йепа — берлинец, с выговором, который невозможно спутать ни с каким другим. Во второй половине дня он стоит перед нашей дверью и несколько смущенно спрашивает, нельзя ли ему переговорить со мной.

Я прошу его войти. Он ставит багаж — багаж Йепа.

На несколько секунд меня охватывает надежда. Йеп послал вперед ефрейтора со своими вещами. Правда, такое впервые... и почему он не телеграфировал?.. Что-то должно было ему помешать. «Он послал ефрейтора вперед, — пытаюсь я убедить себя, — а сам остался купить какие-то мелочи в городе, скоро приедет и, радуясь, возьмет меня за руки».

Ефрейтор украдкой рассматривает мебель в комнате, уклоняется от моего взгляда. Чтобы скрыть смущение, небрежно бормочет:

— Честно, я все представлял себе по-другому.

— Что вы представляли себе по-другому?

— Ну вообще... — Он доверчиво смотрит на меня: — И вас тоже, госпожа!

Я от всего сердца смеюсь:

— И вы теперь сильно разочарованы?

— Не, — расплывается он, — в натуре вы еще лучше, чем в киношке.

Я продолжаю смеяться и в глубине души ликую: это радующее сердце нахальство... этот берлинский мальчишка не может принести дурную весть... он бы говорил иначе, если бы...

Я окончательно отгоняю свои сомнения. Скоро появится и Йеп.

Ефрейтор умолкает, смущенно мнется и потом медленно говорит:

— Черт, да, — господин капитан...

Он сглатывает, неожиданно достает письмо из кармана и без слов протягивает его мне.

Я вскрываю его.

Мне пишет командир полка Йепа.

Йеп мертв.

ОТДЫХ ОТ ВОЙНЫ

Прага теперь — Мекка для всех киношников. На нее не падают бомбы. «Злата Прага» не утратила своего блеска; и в гастрономическом отношении она предлагает удовольствия, которых в рейхе для простых смертных уже давно не существует. Короче: Прага — отдых от войны.

Мы снимаем «Храм Венеры» с Вилли Биргелем, Эрикой фон Тельман, Хубертом фон Мейеринком.

Мы живем в отеле «Алкрон», а вокруг нас увиваются торговцы с черного рынка. Можем покупать прелестные вещички и контрабандой переправлять их нашим близким в Берлин. Райские деньки...

С нами в отеле живет Оскар Сима, записной остряк, но патологический скупердяй. В один прекрасный вечер мы решаем проучить его.

Из своего маленького имения с виноградниками и конюшнями, расположенного на чешско-австрийской границе, он получает все, что душе угодно. С нескрываемым удовольствием он хвастается домашними колбасами и прочими сельскими припасами, в то же время бесхитростно подчеркивая:

— Дети мои, вам известен мой принцип: я скупердяй и никогда ни с кем не делюсь, разве только с Олинкой (это он обо мне) половинкой яблочка, да и то потому, что я уже давно безответно влюблен в нее, так что не держите на меня зла!..

Мы знаем, что в имении Оскара сломался электрический бойлер. Даже на черном рынке ему не удается найти запчасти. Он в отчаянии и настойчиво упрашивает меня поискать в Берлине недостающую деталь, как только я поеду туда на несколько дней. Я обещаю ему, хотя дело кажется безнадежным. Однако Сима не отступает.

Однажды хозяин отеля удивляет нас приятной новостью. Он получил огромный окорок по-пражски, который хочет подать нам вечером в отдельной комнате со всеми полагающимися специями. Праздник-обжираловка... Нас десятеро. От жаркого вскоре остается только одна кость.

Оскар Сима в это время в своем имении. Рудольф Пракк, насытившись, как и все мы, в благодушном настроении вспоминает о нашем намерении проучить Симу за скаредность. Он уже придумал, как это сделать. Мы велим выварить кость, полностью отчистить, затем посылаем ее дорогому Оскару наложенным платежом вместо запчасти к бойлеру. До этого каждый из нас «увековечивает» себя на ней собственным автографом.

Десять дней спустя Оскар снова с нами.

Он, вопреки своей натуре, упорно отмалчивается.

Мы уже начинаем сомневаться, дошла ли посылка до него вообще, несмотря на всю тщательность упаковки.

Когда вечером мы снова собираемся в нашей «обжорке», я изображаю из себя обиженную на Оскара; в конце концов он не выдерживает и благодарит за посылку «запчасти» одним-единственным словом...

Оскара прорывает, свой позор он описывает во всех подробностях:

— Сижу я на районном собрании крестьян. Тут

входит почтальон и ставит передо мной посылку. Отправитель: Ольга Чехова... Я радуюсь как дурак. «Это деталь для моего электробойлера», — важно объясняю я крестьянам. Они радуются вместе со мной, поздравляют... «Да, — ликую я, — это Олинка, милая девица, она не забывает меня...» Вскрываю пакет перочинным ножом, разворачиваю — бумага, бумага и опять бумага. Мои крестьяне в восхищении от заботливости и обязательности Ольги. Я тем временем уже весь зарылся в бумаге, побагровел от напряжения, принюхиваюсь, думаю, должно быть, все-таки обманываюсь, принюхиваюсь еще раз — нет, точно пахнет копченым, и вот — в руках у меня кость с автографами!..

Крестьяне гогочут, свистят и улюлюкают от злорадства! И что самое неприятное — я же еще должен уплатить 25 марок за доставку! Это при моей-то скупости! Чертова баба, Ольгица; я еще обмозгую, на чем мне отыграться, я еще тоже зашибу за свой автограф продуктами или деньгами...

Не все фильмы рождаются в Праге.

Я снова играю в театре в Берлине. Дорога туда-обратно теперь выглядит так. У меня все еще «фиат-дополино». Мой маленький автомобиль расходует лишь пять литров на сто километров, однако расстояние между Кладовом и моим театром туда и обратно сорок километров. На весь месяц я получаю карточки на пятнадцать литров бензина. А дополнительно купить на черном рынке бензин совершенно невозможно; это собственность вермахта.

Таким образом, «фиат» почти отпадает.

«Эрзац» предлагает Карл Раддатц. В его машине установлена своего рода печка, которую «кормят» дровами, сухими дровами, а они тоже на дороге не валяются.

Раддатц, когда может, подвозит меня.

Мы договариваемся встречаться за несколько часов до начала спектакля, потому что ни он, ни я не знаем, как поведет себя его повозка.

Поедет она или нет — это еще вопрос.

Мы заправляемся дровами, почти совсем сухими дровами. Шуруем кочергой и раздуваем огонь, раздуваем по очереди и вместе — все в копоти и саже. И вот чудовище начинает рычать.

Мы торжествуем и трогаемся.

Но после спектакля уже не торжествуем. Огненный «Илья-пророк» Раддатца бастует. Он встал окончательно.

На трамвае мы едем до электрички, на электричке до конечной станции, а оттуда дальше на автобусе. От автобусной остановки до нашего домика «прогуливаемся» еще пять километров. Километр проходим примерно за десять минут, итого еще около часа.

Мы валимся с ног от усталости.

На горизонте занимается утро. Мои не приспособленные к подобному марафону ноги болят, разговаривать нет сил. Я размышляю о том, как долго я еще буду в состоянии выдерживать это путешествие вечер за вечером и ночь за ночью.

— Они еще не привлекли тебя к трудовой повинности, а меня не призвали на службу, — неожиданно ворчит себе под нос Раддатц, словно догадавшись о моих мыслях, — пока мы еще можем играть в театре. — Он задумчиво смотрит на меня. — А у многих уже не будет и такой возможности...

Я киваю. Ноги мои болят меньше.

Я играю в больших и маленьких городах, в центрах и захолустье, и вот однажды снова в Брюсселе.

Портье сообщает, что меня спрашивают два немецких офицера, их имена мне неизвестны. Я отказываюсь принять, хорошо зная, что в обществе «актрис из обслуживания войск» многим лейтенантам на ум тотчас приходит шлягер «Ночью не бывают одинокими»*.

Когда я собираюсь ехать на спектакль, меня догоняет в холле гостиницы моя русская костюмерша и передает очаровательную шляпную картонку, к которой прикреплена визитная карточка со следующими загадочными фразами:

«От вас зависит наша жизнь! Просят принять: обер-лейтенант Э. С. и лейтенант М. Б.».

В картонке лежит прелестно пахнущий букетик пармских фиалок.

Аллочка, так зовут мою костюмершу, на трех языках уговаривает меня непременно принять обоих молодых людей, и лучше всего прямо сейчас в моих апартаментах.

Я говорю категорическое «нет». Она ударяется в слезы. Мне хорошо известны эти вспышки моей «русской душечки» — за этим неизменно следует приступ истерики. Чтобы избежать скандала, я уступаю.

Вскоре после этого в моем номере появляются два запыленных, небритых, смертельно усталых молодых человека. Их воспаленные глаза смотрят с таким неподдельным восторгом, что я забываю свой затаенный гнев и предлагаю им по стаканчику шерри.

Между торопливыми глотками они буквально выстреливают свою историю. Их часть расквартирована в Париже. Как-то вечером в казино показывали один из моих фильмов. По окончании офицеры стали обсуждать сюжет и исполнителей, точнее говоря, не

---

* Из музыкального фильма «Девушка моей мечты» (1944) с Марикой Рёкк в главной роли.

столько обсуждали, сколько немного мечтали, в том числе и обо мне. Поддавшись очарованию момента, оба моих трубадура заключают с товарищами пари: они вручат мне перед спектаклем в Брюсселе мои любимые цветы. А через 24 часа обязуются вернуться обратно.

Безумная затея! Естественно, никто не может разрешить во время войны вот так запросто съездить из Парижа в Брюссель, чтобы поднести актрисе цветы. Но конечно же, это не останавливает моих донжуанов. Они не думают и о военно-полевом суде, который грозит им, если попадутся. Они думают о своем пари — и обо мне...

В один из свободных от службы дней офицеры отправляются в путешествие. Практически они пробираются в Брюссель тайными дорогами и заявляются ко мне. Где меня можно найти, они прочитали во фронтовой газете. Там был анонсирован и репертуар.

И вот они стоят передо мной и доверчиво вверяют свою судьбу в мои руки. Это значит, что мне нужно, используя свои связи, достать им настоящее командировочное предписание обратно в Париж. Потому что с них довольно «тайных троп», теперь они вдруг призадумались и о военно-полевом трибунале...

Я смотрю на часы. Время поджимает — мне нужно в театр. Я поручаю Аллочке приготовить офицерам ванну, бритье и позаботиться о еде и напитках.

Прежде чем мчаться в театр, я прошу по телефону у коменданта города срочной аудиенции после спектакля. Он дает согласие.

Примерно в 23 часа я в приемной. Я знаю, что военный комендант мне очень симпатизирует. Все обойдется...

Но не обходится.

Когда я намекаю дежурному адъютанту, о чем идет речь, тот решительно отказывается подготовить своего начальника к моей просьбе. То, что «выкинули» оба офицера, — непростительно; решение может быть лишь одно — строжайшее наказание!

Конечно, со своей точки зрения он прав. Но я пришла не для того, чтобы спорить с ним по поводу устава, я хочу спасти двух романтиков, которые из-за меня влипли в неприятности. Итак, я собираюсь с силами, бросаю адъютанту упрек в недостатке чувства юмора и не замечаю, что комендант города, генерал, вышел в приемную. Таким образом в основном он уже в курсе дела.

От его симпатий ко мне не остается и следа. Он обвиняет меня в том, что я покровительствую «элементам, подрывающим боеспособность армии». И категорически требует, чтобы я сказала ему, где скрываются оба молодых офицера.

Я уклоняюсь.

— У вас будут неприятности!

— Они у меня уже есть, — констатирую я с горечью.

— У вас будут еще бóльшие неприятности!

— Вы угрожаете мне, вместо того чтобы помочь, господин генерал?

— Речь идет не о вас...

— В вас нет романтизма, и вы не любите искусство, господин генерал, как жаль...

Я улыбаюсь ему.

Он остается глыбой льда, на лице не отражается ничего:

— Мои чувства в данном случае не являются предметом обсуждения.

«Соблазнительными улыбками его не проймешь», — думаю я и резко поднимаюсь, изображая решительность:

— Я найду выход, как спасти мальчишек от военного суда, будьте уверены, господин генерал!

Говорю это и с шумом ухожу. На улице у меня дрожат коленки. Я не по-женски стремительно бегу к своей машине, еду в гостиницу и отвожу Аллочку и офицеров на частную квартиру моей костюмерши. Там они и должны оставаться, пока я их не извещу.

Мои герои слегка испуганы и повинуются, как два нашкодивших шалуна.

Мы с Аллочкой в растерянности от всего этого. Как две усталые тигрицы в клетке, ходим с ней по номеру. Ну кто в Брюсселе сможет раздобыть командировочное предписание в Париж для двух юных авантюристов?

Мне ничего не приходит в голову. Ясно другое: коменданту города известно, где я проживаю. И его намек на «большие неприятности» — не пустая угроза. Если сейчас постучат в дверь, то за ней может оказаться военный патруль — солдаты зовут их «цепными псами», — и безжалостные товарищи моих по-детски легкомысленных офицеров не станут долго церемониться с ними...

В дверь стучат.

Я торопливо говорю Аллочке, чтобы она предупредила нашего импресарио, если я буду долго отсутствовать, и иду, готовая ко всему и вдруг удивительно спокойная, к двери.

Открываю. Передо мной не «цепные псы». Все тот же неумолимо строгий адъютант лучезарно улыбается и просит дозволения войти.

Я смотрю на часы. Пять утра. Адъютант приносит извинения за вторжение в «столь неприлично раннее время», но цель его посещения оправдывает нарушение «всяческого этикета».

Он вынимает из сумки два по всем правилам оформленных командировочных предписания и передает их мне с легким поклоном:

— Господин генерал просит вас, сударыня, незамедлительно отправить обер-лейтенанта и лейтенанта на вокзал; офицеры еще могут успеть на утренний поезд в Париж.

Я пристально смотрю на предписание, потом на адъютанта, который продолжает сиять:

— Кроме того, господин генерал хотел бы через меня передать, что в данном случае он весьма своевольно нарушает свои полномочия, но — отнюдь не как бюрократ — хотел бы сказать без обиняков: если бы он был таким же молодым и способным увлекаться, как эти двое офицеров, кто знает, может, и он отважился бы на подобное...

Но были и другие истории, не всегда с таким киношным хеппи-эндом. Героями других, совсем других историй были молодые солдаты, у которых нет родителей или только один из них; в своем «идоле» они ищут замену родителям. Один обер-ефрейтор настаивает на том, чтобы я дала ему кровь для переливания. У нас оказываются разные группы. Обер-ефрейтору все равно, врачам, разумеется, нет. Они просят меня поговорить с юношей.

Я часами сижу у его постели. В палате лежат еще двое раненых... Обер-ефрейтор рассказывает мне об умерших родителях и своей жизни. Он вырос в берлинских предместьях.

Мы говорим о Берлине. Я роюсь в своем репертуаре и изображаю что-то в духе Цилле...*

Несмотря на непереносимую боль, он смеется; смеется непринужденно, словно он среди товарищей и у него не оторваны ноги.

— Вот это здорово, — весело говорит он на берлинском сленге, — это классно, хоть наша кровь и не совпадает.

На следующий день он умирает.

А вот фельдфебель с предписанием ехать на Восточный фронт. Он настоятельно просит разрешения поговорить со мной. Отец его умер давно, мать — несколько недель назад, он хочет оставить завещание, на случай, говорит он, «если погибнет». Тогда мне перешлют его личные вещи; он просит отвезти их невесте.

Я обещаю ему. Год спустя приходят его вещи... Он пал под Сталинградом. Я отвожу его вещи невесте.

Молодая девушка не столько потрясена, сколько смущена. Она не предлагает мне войти, торопливо берет пакет и лепечет нечто вроде «большое спасибо» и собирается побыстрее захлопнуть дверь. В этот момент из ее комнаты мужской голос нетерпеливо спрашивает:

— С кем это ты там болтаешь? Сколько тебя ждать?

Девушка открыла мне в пеньюаре...

А вот еще худой сентиментальный лейтенантик лет, наверное, не более двадцати. Он присылает мне свою фотографию и просит в письме о том, о чем меня уже просили многие: не могла бы я разыскать его мать, если мне придет из его роты «извещение».

---

* Ц и л л е Генрих (1858—1929) — немецкий график, карикатурист, изображал быт берлинской бедноты.

Извещение приходит — вместе с его дневником и некоторыми другими личными вещами. Его мать живет в Лейпциге.

В один свободный от съемок день я еду к ней. Поезд переполнен, и я с трудом нахожу место. Даже в купе люди стоят, тесно прижатые друг к другу. На каждой остановке врываются новые толпы. В тридцати километрах от Лейпцига поезд останавливается в поле. Воздушная тревога...

Я уже не надеюсь увидеть город.

И вот я все же сижу напротив матери лейтенанта. Когда я осторожно пытаюсь объяснить ей, что сына ее уже нет в живых, она начинает кричать с искаженным от боли лицом:

— Вы? О вас он никогда мне не писал. Вы пожилая женщина — и с ним спали... Он на вашей совести, а теперь вы еще осмеливаетесь его вещи...

Все понятно. Я уже встречала такую мать, безумно любящую своего сына. Мать моего первого мужа.

Бедная женщина внезапно запинается, испуганно смотрит на меня, вся как-то оседает и, припав на секунду ко мне, безостановочно бормочет:

— Простите меня, простите меня, пожалуйста...

Когда она немного успокаивается, я говорю ей, что никогда не видела ее сына...

ОДНА НА РАЗВАЛИНАХ

Мамина болезнь сердца усугубляется, ей необходимо лечение. Но с обычным упрямством престарелых дам она отказывается: не желает. Не хочет покидать меня и наш домик в Кладове.

Я привлекаю все мои связи и организую для нее санаторий в Бад-Киссингене и даже автомобиль, на котором ее должны отвезти в сопровождении нашей экономки.

Потом ставлю ее перед свершившимся фактом. Она немного препирается со мной, но все же смиряется со своей участью.

Две недели спустя мама умирает.

В это время я находилась на натурных съемках в Тюбингене. В воскресенье во второй половине дня мне позвонили. Благодаря отзывчивому ландрату у меня есть возможность съездить на машине в Бад-Киссинген и вернуться обратно, потому что в понедельник снова съемки, а вечером выступление в тюбингенском лазарете с шансонами и скетчами.

Я вижу маму в последний раз.

Она мирно улыбается. Она исполнила то, о чем так часто говорила мне в последние недели: «Когда пробьет мой час, я не буду выглядеть печальной, это я тебе обещаю»...

Вечером я пою в тюбингенском лазарете перед ранеными свои песенки. Никто не знает, где я только что была. Я исполняю то, что уже часто пела:

Чтобы понравиться мужчине,
женщина ни перед чем не остановится.
Маленькая ножка, тонкая талия —
ее высшее земное счастье...
Чтобы всего добиться,
кто знает, на что она способна,
и все-все-все это только ради мужчины...

И пока «подаю» эти тексты, пытаюсь представить, какой будет моя жизнь без мамы. Мама была товарищем, любовью, душой, защитой... я вдруг осталась одна. Лишь в этот момент до меня доходит: дочь моя замужем, и у нее уже своя маленькая Вера; племянница только что вышла замуж, и сестра переехала к своей дочери...

...мадам Помпадур — маркиза я.
Король строит мне замок для наслаждений...
Ему наслаждения, а замок мне...

Солдаты в восторге...
Одиночество — чувство для меня не новое, даже не угнетающее, но до сих пор мама была всегда и везде...
Мамы — родного человека — больше нет...
Я заканчиваю песенку.
Солдаты вызывают на бис. Я пою дальше:

...есть коллекция фривольных историй,
которые все мужчины охотно рассказывают,
неприлично подмигивая...

Раненые веселятся, смеются, аплодируют...

Затем начинается один из бесчисленных авианалетов поблизости от «Берлинского театра».

Я поднимаю с мостовой оторванную руку. В отблесках высоко вздымающихся языков пламени хорошо виден цвет и материал рукава.

В нескольких метрах чуть дальше лежит изуродованное тело. Голова отсечена словно бритвой и исчезла бесследно.

Я прикладываю руку к телу; они совпадают, насколько я могу судить по остаткам обуглившейся одежды.

Я машу добровольцу противовоздушной обороны.

Он подбегает ко мне с деревянным ящиком. Мы кладем тело и руку в ящик. Доброволец торопливо бежит обратно к машине, в которой лежит еще много пустых ящиков.

Я иду дальше. Слезы от едкого дыма застилают глаза.

Я спотыкаюсь, чуть не падаю, удерживаюсь и наступаю на мягкую, кашеобразную массу. Я стою среди обгорелых кусков мяса... их уже больше невозможно опознать.

Доброволец подбегает ко мне с новым ящиком. Я машу ему — пусть подождет.

Он неправильно понимает мой жест, бежит дальше... Какая-то стена обрушивается. Горящая балка убивает его. После отмены воздушной тревоги мы с коллегами помогаем при расчистке завалов.

В Кёльне я переживаю налет в бомбоубежище театра. А в это время горит гостиница, в которой я живу. Мои вещи сгорают тоже. При этом известии я только пожимаю плечами.

Днем позднее в Гамбурге зажигательная бомба попадает в наш театр. Мы совсем рядом, в подземелье. Под развалинами театра остается лежать мой личный гардероб.

Я возвращаюсь в Берлин прямо в театральном костюме из исторической пьесы. Никто не обращает внимания — у людей иные заботы...

Несколько вечеров спустя сирены снова прерывают наш спектакль. Мы к этому привыкли. Редкий спектакль теперь доигрывается до конца.

С моей коллегой Тони Тетцлафф мы мчимся в бомбоубежище. Обычно оно битком набито еще до того, как мы приходим. На этот раз везет. Нам удается втиснуться.

Идет бомбежка центральной части города, в которой находится бункер. Мы толкаемся, сидим на корточках, плотно прижавшись друг к другу.

Бомбы грохочут, словно град.

В четырех-пяти метрах от нас стонет женщина в родовых схватках и падает без сил. Несколькими секундами позднее ее ребенок издает свой первый писк в спертом полутемном помещении: преждевременные роды от шока...

Бомбы падают еще ближе, еще плотнее.

Бункер трясется и трещит. Дети, женщины и даже мужчины плачут, молятся, причитают...

Тони Тетцлафф и я вдруг начинаем смеяться. Мы смеемся возбужденно, не контролируя себя, в состоянии абсолютной истерики. Мы не хотим смеяться, но смеемся, ибо близки к сумасшествию. Но другие не понимают это. Они только слышат, что две женщины хохочут, здесь, сейчас...

— Вон! — орет кто-то.

Трое пожилых мужчин хватают нас, проталкивают впереди себя и бормочут: «Вон... вон этих баб!..» Вокруг нас рассвирепевшие, перекошенные злобой лица, и почти во всех глазах готовность линчевать.

Двое охранников воздушной обороны стоят на вахте у запертой стальной двери. Они призывают разбушевавшихся к спокойствию. Тщетно.

А мы смеемся еще пуще, почти задыхаясь от приступа.

Кто-то бьет нас, Тони Тетцлафф падает. Я пытаюсь поднять ее. Мужчины напирают. Охранники бессильно отступают.

Я падаю рядом с Тони...

Сирена спасает нас.

Охранники противовоздушной обороны распахивают стальные двери. Отбой... Мы с Тони чуть не поплатились жизнью, считаем мы. Задыхаясь, я оглядываюсь: никто не преследует нас...

Спектакль «Любимая» нам удается сыграть без воздушного налета. Пятисотое представление. Чудо.

Другое чудо поджидает нас в тот же вечер: жаркое из косули!

Геббельс приглашает по случаю энного юбилейного спектакля в свой дом под Ланке.

Он принимает нас один. Его семья отдыхает от авианалетов в Австрии.

Дом Геббельса маленький и уютный, приусадебный участок поразительно большой. Я спрашиваю его, почему он и дальше не застроил такой прекрасный участок.

Первая часть ответа следует незамедлительно и уверенно, вторая — после некоторых колебаний и оказывается откровенной:

— Земля принадлежит не мне, а городу, да и для кого мне строить? Если меня не будет в живых, мои дети не должны расплачиваться за ненависть, предназначенную мне...

1 мая 1945 года Геббельс вместе с женой и детьми примут яд в бункере рейхсканцелярии — всего через несколько часов после того, как его фюрер покончит самоубийством...

ВРЕМЯ ЧУДЕС

Конец войны застает меня с дочерью Адой и внучкой Верой в моем доме в Кладове.

Наш собственный маленький бункер, тридцать шесть ступенек под землю, постоянно переполнен друзьями-соседями: часто приходит Карл Раддатц с женой, афганский посланник, господа из швейцарского Красного Креста, которые жмутся к нам, потому что мы говорим по-русски.

Электричество уже давно не подается, водопровод разрушен. На соседнем участке есть колодец, у которого мы по ночам часами выстаиваем за водой. Днем из-за воздушных налетов авиации это очень опасно.

Кроме того, через наши дома по кладовскому аэродрому с ревом бьют «сталинские органы»*. Там кучка безумцев не желает сдаваться русским...

Совсем неподалеку горит дом. Пламя через несколько минут должно перекинуться на наш гараж. В гараже стоит пятьдесят канистр с бензином, которые нам оставили солдаты-танкисты, перед тем как сами отдали себе приказ уходить на запад в надежде, что плен у «Ами»** будет более терпимым, чем у «Ивана». Обоснованное предположение...

---

* То есть «катюши».

** «Ами» — солдаты армии США во время второй мировой войны.

Для нас же, в отличие от них, положение почти безвыходное: мы не можем выйти наружу; днем не можем перенести канистры с бензином, потому что «сталинские органы», штурмовики и пулеметный огонь обрабатывают буквально каждый метр.

Мы убеждены, что этот вечер нам уже не пережить, поскольку пламя горящего соседнего дома вот-вот доберется до гаража и мы взлетим на воздух вместе с канистрами бензина... Странная мысль: вот и подошла к концу война, мы вынесли ее, мы только существуем, но все же живы. И теперь из-за этих идиотских пятидесяти канистр нам никогда не узнать, как там будет дальше, если что-то будет вообще...

После шести лет опасностей, когда угроза и смерть стали повседневностью, я испытываю только любопытство, когда смотрю, как первые маленькие язычки пламени тянутся от соседнего дома к крыше нашего гаража. Или это нечто большее, нежели простое любопытство? Скорее — воля к жизни, горячечное желание уйти не прямо сейчас, не в эту или следующую минуту, а хотя бы завтра или послезавтра, а лучше — через несколько лет...

В то время как мы наблюдаем за огнем, моя дочь бормочет про себя заклинание: «Пусть ветер переменится... ветер должен перемениться, о милостивый Боже, сделай так, чтобы ветер переменился...»

Должно было свершиться чудо, чтобы спасти нас всех в последнюю секунду.

И чудо происходит.

Ветер меняется. Мы переживаем и этот вечер. Соседний дом сгорает дотла и уже не представляет опасности.

Теперь мы готовимся, насколько это возможно, к грядущим испытаниям: закапываем в саду украшения, серебро и стеклянные консервные банки. К одной из банок приклеиваем записку с адресом на случай, если вдруг придется покинуть дом. Так мы условились с моим зятем...

А в библиотеке у задней стены я выставляю на самое видное место свою коллекцию русских икон; у меня при этом вполне определенная мысль: «...когда придут русские...»

Они не заставляют себя долго ждать, эти первые русские — грязные, закопченные и изголодавшиеся, как все солдаты в эти последние дни войны. Но насторожены они больше, чем другие. Я заговариваю с ними по-русски. Удивление сглаживает их недоверие...

Потом, до того как они начнут обыскивать дом, я словно бы случайно завожу их в свою библиотеку. И тут происходит то, на что я втайне рассчитывала: они глазеют на иконы.

— Что это — церковь? — спрашивает их командир.

Я молча пожимаю плечами.

Они обмениваются беспомощными, почти робкими взглядами и уходят.

Я перевожу дух. Но ненадолго: военная ситуация меняется в пользу Германии. Приближается армия Венка, которая должна применить уже в ближайшие несколько часов чудо-оружие. Русские будут «обращены в бегство» — это утверждают фольксштурмфюреры, проверяющие наш дом, чтобы «забрать каждого, абсолютно каждого имеющегося мужчину» на защиту отечества.

В нашем «бабьем царстве» искать их тщетно.

Но в пятидесяти метрах живет Карл Раддатц с женой. Он должен идти с ними.

Карл бушует, проклинает, ругается и называет то, что сейчас все еще творится, просто и точно — безумием.

Между тем те, кто до этого вел себя так же, уже висят на деревьях в ряд как дезертиры или пораженцы.

Мы заклинаем Раддатца замолчать, прекрасно понимая, что, если он не замолчит, мы его больше никогда не увидим.

Раддатц продолжает ругаться.

Он ругается и тогда, когда его вместе с другими фольксштурмовцами — пожилыми мужчинами и детьми, так же мало приспособленными к военному делу, как и он, — примерно в сотне метров от наших домов заставляют копать траншею, чтобы «во что бы то ни стало» остановить лавину русских танков.

Раддатц отказывается даже прикасаться к ручным гранатам (с ручными гранатами против танков!). Один из фольксштурмфюреров грозит: «Трусов будем вешать — пусть они даже и знаменитые актеры!»

Этот «герой» не шутит.

Мы с Адой обращаемся к одному знакомому врачу из частей Люфтваффе. Врач советует сделать быстродействующий, но относительно безвредный усыпляющий укол.

Ада умеет обращаться со шприцем и ампулами — училась на фельдшера. Она натягивает свою форму Красного Креста, сует в сумку наполненный шприц с запасными ампулами и пробирается в окоп.

Там фольксштурмфюрер, угрожавший Раддатцу, лежит за пулеметом. В момент, когда Ада пробирается в окоп, его задевает осколком гранаты, и он падает на дно, обливаясь кровью. Это становится для некоторых фольксштурмовцев сигналом к бегству, а Аде дает возможность беспрепятственно и незаметно сделать Раддатцу и еще двум знакомым спасительные инъекции.

Вместе с Агнес, экономкой Раддатца, я перебегаю к окопу. Мы хотим перенести его и двух других к нам в дом, в безопасность.

Все трое едва держатся на ногах: уколы уже начали действовать...

Мы заворачиваем их в простыни и тащим метр за метром к нам в дом; мы ползем, плотно прижимаясь к земле, вокруг нас рвутся снаряды.

Добираемся до дома без единой царапины. Троица уже отключилась. Мы затаскиваем их наверх в комнату, примыкающую к спальне Ады.

Тем временем один из фольксштурмфюреров врывается в дом и в бешенстве орет:

— Где тут дезертиры?

Мы кидаемся вниз.

Человек машет пистолетом и продолжает буйствовать:

— А ну, подавайте сюда трусов, да побыстрее! А кто будет скрывать этих свиней — пристрелю!

Ада — единственная из нас, кто продолжает сохранять присутствие духа и мужество: она выбивает из рук мужчины пистолет. Тут уже вмешиваемся мы с Агнес и, вытолкнув ошеломленного «героя» на улицу, запираем за ним дверь.

Удивительно, но больше мы ничего о нем не слышим. Несколько часов спустя нам становится ясно почему: военная ситуация снова меняется.

У нас во второй раз «русские гости».

— Немецкие солдаты, фольксштурм? — спрашивают нас советские.

Мы с чистой совестью отрицаем:

— Нет, только тяжелобольные, они лежат наверху.

Ада идет с ними наверх. Русские удостоверяются, что Раддатц и еще двое в прямом смысле слова невменяемы.

Русские указывают на дверь комнаты Ады:

— А там что?

— Моя спальня.

— Открывайте.

Ада открывает и столбенеет: на ее постели сидит человек, которого она сразу узнает. Он живет по соседству, высокий эсэсовский чин из ближайшего окружения Гиммлера.

— Кто этот мужчина? — грозно спрашивает один из русских.

Ада хорошо знает, кто этот человек, но, естественно, не имеет представления, как эсэсовский бонза попал в ее спальню.

Она колеблется. Ей нелегко донести на кого-либо, даже тогда, когда речь идет об эсэсовце, который, вероятно, рассчитывал найти в нашем доме относительно надежное убежище.

Ада пожимает плечами.

— Ты лжешь! — говорит русский.

Ада молчит, надеясь, что эсэсовец сознается сам. Но тот смотрит перед собой отсутствующим взглядом.

Русские забирают всех нас.

Когда мы проходим мимо дома эсэсовца, его жена подбегает к садовой изгороди и обменивается со своим мужем несколькими словами, которые мы не понимаем, потому что между нами и им слишком большое расстояние. Эсэсовец кивает своей жене.

— Что она сказала? — спрашивает у меня один из солдат.

— Я не поняла.

Солдат недоверчиво смотрит на меня. Жена быстро убегает обратно в дом.

В этот момент эсэсовец подламывается, словно от удара. Он мертв — раскусил капсулу с цианистым калием. Позднее я узнаю, что жена и ребенок отравились несколькими минутами позже...

После бесконечного допроса нас пока что отпускают — за недостатком улик. Но мы остаемся под подозрением, так как в нашем доме был схвачен высокий эсэсовский чин. Недоверие советских солдат сохраняется, мы это еще почувствуем...

Мы — моя дочь, внучка Вера, Карл Раддатц с женой и моя русская подруга Зинаида Рудов — сидим в погребе нашего маленького дома.

«Сталинские органы» молчат, раздаются лишь отдельные выстрелы. Вдруг в дверях появляется советский солдат. Лоб его окровавлен. Он направляет свой автомат на нас. Никто из нас не шевелится — мы завороженно смотрим на ствол.

Солдат оседает вниз, хватается за лоб, вскрикивает от боли и падает замертво.

Его товарищи протискиваются в подвал. Один из них говорит:

— Колю застрелили!

Нас выводят. Через три дома теперь расположена комендатура.

Мой допрос не длится и пяти минут. Я подозреваюсь в шпионаже, потому что говорю по-русски.

Я не успеваю даже слова сказать. Я даже не могу назвать своего имени или профессии. Приговор: смертная казнь через расстрел, и двое солдат сразу встают по бокам.

Прежде чем мы выходим из помещения, появляется долговязый советский офицер. Все остальные встают перед ним навытяжку.

Офицер пристально рассматривает нас и спокойно спрашивает:

— Что тут происходит?

Один из его подчиненных объясняет. Тем временем я заговариваю по-русски...

Офицер ничем не выдает своего удивления и невозмутимо просит меня продолжать. Я говорю ему, кто я такая, представляю свою дочь, внучку, друзей и рассказываю, что произошло.

Офицер слушает без комментариев и потом спрашивает, не в родстве ли я с московской актрисой Ольгой Книппер-Чеховой. Я киваю:

— Она моя тетя.

Офицер распоряжается, чтобы нас отвели домой два солдата и оставались там для нашей защиты. Я пользуюсь этой защитой только до вечера: подъезжает автомобиль с советскими офицерами. Офицеры предлагают мне сесть в машину и взять с собой «что-нибудь из личных вещей».

Я прощаюсь с Адой, Верой и друзьями — надолго, мы убеждены в этом...

Сначала офицеры доставляют меня в ставку Красной армии в предместье Берлина — Карлсхорст. Они держатся вежливо-отстраненно. Мне ничего не удается узнать о возможной взаимосвязи между моим предшествовавшим допросом и этим «приглашением». Уже этой же ночью меня везут в Позен. Из Позена советский военный самолет увозит в Москву...

Я прибываю — но не в тюрьму.

Я живу как частное лицо у одной офицерской жены, муж которой пропал без вести в Германии.

Она с двумя маленькими детьми ютится в кухне, без угля и дров. Как только меня поселяют, она впервые за долгие месяцы получает топливо. Две из трех комнат приготовлены для меня.

Время от времени заходят советские офицеры — они приносят книги или играют со мной в шахматы.

На мой несколько ироничный вопрос, как долго еще они намерены таким вот образом коротать со мной время, офицеры не отвечают, лишь обаятельно улыбаются.

И все же это не тюрьма, скорее, «золотая клетка». Соблюдается лишь одно условие — полная тайна моего пребывания здесь. Позднее я узнаю почему: вдова Чехова, моя тетя Ольга Книппер-Чехова, еще жива. Она не должна знать, что я в Москве.

Через несколько дней мои русские «шахматисты» отвозят меня на допрос.

Через двадцать пять лет я снова вижу Красную площадь. На первый взгляд мне кажется, что здесь все как и прежде...

Сопровождающие предъявляют удостоверения личности охране и говорят, кто я такая. Один из часовых вынимает из кармана мое фото, сравнивает и пропускает нас.

И этот бессловесный осведомительно-контролирующий механизм не изменился, думаю я...

Я сижу в просто меблированном помещении, напротив — несколько офицеров. Они вежливы, говорят по-русски, немецки и французски и ведут себя так, словно собираются всего лишь попрактиковаться в иностранных языках.

В это время я ломаю себе голову над явными и скрытыми причинами моего странного ареста; сижу, внутренне сжавшись, как пружина, ожидая, что один из этих офицеров вот-вот заорет на меня и бросит в какую-нибудь сырую камеру. Ничего подобного, никто не вскакивает и не кричит, более того — ни одной угрожающей интонации в голосе. Вопросы их о том о сем: они болтают о литературе, музыке, театре и кино; и только вскользь интересуются, вмешивался ли Геббельс в театральные репетиции, насколько сильно диктовал условия кино, с какого времени Геринг и Геббельс стали соперничать на культурном поприще в Берлине, какие личные впечатления у меня от Гитлера, Геринга, Геббельса и Муссолини, что мне известно о Бормане, ближайшем доверенном лице и советнике Гитлера, и почему Генрих Георге так сильно симпатизировал нацистам, хотя до 1933 года был убежденным коммунистом...

На все эти вкрапленные в нашу беседу вопросы я отвечаю более или менее исчерпывающе. О Геббельсе могу рассказать многое, о Гитлере, Геринге и Муссолини меньше, а о Бормане вообще ничего. Я его никогда не видела.

При упоминании о Бормане офицеры становятся настойчивее, но я вынуждена их разочаровать. И явно обескураживаю своей речью в защиту Генриха Георге, недвусмысленно подчеркивая: он не нацист. «Он до мозга костей актер, фанатик своего дела, который не может жить без игры. Возможно, что из-за этой одержимости играть где бы то ни было и во что бы то ни стало и создалось впечатление, будто в своей жизни он неоднократно совершал политические кульбиты. Но впечатление это ложное. Его ангажированность исключительно творческая, но не политическая...»

(Несколько недель спустя после моей «защитительной речи» в Москве Генрих Георге умрет в лагере под Берлином, в который его отправили немцы-доносчики. И там он тоже играл. Но сердце его не выдержало.)

Офицеры вежливо благодарят за «интересные сведения».

Сопровождающие отвозят меня обратно на мою частную квартиру.

В течение последующих трех месяцев меня еще несколько раз отвозят на «беседы». Что они действительно хотят, я так никогда и не узнаю. Возможно, они просто переоценили меня политически.

Зато я узнаю кое-что новое не от офицеров, а от женщины, у которой живу.

Когда проходит первая настороженность, она становится словоохотливей, и дети ее уже не стесняются «чужой тети».

Жена рассказывает о своем муже и о том, что он видел, находясь на фронте. Россия, понимаю я теперь, пострадала гораздо больше, чем все ее союзники и противники, вместе взятые. Последствия войны коснулись здесь каждого человека, каждой семьи...

Женщина страшится того дня, когда я уеду, ведь она вновь, как и прежде, станет голодать со своими детьми.

Этот день наступает.

26 июля 1945 года я улетаю в Берлин. И в Берлине тоже голодаю, как военная вдова в Москве и как множество других людей в мире, неважно, победители они или побежденные. В этом война не делает различий.

«ЯГОДКИ» ПОСЛЕВОЕННОГО ВРЕМЕНИ

В августе 1945 года мой зять доктор Руст возвращается из английского плена домой. Буквально из ничего мы чудом сооружаем ему маленькую клинику. Аде и ее мужу нужны новые источники средств к существованию, а больные, к сожалению, их дают больше, нежели здоровые.

Мы вспарываем перины и делаем из них подушки, собираем одеяла — все это на обмен, потому что от денег никакого толку, они ничего не стоят. Посылки, которые шлют друзья из Америки, идут туда же.

Наши драгоценности все еще зарыты в саду, в котором садовник вместо цветов теперь выращивает капусту и свеклу.

Проходящие оккупационные части застрелили двух моих собак, остался лишь сеттер Шнуте. Но очень скоро наш маленький зверинец пополняется: благодарные пациенты дарят своему доктору ягненка, поросенка, а затем козочку, индюка, двух уток и кролика.

По мысли наших добрых дарителей, эти звери когда-нибудь должны быть забиты, чтобы наполнить наши опустевшие кастрюли и сковороды, вот только кто забьет их?..

Каждый раз когда у нас снова подводит животы,

мы украдкой смотрим на ягненка, или утку, или петуха и потом испуганно встречаемся взглядами: кто решится? Никто. Думаю, и сегодня большая часть животных доживала бы до старости, если б каждый сам должен был убивать тех телят, кур и так далее, которых он вознамерился съесть.

Во всяком случае, наш зверинец растет и множится. Время от времени животные умирают естественной смертью от старости. В основном же опять подтверждается истина: в тяжелые времена выгодно быть известным. Солдаты и служащие оккупационной администрации, с которыми приходится сталкиваться, предупредительны со мной. Более того: некоторые просят фотографию — за это я иногда получаю от французов белый хлеб или вино, от русских — водку, сахар или перловку, а от американцев в большинстве случаев сигареты. Блок сигарет на черном рынке, где есть почти все, дороже золота...

Тем временем, несмотря на некоторое улучшение, жизнь складывается так, что спустя двадцать пять лет мне снова приходится начинать все сначала. И вновь возникают параллели с временами русской революции, когда молодые актеры создали гастролирующую труппу «Сороконожка»; сегодня мы тоже из ничего собираем ансамбль и ездим по стране.

Мы играем один из моих спектаклей, «Чернобурая лисица». Муфта, прославившаяся в этой постановке, все еще хранится у меня...

Подъезжаем к пропускному пункту границы оккупационной зоны у Хельмштадта. Обыскивают грузовик с реквизитом и мой маленький «фиат». Солдаты ищут беглецов, драгоценности и валюту.

На грузовике, помимо сценических декораций, деревянный ящик с аксессуарами, динамо-машина для освещения сцены, софиты и костюмы для двух рабочих сцены.

В качестве костюмерши едет моя личная портниха, живущая в русском секторе в Берлине, у которой по какой-то причине нет пропуска. Она использует нашу «колонну», чтобы уехать «на Запад».

Мы прячем фройляйн Эрику вместо реквизита в этот деревянный ящик с тяжелым амбарным замком.

Осмотр затягивается, мы беспокоимся о фройляйн Эрике — ведь в ящике нечем дышать, однако изображаем невозмутимость. Солдаты тянут время, мы переглядываемся. Я размышляю, стоит ли мне заговорить с постовыми по-русски. Это может ускорить дело, а может и нет... Наконец все вроде бы в порядке. И тут один молоденький советский солдат спрашивает меня:

— Ты играешь «Чернобурую лисицу» — а где же лиса?

Обескураживающая логика этого вопроса вдруг поражает воображение и его товарищей: черт, как это им сразу не пришло в голову, где же лиса?..

Я даю знак руководителю. Он пытается объяснить солдатам, что наша пьеса не о настоящей лисе. Но этого русские не могут взять в толк. Они приводят товарища, который немного лучше объясняется по-немецки.

Руководитель гастролей начинает все сначала. Время бежит. Фройляйн Эрика вот-вот задохнется.

Когда «советское подкрепление» тоже не понимает, что говорит наш руководитель, и настаивает на том, чтобы им показали лису, я все же вступаю в разговор по-русски и вру солдатам, что мы циркачи. Лисы, с которыми выступаем, ужасно голодные, поэтому мы запираем их в большой ящик; к ящику это-

236

му не рекомендуется подходить близко, ведь не исключено, что голодные звери могут разбежаться.

Солдаты колеблются, по всему видно, что в головах у них кавардак. Особенно изумлен молодой парень, который спрашивал меня о лисе.

— А ты работаешь без сетки? — интересуется он со знанием дела.

— Да, без сетки, — говорю я архисерьезно.

— Это хорошо! — удовлетворенно соглашается он.

— Без сетки, — эхом повторяют остальные.

Результат моего диалога с молодым русским великолепен: несколько его товарищей волокут большой мешок яблок и закидывают его на наш грузовик.

Можно ехать дальше. Через несколько сотен метров мы вызволяем из ящика фройляйн Эрику. С трудом отдышавшись на воздухе и обретя дар речи, она признаётся, что уже прощалась с жизнью...

Я вновь в Берлине.

Вместе с коллегами создаю театр во Фриденау. Мы играем в примитивных условиях — когда играем. Часто не бывает электричества, и точно так же часто отказывают наши аварийные агрегаты.

Сумрачное время — во всех отношениях. Великое время для темных личностей, которые выныривают, становятся сенсацией или наживают сказочные состояния и вновь исчезают — за решеткой или в безвестности...

Однажды вечером объявляется один американец, или, правильнее сказать, человек, который представляется американцем. В этот вечер нет перебоев с электричеством. Спектакль проходит без помех. Мы облегченно переводим дух.

Я только начала стирать грим, а американец уже стоит в моей уборной. В изысканных выражениях представившись как мистер Джордж Кайзер, он сражает меня сообщением, что в качестве представителя американской компании «Парамаунт» хотел бы заключить со мной договор для Голливуда.

Кайзер размахивает какими-то удостоверениями и доверенностями, которых у него никто не требовал.

Я несколько раз сглатываю. Голливуд...

Это означает: никаких карточек, пайков, голода, поисков одежды, вообще никаких забот, короче говоря — это рай на земле...

Тогда, в конце двадцатых, я не смогла вынести этого рая, это точно, но в те годы у нас в Германии было что есть, что надеть, чем обогреться и было достойное человека жилье. Сейчас же здесь нет ничего, кроме нужды и страданий...

Так ли уж ничего?

Да, мы на нуле. Мы опять все начинаем заново, мы лишены самого необходимого, но сохраняются и все шансы... здесь у меня этот театр, здесь коллеги. Я колеблюсь.

Мистер Кайзер полон понимания, но проявляет настойчивость. В последующие дни он все чаще названивает мне, поскольку я все еще не могу решиться, становится постепенно менее учтивым: я не смогу, полагает он, в дальнейшем оставаться в Германии.

— Это почему же?

— Нам, разумеется, известны эти слухи о вас.

— Какие слухи?

Кайзер нагло усмехается:

— Шпионаж, личные связи с Гитлером и Сталиным, награждение орденом Ленина и так далее, и так далее. Как только ситуация нормализуется, вас станут ненавидеть в старой доброй Европе — неважно, соответствуют ли слухи действительности или нет.

— Это ложь!

Кайзер снисходительно усмехается, словно бы говоря: «Ну хорошо, хорошо», а затем продолжает:

— У нас в Америке из того, что вам здесь, в Германии, доставляет одни заботы, можно запросто составить капитал. Без проблем, госпожа Чехова, уверяю вас — без проблем...

И он не лукавит, к сожалению: еще несколько месяцев назад одна из ведущих нью-йоркских газет предлагала мне через посредника отправиться в Америку и написать мемуары. При этом важны были не факты и подлинная историческая правда сами по себе, а сенсационность всего того, что я напишу. А если то, что было в действительности, окажется не так красочно, этому можно со спокойной совестью помочь — например, упомянуть о моих интимных контактах с высшими должностными лицами Третьего рейха, «лучше всего о тех, кто уже мертв, чтобы нам не докучали назойливыми опровержениями».

Далее мне дали понять, что этими мемуарами я обеспечу себя до конца своей жизни, не считая того, что «после публикации откровений миллионеры выстроятся к вам в очередь»...

Таково, в общем и целом, предложение американской газеты, о котором, несомненно, знает мистер Кайзер и которое он не прочь дополнить своими намеками.

Однажды воскресным утром Кайзер появляется в моей квартире, как обычно, настаивает на моем согласии и дает понять, что во второй половине дня улетает в Вену, чтобы вести переговоры с Рудольфом Пракком.

На радостях, что Кайзера не будет пару недель, я совершаю две глупости: прошу его захватить в Вену костюм Пракка, который коллега оставил у меня в самом конце войны, а кроме того, привезти из Вены бриллиантовое кольцо, которое я, в свою очередь, оставила у Рудольфа Пракка на сохранение.

Вечером Кайзер не в Вене, а все еще в Берлине.

После спектакля он является в мою гримерную, не говоря ни слова, подходит к телефону, набирает номер и докладывает какому-то американскому майору, что он только что разыскал меня и, хотя уже поздно, пусть майор ждет его в любом случае...

Кайзер кладет трубку, бросает на меня красноречивый взгляд («Итак, кое-что я раскрыл, моя дорогая...»), затем идет к двери, рывком раскрывает ее, проверяет, нет ли кого в коридоре, снова закрывает дверь, выключает свет, подходит к окну и всматривается наружу.

— Что это все значит, мистер Кайзер?!

Кайзер продолжает всматриваться в темноту и наконец спрашивает меня, с трудом сдерживаясь:

— Что за дельце вы задумали с этим костюмом?

— С каким костюмом?

— С тем, который якобы принадлежит господину Пракку.

— Я не понимаю, о чем вы говорите.

— Не изображайте из себя невинного ангелочка, дорогуша, вы — актриса. Притворяться — ваша профессия.

Я встаю, снова зажигаю свет и говорю совершенно спокойно:

— Как это часто бывает, существует два выхода, мистер Кайзер: либо вы уходите сами, либо я прикажу выкинуть вас отсюда.

Кайзер реагирует на это, как настоящий киногерой: с сожалением пожимает плечами, вынимает голубой листок бумаги из своей папки, медленно разворачивает его и кладет передо мной.

— Эта бумага вам, конечно же, не известна? — усмехается он.

Передо мной лежит светокопия с какими-то кружками, линиями, геометрическими фигурами и математическими формулами.

— Нет, — отвечаю я, сбитая с толку, — я не знаю, что это такое.

— Так я и думал, — насмешливо улыбается Кайзер, — не соблаговолите ли взглянуть еще раз?..

Я рассматриваю светокопию ближе — по краю она явно была прострочена швом, остались дырки.

— Ну, что теперь скажете?

— Ничего.

Кайзер кивает, открывает свой чемодан, вынимает костюм Пракка и спрашивает:

— Но этот костюм вы узнаете?..

— Да.

— Вы дали его, чтобы я отвез в Вену...

— Да.

— Значит, вы больше не отпираетесь?

— От чего я больше не отпираюсь?

Кайзер берет светокопию со стола и сворачивает ее:

— От того, что вы пытались переправить со мной эту бумагу в Вену...

— Я не понимаю вас.

Кайзер принимает вид полицейского комиссара, который близок к цели.

— Вы тщательно вшили бумагу вот сюда, — он показывает распоротую подкладку пиджака Пракка, — и, уж конечно, лучше меня знаете, какое значение имеют эти формулы для некоего физика-атомщика... в русском секторе Вены!..

— Вы сумасшедший?

— Нет. Я более чем убежден, милейшая, что вы и сегодня еще занимаетесь шпионажем, вернее, что вы снова занялись шпионажем...

Я ошеломленно смотрю на распоротый шов пиджака Пракка.

— Кто-то решил сыграть со мной дурную шутку, — говорю я тихо, — очень дурную шутку...

Кайзер сохраняет комиссарскую интонацию:

— Трюк вскрылся при проверке на границе. К моему, а еще больше вашему счастью, при этом присутствовал мой друг майор Бредли. Он поручился за меня. И по моей настоятельной просьбе согласился — пока! — воздержаться от доклада по инстанциям... Что будет дальше, зависит от меня, госпожа Чехова!..

Последнее замечание Кайзера вернуло мне способность рассуждать хладнокровно: человек предлагает мне голливудский контракт и между прочим охотится за шпионами... Что бы это значило? Какой должна быть моя реакция? Я, само собой разумеется, должна была бы вышвырнуть его и заявить в полицию. Естественно...

Но в эти времена все неестественно. Господствует оккупационное право — одностороннее право, мягко говоря... А Кайзер — американец.

И тем не менее я спрашиваю его, что он, как представитель «Парамаунта», имеет общего с «атомным» шпионажем.

— Сам по себе ничего, — бойко отвечает он. — Но я должник перед моим другом майором Бредли и хочу как можно быстрее внести ясность в это сомнительное дело. Кроме того, я, как предъявитель костюма Пракка, по вашей милости попал в двусмысленное положение. Я, бывший солдат и сотрудник разведки, этого потерпеть не могу.

В последующие дни Кайзер обшаривает каждый квадратный метр театра и моей квартиры.

После этого заявляет, что теперь убежден в том, что я была без моего ведома вовлечена в контрабандный провоз документов. Некоторые признаки указывают на то, что определенные люди очень тонко воспользовались моим именем и моими контактами. Уже несколько дней за мной ведется наружная слежка неизвестными лицами, люди Си-ай-си* будто бы установили, что это, скорее всего, русские.

Я иду к телефону. Я собираюсь позвонить в советскую комендатуру, чтобы внести ясность.

Кайзер вырывает трубку из рук и набрасывается на меня:

— Бросьте! Теперь я даю вам две возможности на выбор: либо вы помогаете нам выйти на след этой организации, либо я вынужден буду арестовать вас.

Чуть позже предположения Кайзера о «советской организации» словно бы подтверждаются: из вечера в вечер по пути из театра в Кладов за мной следует «опель-кадетт». На третий вечер я пытаюсь отделаться от преследующей машины — еду боковыми улочками, внезапно меняю направление. Тщетно. Машина прилипла ко мне, словно репей.

На следующий вечер она вновь тут как тут.

Я пробую новый обманный прием — еду по улицам со встречным движением. Безуспешно. Машина упорно держится на расстоянии, но не исчезает из моего поля зрения.

Когда наконец я выхожу из машины перед своим домом в Кладове, «опель» тоже останавливается при-

_____
* CIC — армейская контрразведка США.

мерно в ста метрах с потушенными огнями. Потом разворачивается и исчезает в темноте.

На следующий вечер он снова тут как тут, держится позади меня, пока я не вхожу в дом, после чего разворачивается обратно.

Дома я обнаруживаю письмо на русском языке, написанное каким-то странным слогом, без какого-либо обращения:

«Вы в большой опасности! Видел вашу фотографию — без ума от вас. С этих пор не могу прикоснуться ни к одной другой женщине. Все время я спрашивал себя: зачем эта война? Сегодня я знаю: это было предопределено, я должен был познакомиться с вами. Я попытаюсь защитить вас от угрожающей вам опасности и буду следовать за вами на соответствующем расстоянии.

Автомобиль № 32684».

Итак, может, это вовсе никакой не «агент-враг», а излишне экзальтированный, пылкий почитатель?

Далее происходит следующее: в дом присылают цветы и конфеты. Это почти непостижимо. Откуда в наше время у человека бонбоньерка?

Я настораживаюсь, даю сначала понюхать пралине моей кошке и доверяю безошибочному инстинкту животного: вредное она есть не станет...

Кошка не прикасается к сладостям. Моя подозрительность растет.

Следующей ночью в дверь отчаянно названивают, вдобавок кто-то оглушительно сигналит автомобильным клаксоном. Это продолжается долго.

Когда я открываю дверь, машина срывается с места. Мне под ноги падает письмо. Отправитель: «Автомобиль № 32684». Строки набросаны торопливо:

«Я люблю вас больше всего на свете! Больше не

могу! Приезжайте прямо сегодня ночью — умоляю вас! Жду вас через полчаса — в 500 метрах отсюда, по дороге в театр!»

Поведение моего «почитателя» постепенно наводит на меня ужас. Я спрашиваю себя, что ему взбредет в голову в следующий раз, более того: со всей серьезностью я задаю себе вопрос: не идет ли речь о патологическом случае с криминальным уклоном?

Два дня спустя — «опель» тем временем по-прежнему каждый вечер следует за мной из театра в Кладов, останавливаясь за сто метров от моего дома, — утром в дверной косяк всунута записка.

Те же торопливые строчки по-русски:

«Теперь шутки в сторону! Еще со времен татаро-монгольского ига умыкали женщин побежденных народов...»

И потом впервые цитата из «Лесного царя» по-немецки:

«...und bist Du nicht willig, so brauch'ich Gewalt*. — Автомобиль № 32684».

Сумасшедший. Никаких сомнений.

Мои нервы больше не выдерживают. Я отправляюсь в советский сектор в комендатуру.

Полковник холодно откидывается в кресле назад, когда я рассказываю свою историю об «автомобиле № 32684». В качестве доказательства предъявляю ему записку незнакомца, которая утром торчала в моей двери.

Полковник бесстрастно улыбается:

— Какой-нибудь влюбленный индюк, не так ли?

Спокойствие этого человека сокрушает остатки моего самообладания. Я так больше не могу. Я не уйду из комендатуры, пока не буду уверена, что этот

---

* «...а если ты не покоришься, то будешь взята силой» *(нем.)*.

«влюбленный индюк» некоторым образом «по долгу службы» не исчезнет из моего поля зрения.

Итак, я перехожу в наступление:

— А как же ваши земляки, которые уже несколько недель шпионят за мной и театром? Или я их вообразила? Может, я страдаю галлюцинациями?

Мой вопрос, похоже, лишает полковника его олимпийского спокойствия, он настораживается. Но не только настораживается. К сожалению. Потому что теперь уже задает вопросы он. И в течение нескольких минут вытягивает из меня то, что хочет: я рассказываю ему все — в том числе и об американце Джордже Кайзере и мистическом листке с «атомными формулами».

Полковник неподвижно слушает меня, кивает, молчит две-три мучительных секунды, потом встает, приглашает вежливым жестом в соседнее помещение и просит подождать. Он будет разговаривать со ставкой в Карлсхорсте.

Итак, я жду.

Мне предоставляется многочасовая возможность поразмыслить о том, что я сделала правильно, а что нет, и чего мне стоит ожидать в будущем в этой стране, и чего не стоит.

Через пару часов внутренне я уже готова эмигрировать во Францию, Англию или Штаты, куда угодно — лишь бы русские не разрешили эту проблему на свой лад и не «предложили» бы мне долгое путешествие в Сибирь.

Три часа спустя снова входит полковник и предлагает мне нечто совершенно иное: гастроли в советском секторе.

Я молчу, сбитая с толку.

Полковник остается вежливым:

— У нас есть основания, чтобы просить вас об этих гастролях.

— Могу я узнать — какие?

— Не сегодня. Позднее. Для вашего спокойствия я могу сказать одно — вы будете гастролировать у нас в собственных, но также и в наших интересах. Мы, как и вы, хотели бы поточнее узнать об этой «машине № 32684» и людях, которые следят за вами.

— Благодарю вас.

— Спасибо за согласие. Я должен попросить вас еще о двух вещах: напишите незнакомцу из «автомобиля № 32684» записку, что ждете его в своей гримерной после спектакля. Тогда мы точно установим владельца автомобиля...

— У него немецкий номер...

— О, это еще ничего не значит, — весело улыбается полковник и продолжает: — И сразу по возвращении позаботьтесь, пожалуйста, о том, чтобы возможные наблюдатели за вашим домом узнали о ваших гастролях на Александерплац. Просто расскажите об этом «хорошим знакомым», которые будут громко обсуждать это. Ну как, договорились?

Разумеется, «договорились», что же еще мне остается? Когда в назначенный вечер я вхожу в кинотеатр на Александерплац, где у меня выступление, полковник с особой интонацией спрашивает:

— Ну, как у нас дела?..

Я беспомощно смотрю на него. Он вовсе не ждет моего ответа и тотчас добавляет:

— У нас все в порядке — можете не беспокоиться...

— Правда?

— Обещаю вам!

— Спасибо.

Я перевожу дух, точнее, пытаюсь. Но все равно

что-то еще противится во мне свободно и непринужденно чувствовать себя в этот вечер.

В моей гримерной стоит прелестный букет роз, на прикрепленной к нему карточке «мой» незнакомец пишет:

«Я очень счастлив — автомобиль № 32684».

Зато я ни в коем случае не счастлива.

У меня начинается самый долгий театральный вечер в моей жизни.

После спектакля я прошу дочь Аду проводить незнакомца ко мне в гримерную.

При этом у меня весьма и весьма неспокойно на душе: здесь для кого-то устроена ловушка. Но я делаю это в порядке самообороны, говорю я себе и вспоминаю при этом об угрозах и эскападах моего «кавалера с розами».

И вот незнакомец из «автомобиля № 32684» стоит передо мной — блестящей наружности beau* с неестественно горящими глазами.

Он возвышается надо мной, театрально прижав правую руку к сердцу, и патетически восклицает:

— Наконец! Наконец-то свершилось! Вы и не представляете, Ольга Чехова, что значит для меня это мгновение! Война — разве она не оказалась отчасти благом? Я, лишь один я выиграл в этой войне — и каким способом!..

Чтобы несколько «остудить» победителя, я спрашиваю его подчеркнуто деловито, что бы он вознамерился делать, если бы я его не приняла:

— Вы все равно чувствовали бы себя победителем в этой войне?..

Незнакомец молниеносно хватается за карман и выхватывает револьвер:

_____
* Красавец, щеголь *(франц.)*.

— Вот — вот вы видите ответ. Еще сегодня я застрелил бы вас, а потом себя...

Итак, и вправду сумасшедший, да к тому же на все готовый.

Я изо всех сил пытаюсь оставаться спокойной:

— Подойдите, но будьте все же разумны. Отдайте мне револьвер — это не игрушка...

— Игрушка?.. — лепечет он совершенно оторопело. — Какая же это игрушка...

Он не заканчивает предложения, озадаченно уставившись на меня, и послушно, как ребенок, протягивает оружие.

Я прячу револьвер в свою сумочку.

Несколько секунд позднее человека уводят солдаты Красной армии.

Огромные глаза его недоверчиво блуждают, но он уходит с ними безвольно, почти апатично.

Когда дочь и я покидаем кинотеатр, двое советских часовых не разрешают нам ехать домой, они отводят нас в какой-то штаб, названия которого я не знаю.

Допрос продолжается несколько часов и все время крутится вокруг одного и того же человека — Джорджа Кайзера.

Правда, я не могу отделаться от впечатления, что русские не воспринимают Кайзера всерьез. Под утро они отпускают нас и в то же время подтверждают мое подозрение. Один из солдат по-мальчишески ухмыляется:

— Ваш мистер Кайзер точно никакой не контрразведчик — может, он позарился на ваши драгоценности...

Через несколько часов мне звонит полковник, которому я в ставке в Карлсхорсте рассказывала о своем приключении.

— Хотите узнать, кто ваш незнакомец из «автомобиля № 32684»?

— Да, конечно...

— Один из наших толковых инженеров...

— Ваш инженер?

— Да. Он работает в местной администрации и действительно страдает всего лишь любовной лихорадкой. Политические или криминальные мотивы исключены; одиночка, хотя его фанатичные намерения могли быть не такими уж и безобидными...

Полковник делает небольшую паузу. Я пытаюсь прийти в себя от изумления.

— Алло...

— Да...

— У вас нет слов от удивления?

— В общем, да.

— Он сильно вас напугал?

— Да.

Голос полковника без перехода становится деловитым:

— Он больше не причинит вам хлопот. Товарищ инженер попросил вернуть его на родину и уже завтра покинет Германию...

Тихий щелчок на линии — полковник закончил разговор. Я тоже медленно опускаю трубку на рычажки...

На следующий день Джордж Кайзер в моей гримерной.

В прекрасном настроении он сообщает мне, что только что вернулся из короткой, но весьма удачной поездки в Берлин, направляется к телефону, набирает номер, радостно разговаривает с кем-то из своих друзей — и вдруг что-то обескураживает его, почти приводит в замешательство:

— ...в советском секторе? Но это же невозможно! Я сейчас потребую у нее объяснений. Подожди моего звонка, пожалуйста!

Угрожающе смотрит на меня:

— Вы давали гастроли на Александерплац?

— Да.

— Почему?!

— Это вас не касается.

— Как раз меня-то это и касается!

Я вспоминаю об ироничном замечании русского по поводу «секретного агента Кайзера» и без церемоний выгоняю его.

«Он, само собой, скоро вернется», — думаю я, и в тот же момент мне приходит в голову мысль, до которой мне давно следовало бы додуматься: я перерезаю телефонный шнур.

Кайзер возвращается и на этот раз держится почти что по-отечески:

— Давайте еще раз переговорим начистоту, но смотрите — если вы всего не расскажете, то мне не останется ничего иного, как доложить по начальству, что вы ведете двойную игру...

Я показываю на телефон:

— Поступайте как знаете.

Кайзер тянется к телефону, сначала нерешительно, потом энергично:

— Надеюсь, вы хорошо подумали.

— Несомненно, — холодно отрезаю я.

— К сожалению, у меня больше нет сомнений, что вы и сегодня шпионите для Советов — как и во время войны...

Он набирает номер:

— Hallo?.. Here is mister Kaiser speaking. Major Bradly, please... Hallo, Jeff...*

Я бегу в дирекцию, быстро рассказываю, что про-

---

* — Алло? Говорит мистер Кайзер. Майора Бредли, пожалуйста... Привет, Джефф... *(англ.)*

исходит, и прошу срочно уведомить союзническую комендатуру. Потом возвращаюсь в гримерную.

Кайзер все еще «разговаривает» по телефону.

Несколько минут спустя в комнате стоят два рослых «джи-ай»*, суют Кайзеру под нос обрезанный телефонный шнур и указывают на дверь.

Кайзер пожимает плечами и выходит.

День спустя все разъясняется.

Кайзера зовут совсем не Кайзер, и к «Парамаунту» он не имеет никакого отношения, не является также военнослужащим или тем более сотрудником секретной службы. Он немец, работает кельнером в американском казино для офицеров и основательно запутался.

Кайзер — типичный продукт послевоенного времени, ни больше ни меньше, но явление необыкновенно типичное и отнюдь не единичное в эти годы, когда пышным цветом расцвели обман, интриги, мошенничество, спекуляции и доносы.

При всем том существуют не только «кайзеры» — мелкие, примитивные мошенники; есть и другие, более могущественные и оттого более опасные, которые точно так же, как и он, раздувают «шпионские истории» и, ради того чтобы на сенсации сделать себе имя, не колеблясь способны «запустить» клевету: в лондонском журнале «Пипл» всплывают первые слухи о моей якобы шпионской деятельности. Правда, «Пипл» оставляет вопрос открытым — работала ли я на Гитлера или на Сталина или же на обоих сразу.

Все это я не воспринимаю всерьез, потому что за годы жизни в свете рампы научилась не обращать внимания на сплетни и пересуды.

---

* «Джи-ай» — прозвище военнослужащих американской армии.

252

Немецкие газеты подхватывают «сенсационное сообщение».

Я мешками получаю письма с угрозами, к тому же теперь еще и пущен слух, будто я награждена орденом Ленина.

На улице ко мне подбегает молодая девушка, плюет в лицо и кричит:

— Вот тебе, изменница!

Вытираю лицо и молчу. Что тут можно поделать?

Я отправляюсь в комендатуру и прошу официального опровержения о моей якобы шпионской деятельности. Опровержение дано. Я знаю, что существуют, кроме того, еще два варианта.

Вариант первый: газеты дают ироничный комментарий, в соответствии с ним опровержение теперь является косвенным подтверждением сообщения, которое до сих пор было лишь слухом, — и продолжают строчить дальше.

Вариант второй: эти бульварные листки живут по проверенному принципу, что нет ничего старее, чем вчерашняя газета, — и со временем отправят «дело о шпионаже» на свалку. Я рассчитываю на второй вариант. Видимо, зря. Жду два года.

А потом на первой странице штуттгартской газеты «Вохенпост» появляется фотография из моего старого фильма. В левой руке я держу статуэтку. С помощью немудреного технического трюка маленькая фигурка ретушируется и превращается в высокую советскую награду. Подпись: «Ольга Чехова с орденом Ленина. За верную шпионскую службу». Газета обещает также раскрыть закулисные стороны «жизни культуры» и «пикантные подробности о знаменитой актрисе».

Среди прочего там можно было прочесть следующее: «Несколько дней спустя в моем кабинете без предварительного звонка появляется, возникнув словно из-под земли, красивая женщина — Ольга Чехова. Под ее меховой шубкой поблескивает орден Ленина. Подаренная вилла и советская охрана — благодарность за долголетнюю шпионскую деятельность в ближайшем окружении Адольфа Гитлера. Тот так и не сумел раскусить прекрасную Олли и, как видную представительницу немецкой культуры, приглашал на все балы, во время войны на дипломатические приемы, потчуя ею иностранцев. Лишь Геббельс с его юридическим чутьем всегда высказывал предостережения. Но Гитлер полагал, что маленький доктор потерпел с ней фиаско и желает отомстить.

Итак, Ольга, свидетельница возникновения и падения тысячелетнего рейха, улыбаясь, спросила, понравилось ли мне в "Фольксбюне"*... Я уклонился от ответа.

Она улыбается: «"Фольксбюне" — это будущее мирового театра, и Берлин — его европейская колыбель. Проявите же понимание!»

Улыбаясь, размахивая пальмовой ветвью мира и, несмотря на это, бесконечно опасная, молча покидает она мою комнату.

Затем в течение нескольких недель о ней в Берлине ничего не было слышно. Теперь игра в театрах уже не входила в задачи Олли...»

Мой адвокат доктор Ронге подал жалобу.

Писака возражает в следующих выражениях:

«Фрау Чехова оспаривает получение ордена Ленина. Что же, ей лучше знать! К сожалению, я не просматривал наградные бумаги в кремлевской канцеля-

---

* «Народная сцена» — театр левого толка, в котором ставились пьесы драматургов коммунистической ориентации, в том числе Б. Брехта, Ф. Вольфа.

254

рии! Фрау Чехова также оспаривает, что она занималась шпионажем среди окружения Гитлера. И это я не могу опровергнуть, так как не вращался в среде Гитлера в отличие от выдающихся деятелей культуры "тысячелетнего рейха"»...

Редакция «Вохенпост» ссылается на ответственность сочинителя и со своей стороны комментирует с видом невинного удивления: «Орден Ленина в Советском Союзе носят рабочий Стаханов и деятели культуры, государственные мужи и изобретатели, и даже некий получивший на Западе убежище дипломат после окончания войны обрел наглядное подтверждение своих заслуг в виде этого знака отличия.

Так и утверждение, что фрау Чехова шпионила против Третьего рейха, пожалуй — если смотреть на это с точки зрения наших дней, — вряд ли можно посчитать оскорбительным. Среди политиков как западной, так и восточной зоны тоже есть такие, которые хвастаются, будто снабжали врагов национал-социализма информацией, чтобы ускорить приближение конца Третьего рейха».

Я сдаюсь. Это означает, что я предоставляю каждому судить самому о подобного сорта журналистике.

Но еще в 1955 году — я снимаюсь под Бад-Райхенхалль — одна пожилая женщина, дрожа от жадного любопытства, спрашивает меня:

— Ах, дорогая фрау Чехова, теперь-то скажите мне, пожалуйста, только мне одной: так были вы шпионкой или нет?..

НОВАЯ ЖИЗНЬ

Мы продолжаем играть в театре — по-прежнему с различными приключениями — например, нашу любимую «Чернобурую лисицу», которая между тем давно уже превратилась в «седую лисицу». Количество спектаклей просто невозможно подсчитать.

Чтобы поставить пьесу, в которой вместе со мной играют Хельмут Вайс и Соня Циманн, я бесповоротно решаю пустить на театральные костюмы сохранившиеся шелковые шторы из моего летнего домика.

Для следующей пьесы — «Лукавая вдова», музыкальной комедии Гольдони, — с костюмами нам ненароком помогает русская районная комендатура: по ее ордеру я покупаю материю, которая напоминает марлю. Материя очень мягкая, мы красим ее и крахмалим картофельным крахмалом.

Наши костюмы получаются прелестными, они воздушные и пестрые. Спектакль имеет успех.

Вдобавок я сама инсценирую собственную пьесу: переделываю новеллу Чарлза Диккенса «Сверчок на печи». Ханс Лейбельт играет главную роль, я читаю пролог.

В остальном же мы едва сводим концы с концами, голодаем и счастливы, когда нас как драматических артистов приглашают на дипломатические приемы союзников. Вместо обесцененных марок получаем там сигареты, масло, вино или шнапс — «с собой».

Редкие, слишком редкие праздники...

В Берлине объявляется некий молодой человек из Польши. Он делает не первый немецкий послевоенный фильм (который снимается на лицензированной советскими студии ДЕФА в восточном секторе), а первый послевоенный фильм в западных секторах. Вскоре имя его в кинокругах знает каждый, а несколько лет спустя он становится известным и далеко за прсдслами Гсрмании — это Артур Браунср.

Я играю в его фильме «Магараджа против воли». К нам присоединяются Соня Циман, Иван Петрович, Рудольф Пракк, Рудольф Платте и Хуберт фон Мейеринк.

«Знаменитые имена, — предполагал Браунер, — сделают сборы...»

Но сборов не получается. Браунер не падает духом. В Шпандау старые фабричные цеха он превращает, как по волшебству, в современную киностудию. И делает «кассовые» фильмы, а позднее и другие, высокохудожественные, которые завоевывают государственные премии.

Браунер — «Поммер» этих послевоенных лет. Но вообще-то положение его незавидное: в Третьем рейхе в прокате шло мало американских, французских или английских картин, и публика теперь наверстывает то, чего была лишена в течение двенадцати лет.

Фильмы из США, Англии и Франции потоком хлынули в Германию. Очень, очень трудно в стране, которая лежит в руинах, противостоять их финансовым возможностям, их прекрасной постановочной работе и художественной манере.

Проходят годы.

Я задумываюсь о себе и не заблуждаюсь на собственный счет: подрастает новое, юное поколение, поколение, которое невысокого мнения о старших уже потому, что они старше, поколение, которое процесс старения воспринимает как нечто странное и, похоже, совсем не ассоциирует его с собой, нетерпеливое, стремительное поколение ниспровергателей. В принципе в этом нет ничего необычного, напротив, само по себе в веках это одна из немногих постоянных величин; просто на этот раз все происходит в более жесткой, крайней, беспардонной форме. Но чему тут удивляться...

О моем материальном положении нечего долго и думать, оно весьма плачевно: по простоте душевной я дала себя уговорить заложить свою усадьбу при условии, что после денежной реформы должна буду вернуть залог в твердых марках. Тяжкое бремя, которое я ежедневно влачу на себе в прямом смысле слова.

Я расстаюсь с вещами, которые мне были дороги на протяжении всей жизни и немало стоили: с иконами, книгами, другими ценными предметами. Это источник существования.

Я пишу свою первую небольшую книгу по косметике.

Она быстро расходится без переиздания.

Издательство разоряется на претенциозной книге об Альберте Швейцере и объявляет о банкротстве.

И вместо того чтобы учиться на ошибках, я даю себя уговорить на еще одно дело: открыть собственную киностудию.

Я больше не хочу быть зависимой от других. Я хочу доказать, что существует потребность в немецком развлекательном кино. Я хочу не только играть, но и быть режиссером.

И сильно заблуждаюсь...

После трех фильмов фирма прекращает существование. Почему?..

По многим причинам, но главным образом по одной, которая на этот раз все-таки делает меня умнее: оказывается, деньги и друзья — вещи несовместимые...

«Деньги губят дружбу», — утверждают друзья, у которых они есть и которые всегда находят новые основания не дать мне краткосрочный кредит на нормальных условиях.

Набитые марками «друзья» переходят на другую сторону улицы, завидев меня издалека.

Поддержка, личная поддержка — не для фирмы — приходит от двух мужчин, которые совсем не принадлежат к моему кругу.

Один из них — мой прежний коллега из Берлина — живет на скромную ренту и отдает мне все свои сбережения, другой был в концлагере. Он передает мне часть денег из материальной компенсации.

Что же остается?..

Роли комических старух или уход из профессии...

Стать последовательницей Адели Зандрок меня не прельщает. Для этого мне не хватает слишком многого.

Так что же?

Незаметно исчезнуть с киноэкранов, уехать за границу — в качестве компаньонки или экономки в какой-нибудь интеллигентной семье...

Не снизившийся уровень жизни заставляет меня задумываться — мне приходилось голодать, я знакома с нуждой и лишениями и выстояла в них, — а монотонность повседневной жизни, однообразие, при котором не отличишь один день от другого, то, чего я боялась всю свою жизнь, от чего меня избавляли мать и сестра и от чего я сама бежала в профессию, во все новые роли и дела.

Отказаться от этой «второй», подлинной для меня жизни — это то, на что я пока не могу решиться...

Я размышляю о себе и не предаюсь самообольщению: озлобленность делает человека жалким.

Итак, в шестьдесят лет еще раз начинаю все сначала...

Я продаю свой дом в Кладове и переезжаю из Берлина в Мюнхен.

Прямо в центре баварской столицы открываю свой первый косметический салон.

Что у меня есть?

Знания в косметологии, почерпнутые в Германии и за границей — приобретенные десятилетия назад и постоянно пополняемые; брюссельский диплом, диплом «Universite de Beaut»* в Париже, слушание лекций в университетах Берлина и Мюнхена, обстоятельные беседы с известным русским биологом профессором доктором Богомольцем в Лондоне, который дал мне дополнительный толчок к поиску собственной рецептуры. Я поняла, что можно способствовать регенерации тела и его клеток не только с помощью нанесения различных органических субстанций. Пациент в любом случае должен оказывать последовательное и активное содействие в этом — например, с помощью шлаковыводящей диеты.

Кроме того, у меня немалый опыт практического лечения и консультаций: друзья и знакомые часто оказывались испытуемыми и «подопытными кроликами» для приготовленных мной собственноручно кремов и масок. Мой метод популярен и среди молодых

* «Университет красоты» *(франц.).*

людей, у которых возрастные проблемы с кожей. Не в последнюю очередь я «эксплуатирую» и саму себя, используя опыт женщины, которая постоянно находилась на глазах у публики и в силу этого должна была всегда хорошо выглядеть, неважно, насколько сильно кожа ее испорчена театральным гримом.

Вот все это и кое-что еще было у меня в багаже.

Таким образом, уже при подготовке своего мюнхенского салона я чувствую себя довольно уверенно. Мои косметологи, которые решаются верить мне, замечают, что «шефиня» разбирается в их ремесле.

Исходная база неплоха. Я заинтригованно жду первых дам, которые доверят мне заботу о своей коже.

Вместо них приходят двое господ весьма преклонного возраста.

Еще в вечер перед открытием они стоят перед дверьми.

Обескураженно я спрашиваю их, в каких услугах они нуждаются.

— Педикюр, — говорит один из них, и оба сияют, — но только сделанный вами, уважаемая госпожа, только лично вами.

Я записываю их на следующий день. Они сверхпунктуальны и с пунцовыми ушами восторгаются, словно влюбленные старшеклассники:

— Бог мой, мы так вас почитаем, что за сказочная актриса вы были...

Итак, пока оба они восторгаются моим «великим искусством» в прошлом, я вожусь с их ногами, что полностью отбивает мое обоняние на несколько дней.

Вот так заново и совершенно по-новому начинается моя карьера.

Но по счастью, приходят не только пожилые господа, для того чтобы им сделали педикюр. Приходят женщины разных возрастов и молодые девушки.

И многие, очень многие идут не только ради косметики, но и со своими заботами.

У меня предостаточно возможностей пропагандировать свои взгляды на женщину: комплексная косметика нацелена «под кожу», она включает самопознание и самодисциплину. Кожа в большинстве случаев — зеркало личности.

Я выступаю за консервативную, а не за декоративную косметику. Юность нельзя вернуть ни операцией, ни тем более купить. Сохранить молодость в первую очередь можно, борясь против внутреннего и внешнего изнашивания организма. Леность, медлительность — враг молодости, как внешней, так и внутренней.

Не обувь следует чистить в первую очередь, а кожу, от нее зависят витальность и самоощущение: если она в порядке, то не играет роли, одеты вы в горностай или крашеную кошку.

«Тонкая духовная жизнь» так же мало повинна в увядании кожи, как и несправедливости судьбы. Конечно, существуют вещи сильнее воли и разума, но они не оправдывают слабость и безропотное смирение.

Не жизнь разочаровывает нас — это мы разочаровываем жизнь.

Озлобленность делает человека жалким...

Я живу в комнате позади салона. Рядом просторная кухня — моя лаборатория.

Здесь я смешиваю и экспериментирую со своими составами до поздней ночи после закрытия салона.

Из бывших коллег одним из первых меня посещает Хуберт фон Мейеринк.

Хубси деловито обследует все пробирки и горшочки, находит все «чертовски интересным» и неожиданно говорит:

— Мой двойной подбородок, дорогая Олинка, мой двойной подбородок...

— Что с ним?

— Как бы от него избавиться?

— Я уже избавилась...

— Ты ангел.

Хубси продолжает вынюхивать и без перехода констатирует:

— Зауэрбрух* прав.

Я не знаю, почему Мейеринк именно сейчас вспомнил о когда-то широко известном берлинском хирурге.

— Говорил ли он тебе, что от тебя исходит аромат березовых листьев и земляники?

— Говорил.

— Вот-вот. И ты не смогла лишить его удовольствия поковыряться в тебе.

Я с комичной серьезностью киваю:

— Ну кто бы его еще так порадовал...

— Фу, черт возьми, Олинка, — хитро улыбается Хубси, — что за черный юмор...

Он подтягивает к себе стул, садится, откидывается, сладостно зажмуривает глаза и елейно тянет:

— Приступай, моя голубка.

— К чему?

— К чему!.. — наигранно негодует он. — К моему двойному подбородку, разумеется...

Через шесть лет по различным причинам я вынуждена отказаться от своего косметического салона: хо-

_____

* З а у э р б р у х Фердинанд (1875—1951) — выдающийся немецкий хирург.

зяин дома извещает, что ему необходимы помещения для собственных нужд. Другой район, в который я временно переезжаю, слишком шумный для меня и моих клиентов; несмотря на помощь трех работящих ассистенток, я уже не справляюсь с нагрузкой; и главная причина — спрос вырастает сверх всякой меры. Я привлекаю еще одного химика, который профессионально помогает мне в производстве разработанных и создании новых препаратов.

К этому времени производство и продажа — в этом уже нет никаких сомнений — должны быть поставлены на широкую ногу и в то же время иметь промышленную основу.

Я продаю свои драгоценности и последние антикварные вещи, чтобы профинансировать открытие фирмы.

С семью сотрудниками в 1955 году я основываю фирму «Косметика Ольги Чеховой», «Olga Tschechowa Kosmetik OHG», в которой в настоящее время, словно в единой семье, трудятся свыше ста человек.

ОДИН ДЕНЬ ИЗ МНОГИХ

И вот как выглядит мой сегодняшний день, день в 1973 году, один день из многих.

Семь часов пятнадцать минут. Дом пробуждается.

Марианна приносит мне чашку чаю. Она махнула рукой на то, чтобы уговорить меня съесть хотя бы кусочек хлеба. И сегодня по утрам я ем так же мало, как раньше во времена съемок, о которых часто размышляю как раз в эти утренние часы. Именно тогда ночь для меня заканчивалась между шестью и семью утра. Меня забирала на студию служебная машина, или я ехала сама — чтобы переодеться и загримироваться и быть готовой к «первой хлопушке», которая раздавалась в восемь...

Еще до прихода Марианны дает знать о себе такса Бамби. Она потягивается в своей корзинке, выбирается из нее, кладет передние лапки на край моей постели и тычется своим влажным носом в мою руку. Бамби капризна, своенравна, комична, большая собственница и — когда пожелает — так очаровательна, что никто не в состоянии противостоять ее выходкам. Никто. Даже кошка Шнурри. Она отлично ладит с Бамби по одной-единственной причине: когда такса начинает нахально приставать — а пристает она постоянно, — Шнурри благодаря своему столетиями оттачиваемому индивидуализму сохраняет достоинство и держится на расстоянии. Иногда из новостройки заглядывает и пинчер Аби. Он остается лишь в том случае, если на то дает милостивое дозволение крошка такса. Тявкает ли она на него, убегает ли он — пинчер всегда остается добродушным и невозмутимым.

Ники на школьном автобусе ездит в Международную школу в Штарнберге. Он растет двуязычным мальчиком и уже в ближайшие годы осознает, как важно говорить минимум на двух, а лучше на трех языках.

Вера и Вадим коротко кивают мне: «Чус*, Жужу!» (в доме все вплоть до Марианны зовут меня «Жужу», французское слово, которое можно вольно перевести как «игрушка» — так, ласково, прозвала меня Вера. Еще ребенком она постоянно слышала от меня: «Voilá-ton joujou!»** Я старалась с ранних лет обучить свою внучку французскому, языку, который я выучила еще маленькой и любила). У Веры репетиция в театре, у Вадима — дискуссия на телевидении.

Восемь десять.

Я еду в фирму. Свой белый «БМВ» вожу до сих пор сама: мне это доставляет удовольствие.

Сегодня на повестке дня большое обсуждение перестройки и расширения наших помещений на Тенгштрассе. В офисе я здороваюсь с моим компаньоном, директором по продажам и секретаршей по производству. Мы сидим все вместе: комнаты слишком маленькие, тесные — необходимо добавить помещения соседнего дома. Производство расширяется, нужен конвейер. И мы не проходим мимо автоматизации.

---

* Tschüs! — Привет! *(нем.)*
** Вот твоя игрушка *(франц.).*

Я иду в лабораторию. Представитель строительной фирмы поясняет мне план расширения вновь присоединенных помещений, показывает, какие стены необходимо сломать, чтобы образовалось место для установки конвейера.

Мимо высоких, переполненных стеллажей я возвращаюсь обратно в офис. Здесь составлено свыше ста препаратов; над девятью мы начинаем работу. Меня всегда радуют награды, завоеванные нашей продукцией, — например, международный Гран-при в Венеции.

Секретарша называет мне даты моих выступлений в Гамбурге, Ганновере и Дюссельдорфе; она заботится о том, чтобы я смогла увязать между собой доклады без существенной потери во времени.

Еду домой.

Ранний полдень. Час пик пока не начался, движение на улицах слабое. Я могу подумать о том, что мне сегодня еще предстоит сделать.

Мне приходит на ум, что я хотела позаботиться о посадке новых цветов на могиле дочери Ады в Грефельфинге.

Дома меня ждут Бамби, Аби и Шнурри.

Бамби, радостно тявкая, прыгает вокруг меня, словно не видела по крайней мере неделю; Аби степенно по-дружески тычет меня своей влажной мордочкой несколько раз в бок; Шнурри ждет, когда господа собаки утихомирятся, затем важно трется вокруг моих ног и снова сворачивается в клубок в каком-нибудь наиболее уютном кресле.

Шнурри обязана жизнью моему правнуку Ники. Однажды он попросил у меня пять марок, «еще лучше семь», — важно добавив при этом. Я дала ему семь.

Он исчез и потом появился со Шнурри, купив его у людей по соседству, которые попросту собирались утопить котенка. Шнурри обошелся ему в пять марок, и, таким образом, на своей акции по спасению он вмиг еще и «заработал» две марки.

Марианна, мой добрый «домовой», приносит почту. Ее много — я разберусь с ней позднее.

«Солдат Миша», двадцатилетний сын умершей дочери Ады, приветствует меня. Сейчас он служит в Люфтваффе и у него краткосрочный отпуск.

Мы выпиваем по чашке чаю. Он рассказывает мне о своей службе — не слишком много и не слишком охотно. Что-то есть в этом напоминающее Йепа...

Миша — совсем другой тип, и все же...

«Надеюсь, ему не придется нажимать на спусковой крючок», — думаю я, и тут меня радостно целуют: из другой половины дома пришел Ники. Он-то и проводит меня на могилу дочери.

Я обсуждаю с садовником новую посадку. Ники молча прислушивается. Когда садовник уходит, говорит неожиданно:

— А правда, что теперь ты следующая?

— Возможно, — отвечаю я обескураженно, — но утверждать этого нельзя.

— Почему?

Я бросаю короткий взгляд на могилу Ады:

— Иногда умирают гораздо моложе...

Ники небрежно кивает головой и деловито констатирует:

— Ну, бабушка — исключение, она разбилась. Но по правилам должно быть так: сначала умрешь ты, потом папа, потом мама, а потом, — он разводит руки, словно собираясь с трехметрового трамплина прыгнуть в воду, — а совсем уж потом и я сыграю в ящик...

Я слегка озадаченно гляжу на него.

Он беззаботно смеется.

После ужина я просматриваю почту. Несколько писем от друзей, большинство от незнакомых людей, молодых и пожилых, которые поверяют мне свои большие и малые заботы: морщины и морщинки, одиночество, опустошенность, пресыщенность, проблемы брака, страх бытия...

Я делаю пометки на полях для ответа.

Для одной молодой женщины в депрессивном состоянии я помечаю: «Каждую секунду, минуту и час, прожитые вами без счастья, вы потеряли безвозвратно»...

23 часа.

Дом затихает. День подходит к концу. Еще один день из череды многих...

СОДЕРЖАНИЕ

Ольга Чехова
Мои часы идут иначе

РЕДАКТОР
Е.Д. Шубина
ХУДОЖЕСТВЕННЫЙ РЕДАКТОР
О.Г. Дмитриева
ТЕХНОЛОГ
М.С. Белоусова
ОПЕРАТОР КОМПЬЮТЕРНОЙ ВЕРСТКИ
И.В. Соколова
ЗАВ. КОРРЕКТОРСКОЙ
А.Ю. Минаева
ЗАМ. ЗАВ. КОРРЕКТОРСКОЙ
Н.Ш. Таласбаева
КОРРЕКТОРЫ
В.А. Жечков, С.Ф. Лисовский

Оптовая торговля:
Эксклюзивный дистрибьютор издательства «Клуб 36,6»
Тел./факс: (095) 265-13-05, 267-29-62 267-28-33, 261-24-90
Фирменный магазин:
(мелкооптовая и розничная торговля)
Проезд: Рязанский пер., д. 3
(рядом с м. «Комсомольская» и «Красные ворота»)
Тел.: (095) 265-86-56, 265-81-93
Склад:
Тел.: 523-92-63, 523-25-56 Факс: 523-11-10
г. Балашиха, Звездный бульвар, д. 11
(от ст. м. «Щелковская», авт. 396, 338А до ост. «Химзавод»)
Книжная лавка «У Сытина»:
113054, Москва, ул. Пятницкая, д. 73
Тел.: (095) 230-89-00 Факс: (095) 959-27-00
Интернет: http://www.kvest.com/mainmenu.htm
Электронная почта: sytin@aha.ru или info@kvest.com
Журнал «Книжный вестник»: http://www.kvest.com

Издательская лицензия
№ 101053
от 4 апреля 1997 года.
Подписано в печать
03.04.98.
Формат 60 × 90/16.
Гарнитура Таймс.
Печать офсетная.
Объем 17 печ. л.
Тираж 10 000 экз.
Изд. № 580.
Заказ № 1020.

Издательство «ВАГРИУС»
103064, Москва, ул. Казакова, 18
Интернет/Home page —
http:\\www.vagrius.com
Электронная почта (E-Mail) —
vagrius@mail.sitek.ru

Отпечатано с готовых диапозитивов
в Государственном
ордена Октябрьской Революции,
ордена Трудового Красного Знамени
Московском предприятии
«Первая Образцовая типография»
Государственного комитета Российской
Федерации по печати
113054, Москва, Валовая, 28